B

一个人的世界文学

王海龙

著

GUANGXI NORMAL UNIVERSITY PRESS
广西师范大学出版社
· 桂林 ·

左手的文学 | 代序

　　西方研究汉学的人认为古代中国是个诗国，因为旧时中国的读书人差不多都会写几句诗，哪怕算不上真正的读书人，一般识文断字者也基本上能诌几句。俗语谓"熟读《唐诗三百首》，不会作诗亦会诌"嘛，这"诌"有一种移花接木、附庸风雅和瞎编乱造的"作"和"装"的快感在。您别小看这"诌"，它要有些底子的；能诌诗，必须读过不少诗，有了积累才能拼接、混搭或借景抒情。

诗国徜徉的自留田

　　诗是古时读书人的看家本领。因为中国文人的祖师爷孔子说过"不学《诗》，无以言"；读书人若不读诗，几乎快被看成了大逆不道。孔子将《诗经》作为培养弟子的启蒙教材。他说："《诗》可以兴，可以观，可以群，可以怨；迩之事父，远之事君；多识于鸟兽草木之名。"诗简直成了人生的百科全书。其实，西方也崇尚诗，如古希腊唬人的学问都以"诗"命名，荷马史诗，悲喜剧曰诗剧，而研究文艺、历史和美学的人文之学曰"诗学"。诗有那么重要吗？它跟我们的日常生活有什么关系？

其实没有太大的关系。不爱文学的人无虞生存，但他们的生命中或许会缺少一抹亮色。古人的"诗"其实乃我们今天广义的文学之谓。古时候诗是读书人的底色，下自孔乙己上至皇帝，乃至所有的政府高官和一般文员都能诌诗——您可别小瞧这本事，这是中华文明的人文资源及修养优势。熟悉西方中古史的读者大概都知道，在漫长的一千年的中世纪时光里，欧洲有很多王公贵族、骑士官绅甚至国王都是文盲呢，遑论写诗。这样一比，就知道为什么老外会甘愿承认我们是"诗国"了。

但是诗不能推动科技也不能拉高 GDP，我们古代太看重诗而轻视数理化和科技，几乎间接被诗所误。"一首诗吓不走孙传芳，一炮就把孙传芳轰走了"——这一点，鲁迅看得最明白。但是炮我们需要，诗有时候也必不可少。

诗的国度培养诗的情怀。童年，人们大多都有文学梦，或多或少喜欢听故事、读诗或阅读画书画报。有的人把这习惯保持了一辈子。

我曾经在高校讲授欧美文学，后来研究文化人类学。虽然跨了界，但如瞽者不忘视、聋者不忘听，在研究枯燥的考古、阐释学、符号学之余，思绪会偷偷开小差，溜达到旧田园换换脑子歇歇脚。文学成了我的自留田。

与有趣的灵魂对话

人过中年后读书往往能读出新况味。少年壮志能掣云，而中年后读书，常能读出作品背后的东西。此乃经典常读常新的意义所在。少年时喜欢读作品的情节和文采，有了人生阅历后读出的多是作者的心酸和感悟。诗言志，文更善言志，古今中外皆然。读世界历史上的名著，等于跟作者对谈，听他们的人生故事和内心秘密——不管这些秘密藏得多么深，只要你有心，一定能够听到。

于是，我循迹踏访了他们的出生地、受难地、风光地甚至墓园，倾听他们，陪伴他们，劝他们敞开心扉。而他们呢，也被我的真情打动，跟我说悄悄话，告诉我他们的心事和未竟之愿。

艺术家是敏感的，我必须屏声静气，稍有倦怠或偷窥的眼神他们就闭嘴。你必须有十倍的虔诚和求知愿望，他们才愿意对你说出自己的秘密。我发现，不管大师们如何风光，奔波和坎坷几乎永远是他们的宿命，苍凉和物议也是他们生命中被使用最频繁的关键词。经过了几百年甚或上千年，至今他们中有的灵魂尚不能安息。其实他们一直在述说，倾听的人也不少，但阴差阳错，他们被误解误读的时候总是比被理解的时候多。

杜甫曾经慨叹"文章憎命达"，这句话蕴含了多少人生沧桑！古代诗人命好且一生富贵的不乏其人，但人们更能记住的是李后主、曹雪芹、蒲松龄、吴敬梓这样的人生失意者。除了文学，各界大师亦多曾遭际过一段坎坷。虽然我们这本书里面谈及的多是欧美的文学人物，但人类历史上这样的案例太多了。比如大家熟悉的梵高一生侘傺，甚至没来得及见到过自己的成功；而科学家伽利略、哥白尼和为信仰献身的布鲁诺，他们一生不如意的地方竟多于一个庸人和凡夫俗子。

大师也有青涩时，而更多的遭际是孤独，有的甚至一生困厄，默默无闻，终了都没能觅到知音——虽然他们逝后被忆起时掌声雷动。但大师之为大师，在于他们的坚韧和信念：他们不会因灰心而放弃，而坚持在孜孜矻矻的夜路中踽踽而行，连一盏遥远的灯、一个同道的问候都没有。他们心里有远方，他们能看到的，只是一片未知和茫茫的黑暗，心里却永远燃烧着火。看看这些永不言弃的人，让我们知道今天应该怎样活出自己的人生。他们在这般的人生困苦和窘境中仍然挣扎出了一片天，我们又有什么理由躺平！

无心插柳与左手的文学

我的忘年交唐德刚先生常说他安徽老家有句俗话讽刺做事不专心、喜欢旁骛的人是"打鱼摸虾，耽误庄稼"。他也以此来自嘲花太多时间来写散文。但他老人家难能可贵地做到了庄稼丰收，鱼虾也丰盈。特别是他的"鱼虾"营养了众人——估计现在真正读他的本业美国史的读者应该远不如他的文学读者多。他是个爱生活爱文学的老爷子，善用春秋笔法，皮里阳秋，嬉笑怒骂皆成文章。没想到这样的诙谐今天的年轻人仍然能心领神会，我喜欢这样的读者。有唐先生这样的先贤在前头开路，不愁我们的文章没有知己。

当代人讲究"共情"，什么是共情？套用我童年时代高大上的说法叫"同呼吸，共命运"；而用今天西方人比较家常的说法叫做"把你的脚放到别人的鞋子里试试"（Put yourself in someone else's shoes），或有一个更直接的西谚"欲论人非，先试人累"（ Don't judge a man until you've walked a mile in his shoes)，直译就是"若想判断一个人的是非，你该先穿他的鞋走几里路试试"。——穿别人的鞋当然有点别扭，但若不穿，你还真难知道穿它的人的感受。春江水暖鸭先知，鞋子是否合脚唯有脚知。所以我们俗语谓促狭者整人或报复人的手段曰给人"穿小鞋"。一英里是三华里多，穿小鞋走这样长的路，脚上不血泡重叠才怪。

所以，今天的"共情"是设身处地，是跟读者交心，是让美的艺术变成一场流动的盛宴。真正的文学是永恒的，虽然每一代人会遇到每一代人的问题，但大师们不会拘泥于一枝一叶，他们仰望的是星空。适如雨果所说，"世界上最宽阔的是海洋，比海洋更宽阔的是天空，比天空更宽阔的是人的胸怀"。文学的任务是引领人们渡过海洋，翱翔天空，开阔自己的胸怀。文学不是药，但它开卷有益，滋养我们的灵魂。

既然开了小差，逃回了我的自留田，我似乎还应该交代一下人类学跟文学的关系。我以为，人类学跟文学是父子关系：因为首先应该有了人，才能有文学。但文学使人类学和人类社会变得温馨、湿润、有爱、有人情味。人类学求实，文学造梦。文学几乎不解决任何实际问题，但它给世界带来光明。

这些年来我两条腿走路，也试图用两只手写作。右手写理论文章，翻译高头讲章，搞小众理论；左手则不能忘情文学，漫游世界的同时写下心得跟读友们交流。歌德说"一切理论都是灰色的，只有生命之树长青"，我觉得这句话很贴切，这里的生命之树是文学。所以，我的左手亦能写我心，不可偏废。历史上左手创造乾坤的人有的是，我不能创造大活计，用心栽培一朵小花奉到读者面前便感欣慰了。

最后，说到左手，我这里有个小贴士。记得我当年查过，美国著名高校有各种各样的奖学金。印象中有个左撇子奖学金，金额不菲。估计是左撇子校友所捐，专门赞助用左手的人的。但这种偏门奖几乎少为人注意和申请，多年冷落无人问津导致它的基金数越来越大，成了肥额，进而变成了孤额。我劝大家把目光放宽，多看世界，找到人生亮点，您就能赢。这个世界是丰富多彩、百鸟啾啾的。

近代的启明星

与命运的角逐

亲历海外学人

吉光片羽的记忆

近代的启明星

DANTE ALLIGHIERI

佛罗伦萨的但丁像   王宇麒 / 摄

生而飞翔的但丁

西方评选出的世界历史上四大著名诗人是荷马、但丁、莎士比亚和歌德。这里面荷马是希腊文学乃至整个西方文学的源头，影响自不必说，莎士比亚和歌德也各有受众，国人对但丁可能略微生疏，然而他在近代欧洲的地位很高。恩格斯曾经称他为"中世纪的最后一位诗人，同时又是新时代的最初一位诗人"。2021 年 9 月 14 日是但丁逝世七百周年，自2021 年年初起，整个欧洲乃至全世界就已经开始隆重纪念他。不仅因为他创作的《神曲》和《新生》，对文学作出了贡献，重点还是他筚路蓝缕，开启了一个时代。

《神曲》难懂，但依然伟大

这四大诗人里但丁的诗最不好翻译。他的《神曲》已被译成中文且有不少版本，但坦率地说，差不多没有一个版本能让人顺畅地读下去，更不必说欣赏它。如果说我这个曾在高校文学系讲授欧洲文学史的人（因为教书的必须）都要捏着鼻子才愿意读完，那么让一般人去欣赏它应该是有难度的。不只是译成中文，《神曲》译成英文也几乎趣味全失。我阅读过意大利语跟英语互译对照的版本，发现英文版读来也同样味同嚼蜡。《神曲》典故多，很隐晦，寓言性强，而且充斥着象征符号。毋庸讳言，但丁生活在战乱频仍、政治动荡的中世纪后期，其思想和文艺观里仍然渗透着浓重的中世纪文学的影子；《神曲》是研究符号学、语义学甚至结构主义文学批评家的最爱。普通读者读它，举个不恰当的例子，有点像读翻译的《离骚》。

《离骚》是我国文学中的瑰宝也是经典，但是我阅读过很多外文版本，鲜有能够让人顺利读下去的。为什么呢？因为它的结构非常紧、寓言多、语义扣子也多，它还有独特的音韵美和象征寓意，这些也几乎无法翻译——慢说是外语，就是将它译成同是汉语的现代白话诗，相信翻译者也同样会遇到翻译的困难与"不可译"的部分。

《神曲》既然如此难译难解，但丁又凭什么有名呢？关键是我们要认识到，但丁那个时代，诗的概念跟亚里士多德《诗学》里诗的概念是一样的，它并不只是狭义的诗歌，而是指整个文学乃至文艺。虽然但丁以大诗人的头衔名世，但他的影响绝不限于诗歌和文学领域。

首先，但丁是欧洲文艺复兴大幕的开启者。但丁经历的时代是中世纪后期，漫漫长夜已然煎熬了旧欧洲一千年，他是那个振臂一呼唤醒世人的诗人。作为开山祖的角色，他不只是一个伟大的诗人，还是杰出的思想家和积极的行动者，他同时也是现代意大利语的奠基人——从他以后，意大利人才开始用意大利语写作。

但丁生活的时代，整个意大利分裂成几个板块，没有统一的民族国家。但丁参与了佛罗伦萨的政治运动并积极提倡改革。他既反皇权又反教权，其结果是受到两种势力的合围和夹击。他曾经当选为佛罗伦萨的执政者，但因为其改革初心不变，最后作为政治斗争的牺牲品被永远流放出佛罗伦萨。从三十七岁到客死他乡，他一共在外流浪生活了十九年，在此期间他发愤写出了不朽的《神曲》，苦苦写了十四年，于这部巨著完成当年辞世。2008 年，佛罗伦萨市议会通过决议撤销了七百年前对但丁的不公正判决，允许他返回自己的城市，算是表示了故乡对这位文坛巨子的一抹歉疚。但是这种道歉，被拖延得太久也太晚了。

但那些离家的日子，所经历的颠沛流离，对故园刻骨铭心的思念以及前半生曾经遭遇的党争—宗教迫害，都让但丁希望找一个突破口来宣泄。而他的《神曲》，正是这位早年因苦学古典而最早精通希腊罗马文明的人文主义者，结合自己曾经暗恋一个美丽女孩的经历，所构思出的一部巨著。

但丁写作这部划时代作品的年代，整个欧洲的官方语言是拉丁语。拉丁语根本不是老百姓的语言，若想宣传自己崭新的思想，但丁必须用自己的民族方言写作。于是他决定以佛罗伦萨方言为基础撰写《神曲》，并在这个基础上缔造了现代意大利语。之后，通过彼特拉克和薄伽丘的延续和推广，一种崭新的欧洲语言——现代意大利语产生了。

《神曲》的得与失

《神曲》整体上可以划为地狱、炼狱、天堂三大部分，每部三十三章，加上序言共一百章，象征着十全十美。但丁非常注重整体结构的设计，比如说，他在每部曲的最后一行都以"群星"一字作韵脚。这种匀称的布局以及诗中三境界的匀称的结构，是建立在中古关于数字神秘意义和象征性的概念上的。

在《神曲》中，但丁借游历地狱和炼狱的各种场景写出了当时意大利的人间百态，并通过这种描写深刻批判了社会，特别是批判了当时的政治人物和社会的丑恶现象，被称作百科全书式的描述。他也用自己的笔报复仇敌，把教皇和他的佛罗伦萨政敌写入了地狱，备受惨烈酷刑折磨。而在《天堂篇》中，他请少年时暗恋的美女带他游历天国，构建了他神学思想最高境界的神秘。

但丁最早把时人和新闻事件写入经典，是一代史实的记述者。这样做有利有弊：好处当然在于它气势的恢宏，弊端则在于它过分贴近社会时事，在当年容易引起非议和政治斗争，在后世又难免枯燥无味。但丁当代史里面的私人恩怨、隐私故事和政治斗争早已烟消云散，这些细节连今天的意大利人都读之无趣和难懂，遑论外国人？这种情形影响了《神曲》的永恒性和传播力。

但后世意大利人永远赞颂《神曲》音节美、韵律美和象征美。在纽约经常遇到意大利朋友赞美《神曲》之妙，看到外国人不以为然，他们便会朗读或背诵一段，其音韵妙不可言。我的意大利朋友还曾送我意英对照本《神曲》，但对照意大利文译成的英文，读之意味全无——同为欧洲拼音文字，经过翻译，差距居然这样大，那么将之移译成中文后就更隔着"可怜无数山"了。

除了音韵和诗歌形式美的丧失，《神曲》还有些吃亏在情节性不强。它的描述形式是走马观花的，有点儿像是观看古庙里惩恶扬善的十八层

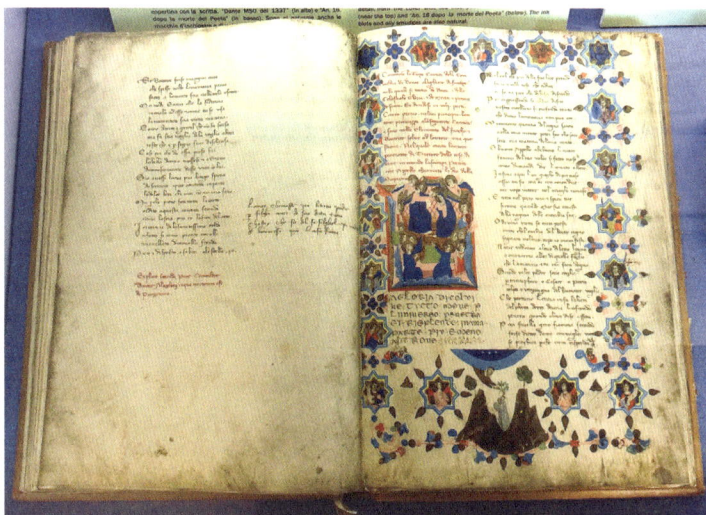

《神曲》手抄本

地狱壁画，虽然斑斓惊悚，但重复性强。

将但丁跟同侪横向比较，即使在意大利，他也不如稍晚的彼特拉克和薄伽丘作品的读者多。因为后两位更像是平民文学的代表：彼特拉克写的多是抒情短诗，浅显易懂易诵易记，特别容易上口；而且他的诗歌多是爱情和浪漫情怀，跟日常生活比较贴近，是人人心中有却口上无的凝练和抒情的心绪，让人神往。薄伽丘的通俗故事如同中国的"三言""二拍"，更是为民众喜闻乐见，因之出版后很快便传遍整个欧洲。

他们都是但丁的晚辈和忠诚的追随者，但在百姓读者群里知名度比但丁高，不过这不影响但丁的文学史地位。因为作为开山祖，他创立了用意大利语写作的传统，才能有后来的追随者和创建独立的意大利语文学的道路；另外，但丁的风格讲究修辞和寓意，非常注重在文辞典雅、结构和寓言性方面着力，其诗学的总体性成就高。正是由于他们三人的接力和合作，推出了一些优秀的各类体裁的早期意大利文学佳作，所以他们才被后来的文学史家统称意大利文艺复兴文学三杰。

世界名著的判别常强调其时代意义和开创之功，是以其在整个历史乃至人类文化史宏观坐标意义上的贡献为基准的。在这种高标准衡量下，但丁是够格、独一无二的。

好在有个贝雅特丽齐

那么，对今天的读者来说，《神曲》既然很少有人能够终篇欣赏，那它还有什么生命力？好在，还有个贝雅特丽齐。

文学传播学上有个有趣的现象，很多读者并没有读过《神曲》但知道贝雅特丽齐。虽然贝雅特丽齐只是《神曲》中的一个人物，但她比《神曲》更有名；她甚至在全欧洲、全世界都成了一个偶像和象征。在但丁时代以后，Beatrice 甚至成为欧洲各种语言字典中的一个词条，一个专有名词和母题。在当代，《神曲》的传播甚至几乎全赖于她的美名。

说贝雅特丽齐是《神曲》中的一个人物并不完全准确，因为在《神曲》诞生前她就问世了。她是但丁终生写作的灵感和保护神，首次出现于但丁 1293 年的文学处女作《新生》当中。而此时，比但丁创作《神曲》足足早了十四年呢！

那么，贝雅特丽齐是谁？作为一个九岁的女孩，西方文学史为什么说是她把但丁造就成了伟大的诗人？据但丁本人回忆，早熟的他在九岁时某天遇到了一个美丽的小姑娘，如同受到雷殛一样被她的美震撼了，他随后打听到这个跟他同龄的姑娘叫贝雅特丽齐。他朝思暮想盼着见她，但她从此云逸杳遁。

成年后，他又一次在佛罗伦萨的老桥旁见到了贝雅特丽齐。她一袭白袍，静穆庄重，宛如天使，其圣洁的辉光令但丁目为之眩。但此时的贝雅特丽齐已将为人妻，而这只是但丁宿命的开始。

贝雅特丽齐只活了二十四岁，但她被但丁思念了一生。没有贝雅特丽齐的日子，他是怎么度过的？没人得知。但我们知道他的痛苦和哀恳。在贝雅特丽齐去世后的第三年，亦即自但丁童年第一次见到她后的第十八年，这位平时热衷时事的青年政治家用他那善于写辩论文章之手写出了深挚怀念这美丽女子的文集《新生》。而他用来写这部作品的，正是他倡导的意大利民族语，而他心中的那位天使，更是随着这种新语言文体走向了永恒。

在被流放的下半生，但丁苦恋故土，一刻也没有忘怀贝雅特丽齐。就在但丁遇见她三十三年后的那个纪念日，但丁开始写作他不朽的《神曲》。苦苦写了十四年，直到逝世。但丁一生只活了五十六岁，可他怀念了贝雅特丽齐四十七年。这段史实最悲摧的地方，是传说贝雅特丽齐跟但丁并不相识，她短暂的一生中从来不知道有过这么一个文豪死生相依眷恋地仰望过她。也有传说贝雅特丽齐认识但丁，但跟他只有浅浅的交往。

"问世间情为何物，直教人生死相许。""情不知所起，一往而深。生者可以死，死可以生。生而不可与死，死而不可复生者，皆非情之至

但丁遇见贝雅特丽齐的老桥

也。"中国这种古典的情愫居然能在遥远的意大利找到翻版，这是最容易让中国读者共鸣的地方。

当然也有不少学者怀疑这故事的真实性，甚至像中国研究红学的索隐派那般，因质疑而细筛但丁年谱和佛罗伦萨城市史；但更多学者反诘并鄙夷这种佛头着粪和胶柱鼓瑟的解诗方式，认为这样研究但丁是对爱情和人性的亵渎。

那么，我们应该如何看待但丁的这种贝雅特丽齐情结呢？

用爱，让心仪的人不朽，这应该是爱的最高境界——虽然爱而不得。

一个人的世界文学

但丁徘徊过的古巷

但丁故居

爱而不得似乎是但丁那时代、那群人的一个母题。这个母题非常真实又非常令人扼腕，它象征着人生的无解。难道那时代世间所有的悲摧、世人所有的遗憾、人生全部的悲欢离合真都这么巧，这么集中地发生在他们这伙人身上？未必。这是从中世纪冬眠期刚刚苏醒而呼唤着文艺复兴新时代的诗人们在替人类代言，他们竭尽全力推开黑暗，把人性中最珍贵、微妙和隐晦的情愫替大家呼唤出来。可贵的人文主义借此萌芽生长，但丁他们就是怀着这种暗恋走上了文坛。

不仅如此，但丁这种亿万人中难得一遇的神奇暗恋模式居然在他的两个追随者彼特拉克和薄伽丘那里让人难以置信地完全复现了！他们二人也都奇怪地遇到了自己的贝雅特丽齐——彼特拉克难以自拔地爱上已婚贵妇人劳拉直至她香消玉殒，他为她写了366首十四行诗《歌集》。而薄伽丘呢，他也是青年时爱上了那不勒斯国王的女儿、已嫁给了贵族伯爵的玛利亚，并以她为原型写了《菲亚美达》等名著。据考证，他的巨著《十日谈》中女角菲亚美达就是以他早年那无望恋人为原型的。

如此罕见的遭际居然在他们三个人身上都出现，这种遇仙故事几乎就很难算是巧合了。或许，这应该被看成是一簇带有某种规律性的、喷薄待发的时代精神。

要想理解这种现象，我们最好回望一下那个时代。在近一千年的中世纪，神学和皇权极度压抑人性，那时候世人唯一准许说出的爱是对宗教天主和圣母的爱。然而，爱是人类天性，如同春汛和洪流，压抑不住。于是中世纪找到了一个巧妙的借口，用爱圣母的形象来婉转表达爱情。后期甚至绘画和雕塑都刻意地用视觉形式呈现这种爱，以至爱圣母—美女成了永恒的母题。

　　　　　　　　　一个人的世界文学

再晚些，人们似乎已经不满足这种天国缥缈圣爱，而渐渐产生了骑士效忠具体偶像和自己虔信的贵妇人的爱。这个口子一开，旋即泛滥，形成了骑士文学中圣母—贵妇人—世俗爱情相互转换的模式。在但丁赞美自己心中女神的尝试集《新生》中，就可以看出旧时代骑士抒情诗的影子，这种时代精神构成了文艺复兴的前夜背景。

但丁彼特拉克薄伽丘们的旷世之恋，看似神秘，其实是人间恋情爱而不得的一种艰晦的折射；塑造可望不可即的贝雅特丽齐模式，但丁是创始者。

几个世纪过去了，为了还原心中的但丁，我曾去到佛罗伦萨，踏访但丁的故居。那时候的佛罗伦萨城不大，七百多年后还基本保留了古时原样。但丁的家静穆、高古，深藏着厚重的历史陈迹，如一个饱经沧桑的老人，不语自威。这种摄人的氤氲让你不得不屏声静气拜读和体味这里的一颦一笑，感受但丁被放逐前的中古家居日常。当然，我不可能不忆起他苦思贝雅特丽齐的岁月。沿着七百年前他曾走过的路寻访，耳畔飘落的是古巷跫音。顿时，时空倒错，有一种神圣感和神秘感。当年但丁第一次遇见她的老桥其实不远，从但丁家到那儿不过十多分钟。但这十几分钟在但丁的心里就是整整的一生。

桥还在。阿尔诺河的流水像七百年前一样缓缓地流着。贝雅特丽齐家就在身旁的某个华厦古屋。周遭古街纵横，高墙森森，似乎每家都埋藏着秘密……

为什么说他是意大利语言之父

前面说了，但丁被纪念，另一个重要理由是他"创造"了意大利语。其实，意大利语一直在那儿，它不需要被"创造"，但是说到意大利语之父，世人仍然把大拇指竖给但丁。

但丁对意大利语最大的贡献是提倡意大利白话文运动。他注重民族语言，反对拉丁文的特权宰制，提倡用百姓语言写作，并身体力行用自己的文学作品实践自己的主张。但丁的《神曲》成功了，他写作《神曲》的意大利俗语遂被欧洲承认，成了奠定民族语言的经典；意大利语作为民族语言的典范由此诞生。

这让人自然想到中国五四时期的白话文。在那以前，中国古代书写语言叫做文言文。读、写文言是一种专门的技巧。旧时代学会读懂这种语言表达方式需要很长时间的训练。中国古代百姓识字者很少，读懂文言遂成了读书做官的一种特权。但这种语言毕竟与日常生活口语脱节，所以提倡白话文深得人心。

不过与中世纪拉丁文称霸欧洲的情形不同的是，中国是个大一统国家，文言虽然脱离口语，但它是整个中华民族统一的标志性古典语言，而欧洲是由很多民族、政权组成的，每个民族的历史渊源不一、语言形式各异且文化习俗多样。中世纪由于教会的统治和帝国余绪，整个欧洲都顽固地推行拉丁文作为官方语言。

西罗马帝国灭亡后，欧洲变为一盘散沙，分裂成了很多小国。一千年的黑暗中世纪，政教纷争，常年战乱，经济衰退。虽然各个民族说着不同的口语方言，但民族语言不能作官方语言；在教权垄断知识和教育的情况下，可以说除教会神职人员外举世滔滔全是文盲，就连当年欧洲的国王和贵族也不例外。

要改变这种局面，但丁的敌人是"十字架和宝剑"，他在反对教皇、国王，闹革命之余，在流亡岁月坚持写作《神曲》。他采用佛罗伦萨方言和本地口语结合的形式来写作诗歌和文学作品。这种榜样力量影响了欧洲并开启了用民族语言写作的先河。他理所当然地被尊为意大利语之父。

但丁面部塑像

自他以后，欧洲各民族开始呼吁建立民族语言和民族独立运动。史载英国受此风影响，十四世纪后乔叟开始用民族语言写作《坎特伯雷故事集》，这被视作现代英语写作的开端。1536 年，西班牙国王卡洛斯一世当着教皇的面使用西班牙语发言，宣示西班牙语是新的国家官方语言；而 1539 年法国国王弗朗索瓦一世也宣布用法语取代拉丁语作为国语。德语诞生则更晚些，直到十六世纪马丁·路德宗教改革，用民族语言翻译《圣经》，才被认作德语书面语言的开端。有了独立的语言才能有独立的文化和民族传统，才能有现代的国族意识。虽然在但丁以后，各地受其影响和确认民族语言诞生的时间不一，但都追认但丁是现代欧洲民族语言的缔造者却并不为过。

　　纵观他的政治和学术理念，但丁提倡口语写作、重视自己的民族语言绝不是突发奇想或侥幸成功之举，他不只有实践而且有理论。早在用意大利语创作不朽的《神曲》之前，但丁就发表了自己的民族语言学论文《论俗语》，文中阐明意大利民族语言写作的重要性以及民族语言和民族精神的关系等等。这部著作也成了后来欧洲各国倡导建立民族语言的经典。正因为此，但丁被尊为欧洲民族语言和民族意识觉醒的先驱。

　　在法语中，意大利语有时被称为 la langue de Dante，即但丁的语言。我们也可以说，文艺复兴以后，白话文运动开始深入人心，这种民族独立的自觉也奠定了现代欧洲国家形成的基础。

普罗旺斯的彼特拉克

薰衣草花季的象征寓意

薰衣草花蕾盛放的季节，我们去了诗国法兰西的普罗旺斯。普罗旺斯有名，除了美丽风光，还因它在西方文明史上扮演过重要的角色。其一，它曾是 1054 年基督教大分裂时教皇驻跸行宫的所在地；这第二个名声就更厉害了，它是整合西方古代诗歌传统并蓄力、生发、递进，使它迈向现代诗的一个中转站。这个名声，稍有西方文学知识或西方文明史概念者都会耳熟能详。当然，一般喜爱文学或者对诗歌有兴趣的读者更不愿错过这个契机。怀着这探源溯流的心态，我展开了对这片诗的国度的巡游和叩问。

普罗旺斯在法国东南部，它的地理位置很独特，为诸国环抱。它南接西班牙，东邻意大利、瑞士；而再放大些，法国版图北接比利时、德国，隔海跟英国相望。这种地理状况决定了它人文环境的发展维度。命运选择了普罗旺斯，使它成了文明传播的一个枢纽。当年震惊东西方世界的十字军东征曾在这儿招募、集结、征战。这里又是欧洲骑士文学的一个发祥地；同时，在中世纪后期，此地经济发达，它联通意大利、西班牙、葡萄牙和北非的商贸。在军事上和文化上，它隔海同英国颉颃；这块不算广袤的土地，曾经担当过人类文明十字路口的重任。

我赶上了花季，田野里漫天的紫色如霞似锦；但这里山地居多，气候干燥峻厉，临海的地方风很凛冽，坡地硬糙，山石棕红。这地方的土地瘠凛崛强，难长庄稼，却偏偏生长着一种神奇的灌木——薰衣草。

薰衣草其实并非这儿的原生植物，据考它的故乡在西班牙和地中海沿岸甚或延伸到北非，但隔邻传到普罗旺斯亦属正常。虽然这里的土地不算肥沃，但迁延到这儿的薰衣草入乡随俗开始喜热耐旱；是热带的种子却偏偏耐寒，大概在扎根之初，命里就注定了它漫游和流浪的基因。这，大概也寓意了这里骑士和文人乃至于后来但丁、彼特拉克等诗人的生命美学情结。

普罗旺斯人爱美、多情，感情外露。这里堪称花的国度。这儿有世界香水之都格拉斯，有蔚蓝的黄金海岸，也有世界冒险游乐场。据史料载，这里的原住民一直不多，它的居民多数是移民即迁徙者。自古这里就崇尚浪漫，是一块流浪者的土地。

我们这里要谈及的彼特拉克以及他的前辈但丁和他的好友薄伽丘等都是一群漂泊者。他们就在这样的时空里命中注定要扮演一个角色，为举世闻名的文艺复兴吹响号角。普罗旺斯、他乡、浪漫和抒情，像在这块土地上那生命力顽强的薰衣草，尽管身处贫瘠寒薄，却挣扎着捧出一点绿、一点艳红和亮紫，是这一群他乡游子命运的象征。

嵌在西方两大诗流交汇的滩涂

美国著名现代诗人庞德热恋过这块土地上的诗歌。他曾经致力翻译普罗旺斯抒情诗和但丁、彼特拉克的诗，并盛赞道："最令我们关注的两大抒情诗传统是希腊诗歌和普罗旺斯诗歌。从第一种几乎诞生了古代世界的所有诗歌，从第二种几乎诞生了现代所有诗歌。"而俄罗斯大诗人普希金则用诗的语言满怀深情地写道："在十二世纪，在烈日当午的法兰西的天空下，回响着普罗旺斯方言的韵律，听来极其悦耳。这是行吟诗人在引吭高歌，他们为自己的诗歌想出各式各样的变体，用难度极高的形式环绕着诗歌的韵律……"

普罗旺斯抒情诗是一个名词，也是一种传统。它承先启后，是唤醒文艺复兴和现当代诗歌的号角。可以这样说，没有普罗旺斯抒情诗，我们很难想象有后来的文艺复兴及西方文学艺术的鲜花盛放和百鸟啁啾。

那么，普罗旺斯抒情诗又是从哪里来的呢？它发端于多种因素，直接来说，它主要得益于当地的民间文学和骑士文学。众所周知，欧洲中世纪是个宗教统治戕害人性并强调禁欲主义的时代，俗称它是"黑暗的一千年"。有压迫就一定有反抗，普罗旺斯人天性热烈浪漫，更兼这里地理发达、交通便利，除了欧洲传统，它也受到其时西亚和北非文明传统的影响。古希腊罗马文学的种子并没有在此地灭绝，阿拉伯诗人的歌在这儿吟唱；同时，这里的民间诗歌如"伴舞歌"等刺激了诗人的灵感。而它最直接的渊源应该是骑士文学的营养滋润。

中世纪中后期的骑士多是些腐朽的领主和破落贵族，其中有受过良好教育者不甘被压抑的命运和前程无望折磨，特别是烦闷无聊的生活和醉生梦死的命运使他们感到人生的无常。这些人开始把青春的激情用到音乐和诗歌上。早期的骑士诗歌是述说他们的生活，到后来发展愈益成熟，开始有了不同题材，主要有牧歌、破晓歌、情歌、夜歌、怨歌，也有感兴诗和激发骑士战争、军旅热情的十字军歌等。随着骑士诗歌的繁盛，到了后期，它诱发了骑士阶层里的一个职业——游吟诗人。游吟诗人是发展和提高普罗旺斯抒情诗的一个有力推手。

这些游吟诗人或骑士歌手是用普罗旺斯当地方言吟咏的，而那时所谓古代经典皆用希腊文、拉丁文撰写。这样，普罗旺斯抒情诗除了在题材上极大拓展并丰富了欧洲诗歌表达的疆域以外，另一个重要的功能和贡献是它催生了欧洲各国民族语言的诞生。今天的法语、意大利语等都是这种精神催生的产物。也正是在这种意义上，恩格斯非常赞赏和重视普罗旺斯抒情诗，他曾在《法兰克福关于波兰问题的辩论》中充满激情地指出，南方法兰西"在新时代的一切民族中第一个创造了标准语言。它的诗（即普罗旺斯抒情诗）当时对拉丁语系各民族甚至对德国人和英国人都是望尘莫及的范例"。

除了上面的贡献，普罗旺斯抒情诗在人文主义领域里的旗帜高扬是它空前提高了女性的地位。以前古典文学、英雄史诗的主题都是男子主宰一切，女人只是附庸，而在骑士文学特别是普罗旺斯抒情诗里女子渐成主角。骑士们有的是过剩的精力和美好的词汇，生活的无聊、战争中的死生无常、青春的无望、现实生活的龌龊和理想爱人的圣洁等等情绪都极大限度地刺激了他们在文学世界里想象和驰骋的能力。在他们的吟唱和哀哀呼唤里，爱情更细腻，情感更纯洁，形象更美丽；可惜的是，骑士文学费神歌颂的都是镜中花水中月。

他们歌颂的对象大都是缥缈的女神，他们抵死辗转反侧、为之销魂蚀魄的都是些可望而不可即的爱情。那时的贵族骑士团成员大多数是领主或贵族，但随着贵族制度的没落，他们经济上日益不济，而子嗣众多的家庭只有长子能继承家族名分和财产，其余的儿子既不能继承祖产又不愿从事劳作，幸福无望又不甘做平民，只能无所事事、百无聊赖地在文学和俗务上撞大运。晚期的欧洲贵族已经无力组织骑士征战，所以骑士成了穷困潦倒且高傲的一族。他们往往将多余的精力和过剩的才情及想象熔铸于诗。而那时骑士制度允许他们崇拜女人特别是贵妇人、恩主夫人、其他贵族夫人和名女人。那些有权有势的领主骑士可以为所欲为，做尽无耻勾当，可一般骑士只有艳羡和崇拜的份儿。他们可以从头到脚赞美一个自己发誓效忠的贵妇，但终其一生从未见过她，也绝不可能在现实中对他效忠的女主人有任何非分之想或苟且行为。

低级的骑士也可能真心崇拜或者爱上某贵妇人，但事实上结局都是悲惨的。这些，在骑士文学小说《堂吉诃德》和后来薄伽丘的《十日谈》中不乏其例。许看不许摸，可望不可即，这是他们永恒的痛苦，也是骑士诗歌的终极主题。当然，在那个时代，公然歌颂女人，教会还是要对之压抑或谴责、制裁的。但是，那些被痴情炙烤着的骑士们总能找到借口。不论是赞美圣母或是歌颂圣女都不失为其合适的理由。骑士们也打擦边球，因为这种对女性话题的宗教压抑荼毒甚远，所以甚至后来在但丁和彼特拉克的诗篇里，我们都能看到这类指东说西的隐晦表述，这些都是中世纪时代的影子在他们文学作品中的折射。

上面就是我们要言及的当年彼特拉克的生活氛围。他前有古人后有来者，不是凭空冒出来的，彼特拉克在童年时代就汲取了普罗旺斯抒情诗的滋养。他生活在这块土地上，当然受到了时代风潮的熏陶。后世的研究者从他的诗歌中读出来很多普罗旺斯抒情诗的情结和影子，普罗旺斯的水土无疑成了他的营养和成长素，成了他早期教育的基石甚至他生命的一部分。历史选择了彼特拉克，他在这里是文明火炬的传递手、承先启后的里程碑式的诗人。

别人的妻子，你的永恒

彼特拉克生于 1304 年，活了差不多七十岁，他出生在意大利，却在普罗旺斯成名。他被公认是西方人文主义之父、点燃意大利文艺复兴导火索的人物。彼特拉克的父亲跟但丁是同辈，他跟但丁一起被政敌从佛罗伦萨放逐，随教皇来到了法国东南部的阿维农。彼特拉克的父亲希望他学习法律或宗教，但童年的彼特拉克钟情文学。他跟写《十日谈》的薄伽丘也是好朋友。少年得志，彼特拉克最早用拉丁文发表过史诗《阿非利加》，一夜之间就成了欧洲的名人。后来他被尊为桂冠诗人，遍游欧洲，出足了风头，享尽了一个文人在那个时代所能享有的荣耀。

"去年的白雪如今安在？"虽然彼特拉克生前盛享文名，但是那些当年给他带来无上荣耀的史诗和其他作品今天已经几乎无人记起，真正使他名扬世界的是他那无望的爱情和十四行诗。

史载彼特拉克二十三岁耶稣受难节那天，在教堂演出上邂逅了十九岁的美丽女子劳拉，那是在法国东南部沃克吕兹省的枫丹。可是不幸劳拉已婚，丈夫是个家世煊赫的贵族。彼特拉克自此陷入了一种无望的对

彼特拉克故居
王宇麒 / 摄

彼特拉克故居后园

她的暗恋，开启了长达二十余年的精神追求。在世界文学史上，他为此留下了366首献给劳拉的十四行诗；二十年间，他几乎每二十天就写一首，最后合编成书，就是举世闻名的爱情绝唱《歌集》。

彼特拉克对劳拉的暗恋无疑是世俗难容亦即命定绝望的。他在自己的诗中神圣化了劳拉。她的一颦一笑一举一动都是那么可爱娇羞高贵而且气度非凡。同时，他也记录了自己的欣悦和悲哀。他的十四行诗简直像是一个漫长的恋爱日志，记载了他二十余年来的悲欢离合和内心的凄凉。

咫尺天涯，别人的妻子，却是他的永恒。可望而不可即，最为悲催的是，这个可人儿、他心中的玉人甚至从来都不知道彼特拉克对她这种无望的暗恋！虽然彼特拉克在精神上是这样迷狂爱恋，但劳拉本人和彼特拉克从来没有私下见过面。当然，她对这种绝望的爱情单相思更是无从回报。彼特拉克只得把他的感情全部倾注到诗歌中，恰似一个严寒中的弃儿在仰望朝暾，他能够感受到阳光的温暖却永无一亲芳泽的可能。后世的意大利学者从他《歌集》的表述风格里找到了他某种感情周期性的循环激荡，在他全部二十一年的暗恋里发现了他六次情绪上的起伏波动和无望、难耐的疯狂。彼特拉克成了意大利十四行诗的代名词，浪漫派作曲家李斯特曾为他的三首十四行诗作曲谱歌，即《彼特拉克的三首十四行诗》。后来作曲家把它列为组曲《巡礼之年·意大利》七首钢琴独奏曲中的第四、五、六首。

据我在枫丹村志博物馆参观资料中读到的，劳拉的确美丽娇艳，她嫁给了一个伯爵，生了十二个孩子。而另一种说法是，她知道彼特拉克的存在，对他的爱慕是一种默许的接受。爱而不得，寤寐思服；劳拉在彼特拉克的笔下得到了神化，成了圣洁的丽人，名气陡然大增。但这圣女太过完美，以至于连彼特拉克的朋友都误以为这是他杜撰出来的女人。

无望的等待，死守二十一年，直到她香消玉殒，这像是一个遥远天国的故事。这个美丽的小镇在法国东南部的普罗旺斯，被雪山上流下来碧绿的溪水环绕，名曰泉水村。彼特拉克就住在溪边。他的故居几百年来保存完好，现在是个小博物馆。通往他故居要走过一个山岩的隧道，穿越黑黝黝的树林，尽头突然豁然开朗，一片天井第一间就是彼特拉克的住房。他的庭院巨大，像是一个植物园，紧连着宽溪对面的山。一眼看去，山仿佛就在院内，院子里有池塘，百花争妍，一派绚丽，八百年前这里潋滟的池水映照过这个相思无望的断肠人。蜿蜒的小路似乎可以直达山间去隐居、思考、怀念和酝酿诗思。那时此地没有游人，中世纪的生活有的是时光供我们的诗人在这儿自我拷问和升华。这样的环境怎能不出诗人！我不由慨叹。

彼特拉克并不是在今天才享誉世界，几百年前他就是西方的名人了。他故居前面是一个以他的名字命名的广场。中间有个巨大凯旋柱式纪念碑。整个碑体已似风烛残年的老人，现在坚硬的花岗岩柱石已经风化，被时光消磨蚀刻，字迹模糊，花纹斑驳。上面当年精心刻画的浮雕都成了辨识不清的凸凹。几百年在人类文明史上时间不算长，在这里，我见证了海枯石烂，这古典的爱情，也认识了人类精神包括苦痛和幸福的恒久。

彼特拉克广场纪念碑

文艺复兴的熹微

读到这里，有心的读者难免要问，同样是歌颂女性，同样是写爱情，彼特拉克为什么就有这样划时代的贡献，他跟以前的骑士文学、游吟诗人、普罗旺斯抒情诗有什么不同？诗神为什么这样单单钟情眷顾于他，让他不朽？

我们说彼特拉克承先启后，是因为他的确结合了前面诗人庞德所说的特质，即他是衔接并发扬光大西方诗歌古典和现代两个传统的一个关键人物，是衔接西方诗歌从古代到近代的一座桥梁，所以他是西方诗史上的一座里程碑。

彼特拉克有着深厚的古典功底，但最重要的是时代选择了他，让他举起了普罗旺斯抒情诗传统及用意大利俗语写现代诗的大旗。同时，最重要的是，他的诗歌已经超脱了骑士文学传统的老套子，摒弃了骑士作者所宣扬的神圣苍白、虚无缥缈的爱，而代之以人文主义精神和人性的光辉烛照。在写作方法上，他也不再仅仅依赖骑士诗歌无病呻吟、梦幻和神秘主义传统模式而更多采用健康、真挚的现实主义理念摹情状物，达到了深切感人的美学效果。

其实，文艺复兴的宗旨说到底就是两个发现，即"世界的发现"和"人的发现"。这两个发现为今天的科技和民主新世界奠定了基础。说它们为"发现"其实并不确切，其实这些都是"再"发现。古希腊原是人文和民主精神的策源地，而其后被中世纪压抑了一千年。新的人文主义者要想革命或者唤起人们对自由的追求，只好旧瓶装新酒，以"复兴"为旗号，而呼唤"人"、人性的复活。

彼特拉克适应了时代的呼唤，而且他的诗也赶上了人文复苏的大气候。他的《歌集》像一根导火索，也像是一把冲锋号。这些看上去和前辈诗歌有些相似的十四行诗却携带着一种崭新的时代精神，引起了人们心灵深处强烈的共鸣和震撼。

以前的中世纪诗歌受神学压抑，多描写天上的爱和虚无缥缈的爱情，彼特拉克把爱拉回了人间。彼特拉克在他的诗中提出了这样一个主题：人是什么？人为什么要活着？人该怎么生活？人生存的目的是什么？在这种意义上，彼特拉克诗的意义就不仅仅局限在歌颂爱情、恋人之美的一己之私情而是具有了启迪文明、提升人类爱和创造潜能、造福世界的高度了。

因此，他的诗开启了人类历史上一个辉煌的精神进步的时代，而彼特拉克也被盛赞为"人文主义之父"。他在诗中反对中世纪神学教会的虚伪，摒弃虚无缥缈的"来世"，他提倡以享乐主义否定禁欲主义，他认为快乐和幸福就是善，就是美德；幸福快乐就在今生，不在来生；幸福快乐是感性的肉体的快乐，而不是遥远的和虚幻的。彼特拉克在其诗歌中勇敢地宣示："我不想变成上帝，或者居住在永恒中，或者把天地抱在怀抱里。属于人的那种光荣对我就够了。这就是我祈求的一切，我自己是凡人，我只要求凡人的幸福。"这段宣言成了后来文艺复兴最杰出的口号。

除了在思想领域的贡献，彼特拉克在诗艺和诗的美学形态上的贡献也是杰出的。他的十四行诗对后世的影响极大。意大利文艺复兴时期著名的艺术家和诗人如美第奇、米开朗琪罗、塔索等都大写十四行诗；除了在法国和意大利，它也影响到了英国宫廷亨利八世、伊丽莎白女王，并通过他们影响到了莎士比亚。莎士比亚一生写了154首十四行诗，彪炳世界诗坛。莎士比亚的十四行诗在彼特拉克的基础上作了调整，使其主题更为鲜明丰富，思路曲折多变，起承转合运用自如，且常常在最后的那一双对句中点明题意。

十四行诗因之成了西方诗坛上一个诗人喜用的体裁，很多著名诗人都善写十四行诗。比如英国名诗人弥尔顿、华兹华斯、拜伦、雪莱、济慈、勃朗宁夫人等也写过不少优秀的十四行诗。著名的德国诗人歌德、俄国诗人普希金也都因采用这种诗体并加以革新改造推出不同的变体，来抒写自己华美的诗章而彪炳世界诗坛。直到今天，十四行诗仍然是诗歌领域里一朵不凋的奇葩，受到世界人民的喜爱。

夜宿薄伽丘庄园

从米兰到佛罗伦萨的旅程不近，选在比萨附近歇宿一夜理所当然。

比萨是座古城，也是小城。它闻名世界，人口却只有十余万；然而比萨曾改写人类的历史，诞生过伽利略、G.皮萨诺等一众文艺复兴时代的巨人。这里风光旖旎，连田野中都奢侈地矗立着雕塑和中世纪遗址，意大利昔时的精致和底蕴让人不敢小觑。

暑日奔波，傍晚找到这家旅舍时我不由眼前一亮——虽然它标的是四星级，但看上去不是一般现代建筑的酒店，倒像是一座古色古香的庄园。在意大利，住惯了美国式千篇一律的星级酒店，这座古建筑反而勾起了我的兴致，瞬间扫去疲惫和征尘。尤为唤起我情怀的是它的名称，叫"薄伽丘居舍"。薄伽丘？是那个写过《十日谈》的薄伽丘吗？

名目本身引发的好奇还没褪去，更让我感到奇怪的是它的经营方式。这座古朴宛如中世纪堡寨的建筑仅有两三层。可以想见，它初始显然不是为旅舍而筑的，其墙壁夸张到了可疑的厚度，像极了古旧修道院的格局。

如同旧式欧陆建筑一般电梯狭小的设计，这座堡寨的电梯极小。庞大的屋宇就凭一个储藏室般大小的电梯运营。好在它的营业区只有两层，且多半是空屋，无虞拥挤。——这镇子地处偏僻，傍黑突至的客人无疑

薄伽丘庄园厅堂的布置一如中世纪《十日谈》时代的情境，引人发思古之幽情

点亮了客舍主人的心情。

接待我们的是位气质典雅的年轻女子，不像大学生，也不像经理或招待员。她面庞俏丽，有着典型罗马贵族式的鼻子，性格略略有点儿腼腆，英语说得不顺，词汇量虽然不小，但有着比较浓重的意大利口音——说英语喜欢下意识地把字尾的辅音加上个元音而把重音略带悠扬地移到中部，如book读成boóke，speak说成spéake。

这样的发音响亮明朗，却有点儿哆，像是个小孩子在说英语，但这样的表达有点偏打正着地将英语说得很软糯。意大利语元音多且富有音乐性，在这块土地上产生歌剧不是没有原因的。

意大利姑娘刚将我们引入客房前廊，我就震惊了。这儿不像是旅舍，简直就是一座博物馆或是中世纪城堡。可惜，还没来及跟她进一步讨教这"薄伽丘"的历史，她就行色匆匆地要带另一拨客人到旅舍的另一处湖山庄园——原来，这家旅舍有两处地方，一个在这座古堡，另一个在湖山庄园。据说庄园跟古堡间有不短的一段路：一个酒店分两处，这无疑对旅客是个问题，特别是我们是包饭的 program。一听到刚安顿下行李还要奔波，我的心里有点毛。

两个地点？此话除了油然引发我好奇，也使我觉得不便。另外，我还得知我们今夜居住的古堡居然没有工作人员。古堡虽然不大，但住满了也应有近二十个房间。这样一个"人口济济"的旅舍怎么能没有服务人员呢？趁这女孩没走，我要先问一下："这偌大的旅馆真的整夜没有工作人员？那么会不会有安全问题，若有紧急情况或是服务需求我们怎么办？"——从纽约这样动荡地方来的我马上想到火警盗警和其他情形，在美国，法律规定客房服务是二十四小时不能离人的。

没想到我的发问让她脸色更红了。"我能不能稍后回答您的问题？"大概怕我的问话激起其他旅客共鸣或齐声质疑，她面色有点求饶般嗫嚅地跟我说。阅此情形，我当然不忍再追问下去。"您可以随时给我们打电话。"她临走时匆匆丢下了这句话。

好在此刻大家皆沉浸在对这所古色古香神秘修道院旅馆的好奇感受里，没人提出更多的问题。

趁此，我仔细地观察了这个居所。它初步给我的感受，的确让我觉得我住进了博物馆，而且是跟具体而微的梵蒂冈博物馆类似的一个所在。

一个人的世界文学

这是人生中一种可遇而不可求的奢华。

为什么这样说呢？这里的氛围和建筑装潢都浸透着一种别致。中世纪？巴洛克？洛可可？反正，它有一种气场和别样的灵魂，似乎在操纵你、震慑你，让你在它的魅力下屏息提气，不敢造次。这建筑略似鱼骨式结构，有着一纵到底深邃的长廊，廊边是古典玫瑰木桌几，上面有陈旧古老的桌垫，到处陈设着中世纪的银器和叫不上名字来的名贵瓷器及漂亮的彩陶。

银器有岁月包浆的沧桑却被仔细擦拭保养得恰到好处。瓷器和彩陶具有中世纪后期最时髦的东方色彩，题材是西方并不常见的荷花：巨大而美丽的彩陶罐上是盛开的粉红荷花和琥珀般的暗绿荷叶。莲叶田田，芙蕖窈窕，即使在中国和日本，也很少见到这样巨大而色彩端雅的器型。此外，这里还有博物馆级的意大利中古油画，文艺复兴时期的各种灯具、壁饰、雕刻、家具和小件工艺品，处处都给人以摄人心魄、美不胜收的震撼。

更让我心仪的，是刚入门接待厅古色古香迎客桌上摆着的古代文具和中世纪的古董书——它本该是被放进玻璃柜、用恒温保湿设备珍藏的呀！可业主竟是这么任性，就将它们这样赤裸裸地放着，任人触摸感受。虽然读不懂这些中古文字，但是看着上面几百年岁月的沧桑遗痕，抚摸着感受几百年前古人读它时的心境，一种恍若隔世的情怀还是很容易让人怔忡。我想，在国内，大概很少有旅舍舍得把明代善本放在大门柜台上容忍众人随意摩挲吧！意大利小镇的旅途随时给人的惊艳是它那随意抛洒的、使人难忘的憧憬——你永远不知道在哪儿能遇到扣动你心弦或让你难忘的惊鸿一瞥。有时候，阴霾和多雨的日子，往往就是这些难以预期的小花絮让你的心向往着远方、向往着旅行……

平心而论，这里游客如云且人们大多萍水相逢，每天聚散宇宙间，这些本该放到银行保险箱、价值连城的艺术品就这样放心地散放在这里！看着这些可触摸的稀世文物，体味着这种古典的情怀，旅舍对住户和旅客这种无保留的信任让人想起来就觉得暖心。

这里房间的设计自是很古典，朝阳面不是落地窗而是落地门。满室各种壁柜，打开其中某一扇。嗬！突然眼前一亮，它豁然引入的居然是个阁楼庭园。近郊乡间小镇的好处是宁静，傍黑已是万籁俱寂。可古堡旅舍房间发现了不速之客——蚊子。有了此物，我的睡眠会大受影响。怕极了蚊子的我旋即给女孩打电话，电话那头她应声而诺，并答应马上解决。记得先前说过旅舍两处间有距离，没想到话音甫落她人已在我室前。

原来她是驱车而至。我后来才发现这酒店虽分隔两地，但其实距离并不算远。选择驱车，是因她穿着高跟鞋不耐走。应邀上车复返她的庄园，正好给了我参观湖山别舍的机会。原来薄伽丘庄园巨大，占地二三十万平方米，堪称豪华。这座湖山庄园除了衔远山、襟内湖且满布竹林旷野外，还拥有四个室外游泳池。

近处斜阳中湖里群鱼儿唼喋，不时跃出水面，凸显出黄昏中的静寂；中景居然栽植着西方罕见的各种巨型松桧，其形态虬曲奇崛，树干嶙峋遒劲，都有几百年树龄光景。其他则杂花生树，眺望远方修饰整饬的灌木亦形态自然却不失情趣；可见这里的整体设计是追求一种有格局的低调。整个庄园恰似一个巨型公园或植物园，寓有心于无形，一切错落有致却看似不着痕迹；但稍加留心，又一定能看出她透逸着一种低调的奢华。这是一种挣扎着的妥协却又坚持原则的美。

在欧洲，我第一次发现这里居然也有电蚊香，可见我并不是第一个抱怨蚊子的客人。当好客的姑娘邀我到其服务的主宅喝杯咖啡时，我才发现旅舍为什么这样窘于人手——原来偌大"二部制"的薄伽丘酒店其实是家庭式经营模式。姑娘打理簿记和采买—供应，管理酒吧和厨房的是个同样眉眼的帅气小伙，估计是她哥哥。而进了酒吧间，则看见一对老人在低头劬劳悄声儿算账。老头儿戴着花镜，老太太从气质上看典丽高雅，是年轻时过好日子的模样。天晚了，已然没了一个客人。他们正好利用这日尾清算一天的账目。昏黄灯光下，我看到圆桌上摆满了一天的单据和针头线脑的发票……

看到我进去，他们略有点窘，但旋即昂起头笑容灿烂地迎接。不愿打扰这辛劳的一家，呷了一杯卡布奇诺，我悄声离开了酒吧。

沿庄园走回我的旅舍。循鹅卵石铺就的苔径，偌大的庄园和我们堡寨相隔仅是一个豪华的饭庄和名曰"美国人"的一所酒吧。它们的生意其实很寂寥，除了庄园散旅，黑幢幢的山庄几乎没有外人。

入夜，一片静寂，静得怕人。这里真是中世纪的古堡。朦胧中我仿佛亲见幽灵出没，似乎听见了骑士剑戟铿锵，贵妇人窃窃私语以及丝绸窸窣声。黑死病、丧钟、醉生梦死的行吟诗人、十字军、流浪汉、骡夫、自耕农、磨坊主、性饥渴的修士、脑满肠肥的财主、花枝招展的村姑、转卖赎罪券的商人……都一路逶迤向我走来。朦胧中，我看到薄伽丘在羊皮纸上奋笔疾书。

摸索着起床，夜是有质感的。为了证实这意大利小镇的夜和这一夜的古堡、证实我的确经历过这一夜，我摸索着拍摄这廊、堡、斋和寨，这里的氤氲和这难忘的际遇。幽灵和我已然一体，游魂荡漾如灵之浮游。

却是门外的保安把我唤回了人间。

早已留心到了我的好奇和这被赋予特权的偷窥，他神秘地从墙外隔帘追随着我。我当然觉察到了他的善意，反正是暗夜无眠，何不推开窗前月，出门一叙？

原来他是庄园特聘的私家保安。虽不得入堡，却肩负古宅守夜和警备之责。寂寥的夜，容易唤醒守夜人缄默的口。据说，他为薄伽丘庄园主人守夜逾三十载了，他知道的这个庄园主人继承这家业已经不止四十年。这家人应是贵族，本不谙生意，但数十年来意大利经济萧条，劳动力奇贵。这样，这家男女主人从颐使气指的韶年到劬劳不息的中晚年，从王谢堂前的燕子到乌衣巷的芒草，一切都不得不亲力亲为。挣扎度过了几十年，唯一保有的，仅是这"薄伽丘"的名头。这家的儿子真帅，两个女儿窈窕，父母虽劳作辛苦但不倒雍容的架子。喋喋不休的保安像是玄宗时代的白头宫女，不寐的永夜，他大概是在回忆中消磨着古堡的时光……

次日的清晨，我见到了第二个姐妹，也看到了"薄伽丘"一家的辛劳。身为帅哥厨师的哥哥穿着很正规，衬衫雪白，领结坚挺，气宇轩昂，他虽操厨役穿戴却比就餐的任何一位客人都豪华。而昨晚女子和另一稍幼者显系姊妹，在亲切和蔼地彬彬待客。年长的父母也提壶携浆添茶递水一力帮忙。

天涯羁旅，这是早间大批顾客要离开、差不多一天中最忙的时候。我看到游客大都急匆匆用餐，然后狼藉离桌，扬长而去，全然无暇顾及"薄伽丘"一家在门口恭候道别和眼里讨好般的戚惶——我深信，离客的无视和失礼多不是因为粗鲁或感情粗糙而只因行色匆匆、着急赶往下一个景点；但在这自尊、勤谨且巴结的一家人神色里我看到了感伤。

在"薄伽丘"不寐的夜，我匆匆做了些关于薄伽丘的作业，得知在

一个人的世界文学

意大利，以"薄伽丘"命名的服务业约有三家。除此外另有一家叫"薄伽丘旅店"，位于佛罗伦萨，还有一家"薄伽丘俱乐部"似也在左近；有理由推断这里可能是"薄伽丘"的大本营。在意大利，薄伽丘不是个流行的姓，极少有人姓它。所以，我也有理由相信这旅舍跟写《十日谈》的乔万尼·薄伽丘或有某种不可知的关联。

乔万尼·薄伽丘出身富贵，但他是个私生子，学过经商和法律但都不感兴趣。他自幼喜爱文学，一生创作过大量诗歌和小说，最著名的是《十日谈》。这在中国几乎是家喻户晓。薄伽丘被誉为意大利文艺复兴时期文学三杰，其他二人是但丁和彼特拉克。但丁的《神曲》被公认是划时代的巨著，而薄伽丘的《十日谈》则被认为可与《神曲》媲美；在世界文坛上，它被喻作"人曲"，其阅读量远远超过了《神曲》，是全世界文艺复兴时代最受欢迎的小说。

薄伽丘据考出生在佛罗伦萨，这块地界也是他一生盘桓的区域。佛罗伦萨有很多跟他相关的遗址和文物。因此，这紧邻佛罗伦萨的薄伽丘旅舍中，我约略还能看到映射过薄伽丘气息的一些鲁殿灵光。

这次来意大利，经此番实地考察，补充了一些对薄伽丘生平的了解。除了写作，他还有一段青春期的生死绝恋，跟他景仰的但丁、彼特拉克相似，构成了当年人文主义者崇拜女性之可望不可即的绝望恋歌三部曲。这些，当年我在国内讲授薄伽丘的时候尚未得知，当然也并没有在课堂上讲过。

离开薄伽丘旅舍的时候，除了恋恋不舍，一个不合时宜的想法至今萦绕着我。这里的中世纪名贵瓷器从何而来？它们的文物意义怎样，其价值又该几何？真该让有识之士鉴定一下。

达·芬奇斗画

2019 年是达·芬奇逝世五百周年，几乎全世界都在开展规模空前的纪念活动。机缘巧合，我刚去了佛罗伦萨不久，在旧王宫五百人大厅里见到了达·芬奇当年跟另一位巨匠米开朗琪罗斗画的"现场"。

世界艺术史上流传过达·芬奇和米开朗琪罗不和的消息，大家都以为这不过是个传说或噱头而已。没想到，这次到了现场，我还真看到了物证。

当年，艺术界也是个"江湖"，也有恩怨情仇。据说，事情发生在 1503 年前后的佛罗伦萨。当事人是刚从米兰载誉归来的达·芬奇和本城耀眼的艺术新星米开朗琪罗。

达·芬奇生于佛罗伦萨所在的托斯卡纳大区的芬奇镇，他离家多年，在外边享尽了艺坛荣誉。这时的他已经完成了《最后的晚餐》，名声如日中天。而天才小子米开朗琪罗也不含糊——他是土生土长的佛罗伦萨人，那时正在冉冉升起、风发扬厉的他才二十几岁就已经完成了震惊世人的杰作《哀悼基督》和《大卫像》。他们二人上述作品中的任何一件都不只是意大利或欧洲的瑰宝，而且是辉映着整个人类艺术史的杰作。

可巧这时候佛罗伦萨市政厅的旧王宫建起了当时欧洲最大的议会大

佛罗伦萨旧王宫两翼的画壁

厦"五百人大厅"。它是当时欧洲最有名的建筑，其美艳豪华举世无两；而它俯瞰的领主广场更是欧洲公认最美轮美奂的广场，它集中了文艺复兴艺术大师们的雕塑杰作，堪比世界上最壮观的博物馆。

有这样卓绝的大厅，统治者当然想把它的美提升到极致，给这厅堂画上最美的壁画。而天凑佳缘，正巧载誉欧洲的大师达·芬奇和震惊艺坛的天才新人米开朗琪罗都在场，于是统治者想"怂恿"大师们唱对台戏，故邀请他俩同时为大厅两翼画壁画，这一时成了最大的社会新闻。百姓当然看热闹不嫌事大，喝彩者有，各自拥趸两边撺掇者有，一时间到处起哄架秧子，把它渲染成了佛罗伦萨一大盛事。这一年，达·芬奇

传说中《安吉里之战》的画稿

五十多岁，而米开朗琪罗尚不足三十岁。

除此之外，当局更是故意付给达·芬奇的画价远比付给米开朗琪罗的高上了二十多倍。米开朗琪罗知道了以后当然心绪不爽，充满着怨气，他决心为荣誉而战。

这场"斗画"从一开始就注定了将是美术史上的一场大事件。他俩被分配的场地面积大致相同。达·芬奇创作的是巨型壁画《安吉里之战》，它被认为是达·芬奇一生中最大幅和最重要的作品。有的美术史家认为，这幅杰作在当时的影响要超过《最后的晚餐》。同时，米开朗琪罗的壁画也是巨作《卡辛那之战》。二人画的主题都是巨幅的庆祝佛罗伦萨胜利的战斗场景，惨烈悲壮，充满了戏剧性的张力和伟岸。

　　　　　　　　　　　　　　　一个人的世界文学

传说中米开朗琪罗学生临摹的《卡辛那之战》画稿

　　达·芬奇的壁画刚开始进行得很顺，但他尝试用新的材料创作，将蜡混合到颜料里。完成部分壁画后，其干燥速度慢，他带来火盆烘烤催干。没想到壁画中的蜡却因高温熔化，颜料从墙壁一直流到了地板上而毁坏了画作。而米开朗琪罗呢，进展也不顺。他本是为荣誉而战，怀必胜决心，全力以赴创作了《卡辛那之战》的草稿。虽因酬劳不平和心境不佳影响了他的创作情绪，但他的画作草稿是相当精湛且激动人心的。据说为了慎重起见，他先租了一个染工医院，用相同比例画了尺幅同大的壁画草稿，其效果绝佳，令人震撼。可是当他雄心勃勃将这幅巨作画到五百人大厅的时候，却收到教皇儒略二世的命令，让他去罗马设计陵墓并为西斯廷教堂画壁顶画。

米开朗琪罗一走，他的壁画只能告吹。看过他画作样稿的同代人对之无限惊赞和崇拜，但最后的结果只能是一声叹息，后来这个样稿也没能存下来。感谢当时和后代的一些著名画家，如米开朗琪罗的学生和美术史家瓦萨里以及鲁本斯等人对他当年初稿草样的描摹，我们今天仍然能够得观这位巨匠当年设计的草图的模样。

恰如拳手或剑客在决斗间突然走了对手，米开朗琪罗一走，斗画的另一方达·芬奇也意兴阑珊；更兼他的颜料出问题画面受损，达·芬奇最后也没能完成他的壁画。在这场史无前例的斗画中，二位大师两败俱伤，没有胜者。

其后，佛罗伦萨当局只好请了其他画家勉强另画了壁画。只从气势和内容看，这些巨画也够宏伟震撼，可惜已无从得见当年大师原作的景象。

没想到还有下文。

因为这个故事情节太跌宕腾挪，后人本以为它只是个传说；可是没想到过了五百年，2012年在对这个大厅的古壁画修复时，人们发现它的夹层和底下留有巨匠达·芬奇的原作。几百年来好多人对达·芬奇壁画的丢失心有不甘，始终有人在寻找它。直到近年来科学家用热—雷达成像设备和中子活化分析机，甚至医用内窥镜式微型探针等高新技术来扫描现存壁画，发现巨幅壁画后面整堵巨大的墙壁似乎有达·芬奇原作的痕迹。

原来，当年应命在原位置补画的画家瓦萨里是达·芬奇的崇拜者，他也是世传第一部达·芬奇传记的作者。当年补画时他刻意掩藏并覆盖了达·芬奇原来的画作。现代科技已经有了寻找并恢复它的可能。

这消息一出即引来了轰动。美术界当然有人想发掘并恢复达·芬奇的壁画巨作，但是经过全世界著名美术史家和权威人士讨论，若想达成此举，势必要伤筋动骨对五百人厅进行发掘重造，而这样做定会毁掉无数文物和其他巨作。因此，最后佛罗伦萨市政府决定禁止钻孔寻画。

他们决定不要再掀争议，去干扰逝去大师们的安宁。这一决策受到了世界美术界和佛罗伦萨市民们的欢迎。

纽约再会达·芬奇

2019 年夏去梵蒂冈，它唯一的一幅达·芬奇画作被借出去了，很是遗憾。去过梵蒂冈的人都知道，那里简直就是一个圣迹和美术史的宝库。我们自小读过的西方美术史上的大多杰作都在那里，美不胜收。可是，它仅仅有一幅达·芬奇的真迹，可见其作品的奇罕。但，它被借走了。

没想到，回到纽约，得知借它的竟是纽约大都会艺术博物馆，就在我们左近——它围着世界走了一圈，刚好来到了我们的家门口。

刚刚展出这幅画时，大都会艺术博物馆真是人山人海。纽约是个大码头，世界各地的游客本来就多，更加上达·芬奇这幅巨作的锦上添花，简直是观众莫能近前。我特意等到开学前游客渐少的时候，又挑了一个星期二，反正我们离大都会艺术博物馆近，我去了个绝早，第一个到达·芬奇画作前，看了个饱足。

达·芬奇的这幅画作名为《在荒野中祈祷的圣哲罗姆》。史载哲罗姆是三到四世纪时期一位伟大的学者和基督教神父。他曾将《圣经》从希伯来文和希腊文翻译成拉丁文，成为西方教会钦定的《圣经》版本。他晚年在耶稣出生地伯利恒苦修隐居，死后被封圣徒。圣哲罗姆被尊为翻译的守护神，联合国将他去世的日子定为"国际翻译日"，每年会在这天举行翻译大赛等活动来纪念他。

达·芬奇的这幅画表现的就是晚年哲罗姆苦修时的情形。画面上的哲罗姆在山野苦修，身旁跪卧着一头雄狮。这头狮子曾经脚扎利刺，被哲罗姆拔出救治好，它后来成了哲罗姆的好友和守护者。这幅作品的表现非常有戏剧性及张力和悲悯的情绪，它表达了哲罗姆苦修和自我拷问的场面。

但是，眼前达·芬奇的这幅画作显然是一幅未完成的作品。它的相当一部分画面都露出勾勒形体的线条和初层的敷色。然而，研究家认为这幅未完成的作品更是可贵，因为它揭示了画家作画的过程，通过它，我们可以研究达·芬奇的构思和实现构想的步骤。更为可贵的，是研究者在这幅巨作的左上角发现了达·芬奇在湿颜料上有意无意地留下了清晰的指痕手印，为后人研究达·芬奇和他的身世留下了宝贵的文物证据。

纽约大都会艺术博物馆为了这次的达·芬奇展花足了力气，进行了最充足的准备和最精心的设计。这幅杰作被安放在展馆一楼幽深的后部。此前我已经做足了功课，故甫一入馆就直奔主题，快步通过侧厅去瞻仰达·芬奇。但是，大都会艺术博物馆的设计真让人佩服：到达后厅必须穿过中世纪馆。中世纪正是哲罗姆生活的时代，也与达·芬奇的成长紧密相关。通过这儿的洗礼，观众已被先期熏陶进入这幅画的氛围了。

大都会艺术博物馆的中世纪馆黑森森的，全是幢幢幽灵。除了幽灵就是圣迹神像神器和石棺，它们真是很好地烘托了气氛。这种肃穆陡然让观者的心静了下来，销掉所有烟火气。若不是有全身制服、神情俨然的馆员们侍立在侧可以壮观众的胆，这气氛真如你陡然跌入了七百年前幽深晦暗的中世纪，还真是有点让人却步，颇为吓人呢……

达·芬奇的《在荒野中祈祷的圣哲罗姆》

大都会艺术博物馆的中世纪馆

　　蓦地，眼前一亮，达·芬奇作品巨大的介绍牌匾矗立在眼前。出人意料的是，不同于以往任何此类展览，这次整个厅里仅展出此一件作品，是名副其实的"唯一单件作品展"。据说，能享此殊荣的另一个记录还是出自达·芬奇：那是1963年年初，法国政府向肯尼迪总统示好而借出《蒙娜丽莎》到大都会艺术博物馆。

　　纽约大都会艺术博物馆举办过很多次世界艺术大师的杰作展，米开朗琪罗、伦勃朗、梵高、维米尔、毕加索、印象派大师甚至达·芬奇本人的素描等等巨展都曾轰动过世界，但是像这样一次大展就展一幅单作的情况极为罕见。既然展品少，展方就做足了烘托文章。

除了场地安排刻意空旷疏朗、让人赏心悦目而无缘他顾以外，整个展厅庄穆肃然，光线暗淡却沉静，柔和的微光投射在画面上使人全神贯注。在这个展厅周围，博物馆安排了同时代画家同类主题的很多杰作和巨幅作品，如同众星捧月，下意识地把观众逐级导入这最后的圣殿。同时，这几个展厅播放着中世纪的宗教音乐，这音乐很梦幻，像是来自天上，又像发自脚下，萦绕着你。音乐中用着种种不知名的乐器混声轮奏，低沉、神秘而且有些忧郁；其中无伴奏的人声非常凄美婉转，让人闻之神伤……达·芬奇的作品享受着整个大厅里唯一画作的待遇，但它的气场很足，压得住。

这次瞻仰达·芬奇的经验让我深深感动，觉得它不仅是一次观画，更是一场精神洗礼和全方位的心灵体验。这样的画展，对我们关于生命的思考和艺术感觉的提升非常有启迪意义。

五百年一遇的米开朗琪罗

1564 年 2 月，八十八岁的米开朗琪罗不舍地告别了他钟爱的人世。两个月后，莎士比亚诞生。那是一个天才辈出的时代，文艺复兴是人类文明的一场恒久的接力。我们能有今天，不论人文、艺术还是科技和生活，皆跟它血脉相关。

从这种意义上来审视米开朗琪罗，我们就能感受到历史和文明可触摸的温度。

五百年一遇，宿命和缘

学画画的人谁没画过石膏像？画过石膏像你就不能不知道米开朗琪罗。但世上有一百个莎士比亚的读者，就有一百个哈姆雷特；而一百个米开朗琪罗的崇拜者呢，当然也会有一百个不同的米开朗琪罗。而纽约大都会艺术博物馆就要给我们呈现一个关于米开朗琪罗的终极答案。

大都会艺术博物馆这些年着实做了不少好事。它像一个挥舞着魔杖的大神，纵情地招引着这个世界上所有的缪斯和神祇赶来纽约呈现给观众：达·芬奇、伦勃朗、维米尔、印象派、"骑士罗曼司"专题；中华瑰宝、秦汉文明、中国叙事类绘画、"镜花水月"等种种特展异彩纷呈……而这次的米开朗琪罗展是一个空前绝后的亮丽收煞。

此次展览为期三个月，乃是这些古纸和素描可以暴露在外的极限时长。艺术评论家公认，这次规模宏大的特展，无论是考虑到作品庞大的体量，还是极为脆弱的作品媒介和使人想而生畏的保险费用，用"一生一次"来形容它都毫不夸张。米开朗琪罗对整个西方艺术史的贡献独一无二，他的作品在其去世的几百年后仍然熠熠生辉。正如这次的策展人卡门·班巴奇博士所说，"在米开朗琪罗的作品中，五百年的历史似乎渐渐溶解"。

不同于欧洲皇宫和博物馆有其足以自豪的煊赫历史和无尽宝藏，美国文明年轻。但大都会艺术博物馆穷则思变，它靠综合实力和整合人类文明精华加以集中呈现来展示其优势。由于跟欧洲比它相对资浅，所以它从不故步自封。它不像那些老死不相往来的旧皇家贵族死守祖荫；同时，大都会艺术博物馆挟其资金雄厚的优势，勤于策划、精于设计而且活力十足。它以美国人的敢想敢做精神和青春活力来积极调动整合设计大型展览。在这里，一加一永远大于二，而且不止是举一反三，它极大地发挥了文物作用于观众的最大效益。

难能可贵的是，这次大都会艺术博物馆不是一般意义上的展览，而是对文艺复兴人文环境的整体复原，臻至对米开朗琪罗及其时代的一种立体的呈现。它不仅可以说是作品展，更是对艺术史和文化发展史的一场盛大巡礼。

大都会艺术博物馆在意的是给观众以全方位体验，把读者和观赏者一步领入文艺复兴。这是一种沉浸式体验。有心的观众如果稍做功课，就可以发现博物馆悉心提供了大量的背景资讯，甚至把这次如何收藏、修复和保存米开朗琪罗文物的场景都贴心地用实况录像呈现，让我们知道前人艺术创造不易，而专家们对这份人类天才的物证又是以何等样的敬意来发掘、保养和珍惜；作为观众的我们，该是何等地幸运能够一睹五百年前艺术家的真迹！

也许眼下的观众并不知道我们有多么幸运！

以这次米开朗琪罗特展为例，这是这位巨匠的作品在五百年间的第一次聚会和"全家福"——即使是在米开朗琪罗活着的时候，他的作品也是随画随丢，星散于欧洲各地。更何况其后无数世代的收藏家、研究者、掠夺者和经纪人、保管者等人事倥偬，甚至水火舔舐、虫灾鼠咬——任何一个小小的变故都可能使这些文物毁损而让后世观众与它们永远失之交臂。

上面说的还只是正常年景，而且还要靠藏家（不论是政府、团体或私人）不出意外；此外，还得是藏家世世代代都对这些艺术珍品感兴趣，愿意收藏。如果在哪一代或哪一个人手里掉了链子，这种收藏就会前功尽弃。

不可避免地，我们当然知道，自米开朗琪罗离世至今，这个世界经历了多少场战火兵燹和自然灾害——算到这里，还没包括各种各样人为的破坏。

由此可见，这些历经人类劫难之艺术瑰宝能收藏下来留传至今，能够为我们得以观瞻，观众该是何等地幸运！

我们在这儿一天中不经意间看到的，也许是汲汲以求多年的一个朝圣的旅人乃至于艺术家们一生都难以见到的宝藏。即使是米开朗琪罗的同代人、他的密友，甚至他本人都没有我们今天在两个小时内所能看到的多！

技术上讲，甚至在艺术家在世时，也不可能有一位恩主或收藏家能够买断他作品的全部。因此，无可避免地，他们的作品会遍布各地；而后世几百年间藏家们各珍其珍，决不愿共享或共展。这样，这些人类共同拥有的艺术瑰宝几乎永难聚头、永不集中再现。旧时代没有博物馆更没有国家公权力或有国际声誉的组织者将世界级艺术巨匠的作品集中展览。可以想见，今天一位普通艺术爱好者在博物馆里所能见到的，远比旧时代的王公贵胄甚至君王见到的都要多无数倍！

这就是文明的力量，是当代人的幸运。感谢近现代的博物馆模式打破了旧时禁锢。

在今天，即使人们亲自到了意大利、法国、英国、梵蒂冈、德国等等艺术圣殿，也不可能得观此刻在大都会艺术博物馆能看到的一切。因为几十个博物馆——寻去固然不易，而且即使抵达，也会因为种种原因这些作品未必都能同时展出。当代博物馆大都采取轮展制，并非所有镇馆之宝每天都呈现在观众面前。所以，我觉得这次大都会艺术博物馆米开朗琪罗特展集全世界各著名博物馆和藏家之精华，对艺术爱好者来讲，是不容错过的。

据不完全统计，这次借展共牵涉奥地利、法国、德国、意大利、荷兰、英国、美国、梵蒂冈八个国家及世界各地不愿透露身份的大量藏家；它牵涉的博物馆、大学、皇室、政府机构、教堂、画廊、基金会等各类公私社会组织有五十一家之多。

动荡人生，从天堂逃出来的缪斯

米开朗琪罗被公认为不世出的天才、一位从天堂里逃出来的缪斯。他的成就用常理无从解释。他是文艺复兴时代的巨人和通才，身兼雕塑家、画家、建筑师、机械工艺家甚至诗人等多种角色。除了雕像，他的天顶画和壁画誉满古今，他设计的伟大建筑教堂神殿及教皇陵墓彪炳千古。他为世人所知，除了艺术家的身份外，还基于他的天才故事和一生扑朔迷离的种种神秘传说。

米开朗琪罗出身于小银行家家庭。他父亲这一代开始从政做了小官员。米开朗琪罗出生几个月后举家迁往佛罗伦萨。这里是西方文艺复兴的诞生地，曾经是欧洲最繁荣和强大的都市。在米开朗琪罗活着的时候，佛罗伦萨拥有重要的工业和大约八十家银行的总行和分行，它一城的总收入曾经超过整个英格兰。那时候的佛罗伦萨几乎是西方世界的中心之一。

这里产生过不少影响人类文明的大师，但丁、达·芬奇、米开朗琪罗、伽利略和马基雅维利等都是彪炳千秋的名字。

人杰地灵，米开朗琪罗的童年却不甚美妙。他六岁丧母，父亲把他托养在小镇上一户石匠家庭。偏打正着地，这童年的影响竟使他一生迷恋上了雕刻和石头。

对于绘画，米开朗琪罗喜欢说自己是无师自通。这凸显了他怀抱异禀的神秘部分。其实，即使是天才，也不是无本之木。米开朗琪罗的确自幼聪颖过人，童年时父亲送他去语法学校，他不喜欢上学却喜欢临摹教堂的绘画且整日跟画家厮混。十三岁时，他曾经去过画家吉兰达伊奥作坊做学徒；但刚到十四岁，他居然就成了在自己老师吉兰达伊奥作坊里拿薪水的签约画家。这件事引起了轰动。

可还没能拿钱多久，当时佛罗伦萨最高长官，也就是米开朗琪罗后来的恩主美第奇要他老师送去两个最好的学生，毋庸置疑地，其中之一就是米开朗琪罗。后面的故事就简单了。

米开朗琪罗进入美第奇家族设立的学院学人文学科，又在名雕塑家指导下学雕塑。这一时期，在当时最杰出的思想家和艺术家的指导下，米开朗琪罗也铸塑了自己的世界观和艺术观，为他一生的成就打下了基础。

十七岁时，他雕出了自己第一部成名作《基督受难像》，开始为教会和世人瞩目。其后，他的恩主美第奇离世，又经历了不少政治斗争和社会动荡；为了生存，他受托做小爱神丘比特雕塑。其后这雕像被做旧、扮成古董辗转卖到了罗马，买主竟是声名赫赫的枢机主教！受骗的主教倒是宽宏大量，惊异于这赝品的精致，他竟大度地把米开朗琪罗邀请到了罗马。

因祸得福，米开朗琪罗开始了罗马生涯。1497 年，法国驻圣座大使委托米开朗琪罗创作雕塑《哀悼基督像》。这一年，米开朗琪罗仅二十三岁，这部作品已被认为是人类雕塑史上无与伦比的杰作。

1499 年，米开朗琪罗又回到了佛罗伦萨。在这儿，他完成了一生最高成就之一的巨作《大卫像》。雕像完成时他才二十九岁，可是已经在人类艺术史上不朽了。

其后，他又回到罗马。教皇邀请他为自己设计陵墓。其间教皇还时常打断他的工作，委托他做其他作品。四年间米开朗琪罗终于完成了陵墓的巨构，这里面最著名的雕塑为震惊世人的杰作《摩西像》。

与此同时，米开朗琪罗还为西斯廷教堂绘制天顶画。在绘制这部宏伟作品时，他与同为"文艺复兴三杰"的另一位画家拉斐尔一起创作。米开朗琪罗的作品是《创世记》，其中包括最出名的场景"创造亚当"和"大洪水"等，共塑造了343个人物形象。它是米开朗琪罗史诗般的鸿篇巨制，为他增添了不朽的名声。据载，在创作这名作的过程中，他不得不一个人躺在十八米高天花板下的架

大卫像

子上，以超人的毅力夜以继日地工作，当整个作品完成时，三十七岁的他已累得像个惆惆老者。由于长期仰视，头和眼睛不能低下，其后米开朗琪罗连读信都要举到头顶仰视。他用健康和生命为代价完成了《创世记》，为后人留下的不仅是不朽的艺术品，还有为艺术而献身的精神。

虽然天顶画和壁画同样为他创造名声，但是，据米开朗琪罗在诗中诉苦，他并不喜欢画壁画，他的心思在雕塑。这种绘画工作让他心里充满了委屈。

其后，米开朗琪罗不断受委托为大型建筑工程设计、绘图并制作模型，还承接美第奇家族的各种建筑任务。佛罗伦萨陷入战乱后，他又被

委托修筑城防工程。频仍的战事，再一次把他逼到了罗马。

在罗马，教皇委托他绘制巨大的壁画《最后的审判》。米开朗琪罗创作这幅规模宏大的壁画花费了整整七年时光，它庄严神圣、气概恢宏，是文艺复兴乃至人类艺术史的绝唱。但是，这部作品引来了巨大的争议。

因为米开朗琪罗为了凸显世界末日审判的震撼和人类终极世界的磅礴苍莽雄浑，将作品中的人物大都采用了裸体形象的处理手法。特别是圣母和耶稣基督的形象都是一丝不挂，这种呈现引起了宗教上层人物和教廷的不满，他们呼吁教皇毁掉这幅壁画。幸好教皇没有答应。但其后，教廷不得不作出某种改变，在米开朗琪罗去世后，他们雇佣他的学生为圣像画上了遮羞布。

1546 年，米开朗琪罗已是七十一岁高龄，教廷仍然任命他为梵蒂冈圣彼得大教堂建筑师，他受命为这座宏大的教堂设计圆顶。因他年事已高，人们担心他看不到穹顶的完成。但是米开朗琪罗充分设计好了全部建筑结构，确保了它的完美建成——这座人类历史上最宏伟的教堂终于在八十年后的 1626 年竣工，而那时候，米开朗琪罗墓木已拱。1564 年初春，离米开朗琪罗八十九岁生日只差三个星期，这位一生遭历无数风雨的艺术巨匠终于走完了他无比眷恋的人生。

从纽约再出发，到永恒

这次纽约大都会艺术博物馆的米开朗琪罗展，呈现的不只是画家和艺术，而且是立体、活色生香的文艺复兴本身。

走进展厅，悉心的策展者并没急于显示米开朗琪罗，而是把观众引入意大利及佛罗伦萨，引入文艺复兴。在这里，先让观众得到启蒙和预热。从米开朗琪罗生长的历史氛围起，一步步展现画家—雕塑家的成长、学习年代和人文背景。这里给我们重现了那"需要巨人而且产生了巨人"（恩格斯语）的火热年代。这样做，就要求策展者不只局限于展览米开朗琪罗，而且要把他的童年、他的环境和他的学习时代搬来纽约。

难能可贵的是，大都会艺术博物馆做到了。

策展者贴心地替观众找来了米开朗琪罗童年时稚拙的习作，而且为了比较和鉴别，他们也悉心地为观众寻来了米开朗琪罗童年的师傅、他的画友和同学们的作品。有了这些还不够，策展者还同时展出了那个时代比较流行和经典的风格、式样以及米开朗琪罗艺术界友人的作品。

有了这些，我们才知道即使是天才和巨人，艺术之路也很难一蹴而就，这里没有什么侥幸。米开朗琪罗的成功，是经历了非凡的刻苦和勤奋才激发出来的。

最可贵的，是这里展出的既有米开朗琪罗最早期青涩的习作，也有他模仿他人或跟别人合作的作品。比如说，这里有他少年时的油画，那是一幅受德国画家马丁·施恩告尔《圣安东尼受难》版画稿影响的作品——在这幅米开朗琪罗十二三岁时的蛋彩画里，他几乎完全承袭了同时代前辈德国画家的构图。在这幅作品中，我们既看不出米开朗琪罗后来的个性，也看不出同期洋溢着的意大利色彩，它呈现的是阴郁的哥特式风格。所幸，米开朗琪罗没有走这条路。但是，如果没有这件早年习作的物证，我们很难得知少年米开朗琪罗的成长和他的进步以及他对艺术道路不同的选择。观摩这幅米开朗琪罗最早的蛋彩画作品，有助于研

米开朗琪罗早期雕塑《年轻的射手》

究他的成长史。

　　接着呈现在观众面前的米开朗琪罗早期雕塑《年轻的射手》让人眼前一亮。这件作品本身就有故事。

　　据介绍，这件雕塑是米开朗琪罗二十一岁时的作品，它应该是迄今发现最早的米开朗琪罗大理石雕塑作品，包藏了很多的谜。原来，这件雕塑是在十几年前才被发现的。巧的是，发现地正是纽约，而且就在大

　　　　　　　　　　　　一个人的世界文学

都会艺术博物馆对面的法国领事馆里。这件雕塑是怎样跨越了五百二十多年的时光远涉重洋来到了纽约？它又如何成为法国政府文化部的财产？而且，它又怎么巧合地跟大都会艺术博物馆做了这些年的邻居，而直到1996年才被艺术史家鉴定为米开朗琪罗真迹的？这些，都是另外待解的谜题了。

策展人不只是做展览，而且更有雄心。这件《年轻的射手》既是米开朗琪罗青涩的少作，它就一定有师承。于是，策展者在它的旁边展示了学徒期的米开朗琪罗参照的样本和摹仿的范本——古希腊的青铜雕像。同时，博物馆还系统地介绍了米开朗琪罗学习、观摩古希腊罗马雕像并从中汲取精神和技巧的过程。知道这一点，对那时复古精神、"人的发现"口号以及米开朗琪罗的成长都至关重要。

这里还展示了米开朗琪罗其他不同时期的几件雕塑作品以及古罗马的雕塑和米开朗琪罗同时代其他雕塑家的作品来给观众作为参照比较。通过这种陈列，高下立判；我们可以看出米开朗琪罗的师承、参考、与同代人的同与异以及他在哪些方面有创新和划时代的贡献等等。这种别出心裁的陈列方式简直如同一场生动的美术史课，让观众直观地感受历史，身临其境地领会艺术的发展。

当然，这次米开朗琪罗特展的主要内容是他大量的素描、速写等绘画作品和建筑草图等等。

米开朗琪罗的素描素以扎实和功力深厚闻名于世。他的线条稳、准、狠，其绘画有雕塑感。米开朗琪罗自幼习画，其观察力和表现力极强。特别是他立志雕塑，表现物体注重透视和三维效果。所以他的素描基本功非常扎实，线条稳健，块面多维，画面有浮雕感。

素描稿

这里展出的绘画有的是他为其天顶画、壁画和其他创作设计的构想、草图和小样，有的是独立创作的一部分，而有的本身就是一幅绝美的完整杰作。

策展者下足了研究功夫，他们溯本求源，深入浅出，对这里的一笔一画、一纸一本，乃至于草稿勾勒、断简残篇都给予了充分的研究。策展人卡门·班巴奇博士此前对米开朗琪罗和文艺复兴作过充分的研究。展出同时，也展示了她配合此展撰写的鸿篇巨制《米开朗琪罗：神圣的绘图人和设计者》著作，介绍了每一件展品的来龙去脉，它的生成、影响和在米开朗琪罗生命中的意义等。

除了作为巨匠、画家、雕塑家和建筑师的米开朗琪罗，这里也呈现了作为教师的米开朗琪罗。展览中专门设立了一个部分呈现米开朗琪罗培训学生和教授绘画的情形。

米开朗琪罗自己是天才，但他认为对普通人，美术是要学习的。他

　　　　　　　　　　　　一个人的世界文学

开设了自己的工作坊循循善诱地教学生。这里展有他的教学范本、学生临摹、他对学生的示范修改。他善于从细节入手，让学生从把握五官四肢的局部细节开始，进入整体的研习和构思。米开朗琪罗的这种方式后来被接受，成为正规美术教育的途径。其后几百年间，美术院校画石膏和局部训练的方式大都跟他的这种方法有关。

这次展览中很多画稿都是这位巨匠的灵感源泉。难能可贵的是，这些草稿像是一粒粒种子，大都会艺术博物馆的展览客观地呈现了这电光火石般的瞬间草稿和初始记录是如何启迪米开朗琪罗，并最后将其培育成参天大树的过程。他们用了草稿到成品对照呈现的方式使观众对这个过程一目了然。

除了原始构思、草图对米开朗琪罗本人的影响外，展览也呈现了米开朗琪罗作品对同代人、后代人的不朽影响。他们根据创作母题展示了从米开朗琪罗的草图到素描甚至到巨大的天顶画和壁画的完成；但策展者的呈现尚不只此，他们还展示了米开朗琪罗的后继者们对同一母题的延续和再开发、拓展周边产品和模仿。

比如说，这里展示了米开朗琪罗的炭笔素描被同代人的临摹、改编并绘制成油画，被珠宝首饰匠做成工艺制品，被金银匠仿造成珍宝挂件、古董、法器等等。米开朗琪罗在当时的影响是无处不在的，以至于文艺复兴的记录者瓦萨里将其视为"神一样的存在""文艺复兴的巅峰人物"。

除了绘画和雕塑，这里还展现了他作为建筑大师的一面。从青年时代，米开朗琪罗就自觉或不自觉地被牵涉进建筑设计。这次展览大量呈现了他各个时期的建筑设计及绘图，包括神殿、教堂、陵墓和厅堂设计，甚至有堡寨和要塞的构图。从天才的米开朗琪罗的设计图纸中我们甚至

后人根据米开朗琪罗作品临摹仿造的首饰

能够看到后来的美国五角大楼类建筑的影子。

随同设计图纸的呈现，这次展览也展示了各种实物，比如穹顶建筑模型、复制天顶画，甚至他设计的木结构大型力学框架等等。那时候，作为一个合格的建筑师，不仅是个艺术家和美学家，他还必须是位科学家。米开朗琪罗为圣彼得大教堂设计的穹顶不仅要美，而且要体现神学的崇高和坚实不摧的永恒性。建造这个穹顶花费了六十年，到他去世后方成形，并且一直屹立到今天，眺望着永远。

用刀、笔作诗，让大卫自己走出来

难能可贵的是，除了绘画、雕塑和建筑，这里还展示了米开朗琪罗的部分手稿，包括诗稿。他是个多才多艺的人，除了钟情于视觉艺术外，还是个善感的诗人。这里展示了米开朗琪罗的两首十四行诗。

感情充沛，他激情爆发时会发之于诗。这里有一首米开朗琪罗的著名诗歌，感叹运命的不公和他激烈的情绪：

我长出了瘤子，在这逼仄的地方
就像伦巴第或其他地方的
酸臭的水沟里钻出来的猫
下巴和肚子紧贴在一起

我的胡子朝着天，头颅弯向了脊背
我的胸骨突起，像一把竖琴
画笔上滴下的油彩
让我的脸五彩斑斓

我的髋骨挤进了肚子
屁股就像兜带，支撑全身
双脚失去控制，踉踉跄跄

我前胸的皮肤又松又长

背部则因弯曲而紧缩

我伸展身体，就像拉开一张叙利亚大弓

我明白，是恶化的视力和衰退的大脑造成了这恶果

因为歪斜的枪无法击中猎物

来吧，乔瓦尼，来吧

拯救我该死的画和名声

这地方太糟糕，绘画又不是我的本行

　　此诗写的是绘天顶画的时候。在这里，我们看到他透露的一个重要信息，那就是，米开朗琪罗诚然是一位杰出的绘画大师，但他一生最爱的是雕塑。他活着的时候，最看重的是雕塑家的名声。

　　这是他跟其他大师最大的不同。世所公认的文艺复兴三杰里，最不同的是他的雕塑。不论是《大卫》《哀悼基督》还是《摩西》《昼》《夜》《晨》《昏》等等，都是前无古人后无来者的唯一。达·芬奇和拉斐尔也都是绘画巨匠兼多面艺术大师。达·芬奇偏有科学长才，拉斐尔画风甜美柔和、启迪后世，而三人中唯有米开朗琪罗既善画又能雕塑且迷恋于斯，在这种意义上，他是艺术家里的全能选手。所以，当教皇或别的恩主用绘画和建筑等事项来干扰他时，他难掩抱怨。

　　作为那个时代的巨匠，米开朗琪罗把雕塑的名声看得最重。大约他认为雕塑具有永恒性，看千年前古希腊古罗马的雕像居然栩栩如生，最能理解什么是不朽和"海枯石烂"意味着什么。他认为雕塑最能呈现他的理想和艺术生命。当同代人问他雕塑技巧及他如何取得这成就时，米

米开朗琪罗的诗歌手稿及创作西斯廷教堂天顶画时的自绘漫画像

开朗琪罗谦逊地说，他并没有刻意要表现什么。雕塑的要诀不是雕塑，而是把石头中的灵魂释放出来。大卫和摩西本身就在石头里，他的任务就是把多余的部分剔除，让困在石头里的大卫自己走出来。

米开朗琪罗的"偏执"大概还可以让我们今人看到更重要的一个历史事实：那时候虽然绘画风气大盛而且文艺复兴时期的意大利三杰都以无与伦比的绘画赢得了后世的名声，但画家之受尊重大约不如科学、雕塑甚至写诗。

读达·芬奇的传记，我们知道他绝对是以绘画传名于后世，但在他活着的时候，在其《致米兰大公书》中自荐时，他最先提到的是自己的机械工程才华（纽约自然历史博物馆1998年展览美国比尔·盖茨巨资购买的达·芬奇《莱斯特手稿》时，记录的也多是他科学和机械方面的成就可证），最后达·芬奇只是顺便提到自己还擅长绘画。米开朗琪罗当然也具有建筑和工程之才，他还发明了后人使用的机械脚手架等等，但他自己最为骄傲的还是雕塑。

相比而言，拉斐尔是个最纯粹的画家，他绘画的名声在后世中影响最大。但在"三杰"中他排名最后——虽然他的绘画作品最多。这似乎也给我们以启示那时人们对纯画家的态度。

文艺复兴三杰有幸生活在同时代，他们三人间有交集，在后人心目中这该是多么幸运的事情！但是作为大师和巨匠这未必是福音。据载他们各有个性。达·芬奇知性而雍容，米开朗琪罗桀骜不驯，拉斐尔少年气盛。其中达·芬奇最年长，他比米开朗琪罗年长了一代人。据说两人关系不睦，时有竞争甚至对抗。而后起之秀拉斐尔比米开朗琪罗年轻。他成长期间，米开朗琪罗几乎已臻全盛，可是拉斐尔喜欢达·芬奇的温存和宽容，不喜米开朗琪罗的傲慢。

据载米开朗琪罗性格孤僻，极度聪颖，少年得志加上心高气傲使他很容易得罪人。年轻时跟人斗殴被打折鼻骨，又因他本身其貌不扬、个性粗犷，使他形成了极端自卑和自傲的矛盾个性。除了跟达·芬奇不和，后起的拉斐尔也在绘画上有超过他的可能，这种挑战和危机感更让他本能地不喜欢拉斐尔。据载，米开朗琪罗跟达·芬奇和拉斐尔都有过同台对决和比赛的机会，可是阴差阳错，他们的对台戏差不多都是无疾而终，这种花絮反倒是给人类艺术史增加了一些有趣的谈资。

虽然在"三杰"里年龄居中，但米开朗琪罗很长寿。拉斐尔最年轻却英年早逝，只活了三十七岁。米开朗琪罗比达·芬奇和拉斐尔都活得久，在他们两人离世后漫长的四十多年中，他该是孤独的。

天才需要互相砥砺，但长寿也是一个艺术家的幸运。米开朗琪罗是个跨世纪的人物，他也引领了人类历史的走向。有着足够长时光的滋养，他的天才也得到了充分绽放。

小镇出了个莎士比亚

我终于来到了生养过莎士比亚的小镇。古往今来，关于莎士比亚的书和文章汗牛充栋，但它们大多是给学术圈或吃文学饭的人看的。普通老百姓也喜欢莎士比亚，他们不关心也不愿意纠缠学术问题，只想知道四百多年前这个小镇青年是怎样咸鱼翻生、一飞冲天的。这个小镇埋藏了一个又一个的奇迹，等待着解答的人。可惜学者们的研究和解释大都太冬烘和卖弄，跟老百姓的期待差着一大截。

因此，我决定摒弃文学分析和种种先入为主的成见，将已知归零，代步广大文学爱好者，以一双从头探求的裸眼来循迹莎士比亚。在他出生和长眠的小镇用脚丈量他走过无数遍的土地，看看莎士比亚出生和归老的地方。回到四个半世纪前的英国，还原并尝试破译产生莎士比亚的文化土壤。

五百年必有王者兴

若想理解莎士比亚必须先了解英国。大英帝国虽然声名辉煌，但跟世界文明古国比，它只能算是后起。它孤悬于欧洲大陆之外，早年居民稀少，罗马帝国时代它曾被征服为一行省。罗马帝国灭亡后，它散乱零落进入中世纪，直到 1066 年被法国诺曼底公爵征服，欧陆文化传入，那时不列颠北部和苏格兰邦国才呈现雏形。给个时间参照，世界上英国尚未诞生时，中国早就度过了大汉和大唐的辉煌，已然到达政治经济巅峰的宋代了。

其后，又经历了几百年混战，直到 1542 年爱尔兰建邦，1603 年英格兰、苏格兰和爱尔兰才合为共主的邦联，由雄才大略且强势霸悍的伊丽莎白女王统治。这才是我们今天理解的大英帝国构成和发祥的时代——请记住，此期正是莎士比亚生活和发迹的年代。理解这一点对理解那时的英国国民性和莎士比亚的产生很重要。

英格兰曾经是块贫困且闭塞的土地，而且受制于海上强国荷兰和西班牙。想想看，这样一个受自然局限又被邻居欺负的岛国日后如何能称霸世界，又能出产文豪？这一切，端赖有了文艺复兴。

文艺复兴为什么对莎士比亚那么重要？让我们来看看当时的社会情形。英国曾经是残败散邦，而且它内部战乱不迭；封建贵族之间、贵族和王室之间，还有宗教纷争，可谓乱源无休。十四、十五世纪的英法百年战争极大消耗了英国的国力，而接踵而来的是为争夺王权的红白玫瑰战争。直到莎士比亚诞生时，终于迎来了"伊丽莎白盛世"。莎士比亚可谓生逢其时。

那时整个欧洲都沐浴在文艺复兴的时代春风里，意大利的但丁、彼特拉克、达·芬奇、米开朗琪罗、拉斐尔等人提倡的人文主义精神横扫全欧，给世人以极大启蒙。在思想、科学和宗教领域也都出现了以人学

莎士比亚出生的艾文河畔的斯特拉福镇

反对神学的新风。从地理大发现到哥白尼的日心说，人文精神的高扬唤起了当年欧洲思想革命的心声。文学上的启迪也渐次蔚然成风，欧洲各个民族和邦国的民族意识开始觉醒。按照恩格斯的总结，那"是一个需要巨人而且产生了巨人——在思维能力、热情和性格方面，在多才多艺和学识渊博方面的巨人的时代"（《自然辩证法·导言》）。莎士比亚正是这类巨人的一个典型代表。

对于英国，那时期更是一个辉煌的篇章。它除了尽享文艺复兴人文主义和科学革命的红利，还在军事和贸易上有了不朽建树。处于原始积

　　　　　　　　　　　　　　　　一个人的世界文学

累时期的英国亟需扩大海外贸易，但当年海洋强权西班牙垄断海上通道，极大限制了英国发展，这成了英国人的痛。可就在莎士比亚二十四岁的1588年，英国舰队在海上击败西班牙"无敌舰队"，从而取代它一跃成为海上霸主。这让英国人兴奋不已，极大地鼓舞了英国海外称霸、冒险和贸易之风，无论贵族还是平民去海外冒险和殖民成了暴富的捷径。莎士比亚时代是相信奇迹的，这种民族精神的极大高扬和自信，刺激了他的成才；而这种舍我其谁的自信和张扬，在莎士比亚的成长和创作中处处都有体现。

乡下人能不能咸鱼翻生

成就一个艺术家需要天时地利人和，艺术创造力是需要天才的，并非人有多大胆他艺术成就就能有多高。时代和社会机遇对大家均等，莎士比亚却是独一无二的。为什么在那个风发扬厉的时代，莎士比亚这个小镇青年能够独得风气之先而飘扬上青云呢？这里我们不得不深挖他的出身和其生长的独特人文背景。

积极进取的社会风气塑造时代精神，那时英国人人充满了自豪感和壮志凌云的自信，这是产生莎士比亚的积极土壤。但天才的成长需要条件，这种条件可遇不可求。莎士比亚这样一位世界公认的文学巨匠居然出生和成长在一个远离大都会的小镇，而且他并没有显赫的出身，这不能不让后来注重门楣的阀阅世家和虚伪挑剔的象牙塔文人批评家皱眉，并怀疑莎士比亚的出身和成功之路。

中古欧洲是一个奇怪的世界。那时候讲究门第出身，王室、贵族和僧侣阶层受社会钦敬，普通庶人或百姓难以出头。但那时社会又是光怪陆离的，比如说贵族和骑士阶级所受教育并不高，读西方学者研究中世纪的著作可知很多贵族、骑士甚或王室高层都是文盲，只有僧侣和神职人员能够识字和掌控读书大权。这一切到了伊丽莎白盛世时才有了根本性改变。

伊丽莎白女王认识到呼唤奇迹、改变国家命运的要务在于培养人才。她被尊为"荣光女王"，她的时代被誉为"黄金时代"，她进行了一系列开明的改革，包括重视教育和鼓励艺术。没想到这些都让那个乡下穷小子莎士比亚受了益。

莎士比亚的父亲算是个小业主和小商人，做羊毛生意兼皮匠，家里有个做皮手套的作坊。但他是个雄心勃勃、有想法的人。他善于经营，后来又做木材和粮食生意，在镇上买了房子，做过议员，据说还一度当过镇长。下层出身、这样生猛有雄心的精明爹往往能培育出更有雄心的孩子。

莎士比亚是家里八个孩子中的第三个，也是幸存的长子。据说他小时候就不安分，他不愿按照父亲的安排学手艺继承家业，却倾心于上学读书。这所当年的文法学校今天还矗立在镇上，它前庭是镇上气势颇雄伟的教堂，后边衔接的就是学堂。伊丽莎白时代这种文法学校拜文艺复兴风气之赐完全不同于中世纪教会办的学校，它非常重视人文知识教育和拉丁文学习。少年莎士比亚在这里有机会用拉丁文读《伊索寓言》、古罗马诗人维吉尔和奥维德的诗歌，也接触到了古罗马戏剧家的剧作和编年史等。多亏了那时相对全面和开明的教育，否则不管怎样的天才和努力，没有土壤和水分的良种是不能发芽的。同时也要感谢当年这类学校严格要求学生背诵和强记，这种学习虽然很辛苦，但让幼年莎士比亚把那时读不懂的古典名句刀刻斧凿般镌刻在心里终生不忘，成年后这些童子功发芽苏醒，让他顺藤摸瓜找寻材源写出世界名剧来。

此外，那时的小镇环境和风情也是哺育莎士比亚成长的乐园。这座小镇全名叫艾文河畔的斯特拉福镇。英国叫"斯特拉福镇"的地方不少，而这个独特的"艾文河畔"将它提升成一个专有名词，让它鹤立鸡群。清澈的艾文河静静地流过小镇，几百年后我们仍然能够感受到它的诗意和安谧。河连接着不远处的亚登森林，一直延续到看不见的远方。当年这里荒凉茂密，森林里埋藏着很多传说和民间故事。这里曾流传过打家劫舍红胡子罗宾汉的故事，茂林里也住着很多神仙和精灵。当然，森林里也不缺乏任性的女王和让人发怵的女巫。这些传说后来都出现在了他的剧作里。欢快的有《仲夏夜之梦》《皆大欢喜》，恐怖吓人的有《麦克白》中的女巫、《李尔王》中的旷野和《哈姆雷特》中的摇荡鬼魂，还有《暴风雨》《辛白林》中神秘的远方与诗。

像蒲松龄的成功一样，莎士比亚能成为剧作家，家乡当地传说和民间文学的滋养也居功至伟。莎士比亚就是在这样富饶的家乡土壤中完成了自己的童年教育。对一个剧作家，这或许足够了，但对一个文豪和大师，它还欠缺淬炼。因此，莎士比亚必须经风雨见世面。这时候，伦敦开始呼唤他，莎士比亚即将在熹微中喷薄而出了。

穷则思变，莎士比亚比任何富豪和名人家的孩子更渴望成功。先天不足的家世更促逼了他闯荡世界"撞大运"的豪情。时代精神呼唤鼓舞着他，既然背时几百年的英国能够从贫弱和局限走向辉煌，他这个乡镇

从后园远眺莎士比亚诞生故居

小子为何不能咸鱼翻生！他日后怎样成为"莎士比亚"的，这永远是个谜，从他活着时直到现在也没有权威的定论。但循着他的足迹，我们约略能够看出点儿他成功的端倪。

莎士比亚传记中，1585 年到 1592 年历来都是个神秘的空档期。乡下小子到伦敦混世界，别说当年，就是在今天也殊非易事。那时莎士比亚刚结婚不久，根本攒不起去伦敦的路费。他是步行到伦敦的，据说走了四天。

到了伦敦，他尝试过几种活儿皆不能糊口。后来他在剧院门口替人

莎士比亚上过的小学

看马车，有点像二十世纪八十年代在电影院门口看自行车的活计。沉沦到了极点，莎士比亚要在这块盆地上起飞了。借看马车的余暇他偷窥演戏，借偷窥而熟知剧情，又借精明勤快招人喜，混入群演龙套扮路人甲，最后他居然混至编剧，成为演员，而且参与筹划成为剧团股东，还筹措翻盖了当时著名的环球剧院。几年后他为人所知是因为他招到有名的"大学才子派"剧作家的嫉妒而写文章点名讽刺他！

一个乡下小子居然受到了文艺界闻人的妒忌和攻击，这就铁一般地昭示了莎士比亚的成功。其实，这才是开端。莎士比亚不只是出了名，而且混入了上流社会，他结交了著名贵族骚桑普顿伯爵，甚至到宫廷演出受到了伊丽莎白女王的喜爱。女王成了他的超级粉丝，莎士比亚前面的路就好走了。他的戏得以在宫内大臣剧院演出，其后大臣剧院更被授予皇家剧院标志，改名为国王剧团；这些都是有案可稽的。

其后的故事渐入正轨，都是莎士比亚传记中读者耳熟能详的部分。综上所述，莎士比亚的成功绝非神话，而是天时地利人和和时代精神的综合成果。他赶上了大时代，有个人的资质和非凡的努力，而且没有错过时代给他的使命。他能够成功的几个要素：时代精神、新兴的国民教育、民间文学滋养和贵人提携，缺一不可。

带刺的遗嘱，奇怪咒语墓志铭

但莎士比亚毕竟是个异数，一个默默无闻、逃家而在外成了大名的孩子能否得到家乡故人的认可，这是古今中外文学家热衷表述的话题。

当年汉高祖刘邦威加海内举世崇拜，但回到老家倍受质疑。元曲《高祖还乡》描述了这尴尬且富喜剧性的画面：当全村戒严恭迎皇上时，跪拜的子民发现皇上居然是早年的玩伴"刘三"。而且刘三曾跟自己一起偷鸡拔蒜甚至还欠着自己零星钱粮，于是他不再跪拜而是一跃而起，质问皇上刘三凭什么"改了姓、更了名、唤做汉高祖？"——如果连贵为拥有天下统御四海的皇帝老儿回老家都遭到这等待遇，那成名后的莎士比亚在家乡并不出名、也不被待见就不足为奇了。

当年"莎三儿"何时出去闯荡捞世界，村里没人留心过。那年月没有报刊，媒体也不发达，莎士比亚在伦敦的风光远在一隅的家乡并不得知。虽然他已然靠演戏扬名立万，发家致富，但演戏在乡下算不得是个正经营生。

艾文河畔的斯特拉福镇并没有拥抱历尽辉煌退休返家的莎士比亚。即使全世界都认他是个文豪，家乡的父老却只认他是那个当年流着鼻涕淘气的"莎三儿"。今天，全世界游客奔向小镇，全镇都在吃着几百年前莎士比亚种下的红利，人们才开始珍惜当年那不起眼、逃去伦敦的莎士比亚是他们真正的衣食父母。

回归家乡的莎士比亚敛尽光芒，买了镇上第二贵的房产晚年写作，而且在镇上盖了剧院，这是唯一让人们能够想起他与众不同的地方……

为了探寻莎翁的归处，我沿着浓阴覆盖寂静的小路，寻到了他长眠的圣三一教堂。与众不同的是，莎士比亚的坟墓不在教堂墓地，他被埋置在教堂神龛部位礼拜堂中央的圣坛上。他身旁躺着的是他的妻子、女婿及孙女和孙女婿。

其中最显眼处刻着这样几行字：

> 朋友，看在耶稣的份上，
> 别挖动这里掩埋的尘土。
> 勿动这墓石者将受祝福，
> 挪移我骨殖者必遭诅咒。

这首诗是一个简单的墓志铭，是大文豪莎士比亚去世前写的。它看上去文采并不很美，但这是一个咒文，咒文要的是法力而不是文字的美。

莎士比亚晚年在镇上的居所

这个莎士比亚最懂。

人们不禁要问，莎士比亚为什么在去世前替自己写这样一个奇怪的墓志铭呢？这里面暗藏着一些谜，至今仍没有答案。

前面说过，从莎士比亚活着的时代到他死后的今天，始终有人怀疑他的存在。他活着时，社会上普遍看不起演员和作家。贵族和有身份者喜欢高雅古典诗文而鄙视演戏，当年戏剧和杂耍闹剧等是为市民和下里巴人而设的。那时英国的剧团有点像今天到处走穴的草台班子流浪演出，很多城镇甚至不准他们进入。

临街面的莎士比亚祖屋

　　不只欧洲，古代中国也是这样情形。戏子是下三滥营生，文人写剧本也被认为不务正业。写小说已属不入流，而剧作家地位尤低，有如戏子。演出场所则大多被称作瓦子勾栏，不是正经人厮混的地方。正因为这，当年中国文人剧作家活着的时候不被尊重，甚至要隐姓埋名用笔名发表作品；而文学史上记述小说戏剧作家生平的名单叫《录鬼簿》，可见那时作家地位之低。

　　明白了这些背景，就不难理解作为剧作家的莎士比亚当年身份为何成谜了。莎士比亚出身平民，他从一个小市镇跑到伦敦闯大运，后来凭自己的努力成名而且成了世界级文豪，但是在讲究门阀且势利眼的英国贵族眼中，这样一个穷小子能够垄断英国文坛是他们不能容忍的事情。于是在莎士比亚活着的时代就有人攻击和诋毁他，在他死后抹杀和怀疑其成就者更是不断。

自十九世纪以来，莎翁身份谜团就在全球闹得沸沸扬扬。质疑他的不仅有学者与历史学家，甚至有各色其他世界级名人。除却当年的贵族集团，近代疑莎者就有弗洛伊德、马克·吐温、卓别林、惠特曼、海伦·凯勒等。

这伙人怀疑莎士比亚存在的理由是什么呢？总而言之，他们不肯相信一个出身卑微、学历与文化水平有限的人，能对西方古典和英国律法与政治制度有那样深刻的见解与洞察力；更觉得他不可能有如此卓绝的修辞和写作能力。他们试图从根本上革除一个穷小子能够成功的资格。为了否定莎翁的存在，他们必须找出他的替代者。于是他们就寻找了一批莎士比亚的候选人：从大哲学家培根，当年"大学才子派"剧作家克里斯托弗·马洛到第十七代牛津伯爵爱德华，甚至更大胆的猜谜者断定"莎士比亚"的真身就是伊丽莎白女王本人！

为了证明莎士比亚不存在，这些狠人无所不用其极，最绝的凶招就是想掘墓验明正身。不论拥莎者还是疑莎者，为了证明自己的正确，历代都有想挖他坟的冲动，甚至有人几乎作了尝试。大约睿智如莎士比亚已经预知了他死后会有这些纷争，就给自己坟墓事先加上了这镇墓护棺符。

这是一首诗的谜箴。乍读之，让人有些迷惑。不准动墓石大家都理解，但这里掩埋的"尘土"又是何指呢？原来此处有典故，它指的就是莎士比亚本人，源自《圣经·创世记》："你必汗流满面才得糊口，直到你归了土，因为你是从土而出的。你本是尘土，仍要归于尘土。"

莎士比亚把自己视为尘土，可谓谦卑到了极点。他希望死后不被打扰，这个恳求也朴素到了极点。如果连这卑微的恳求都不能被重视，他是有资格诅咒的。

那么，这咒文有效无效呢？据说很灵。从他被埋葬在这个地方以来，几百年间就没人敢移动他的灵柩。

墓的上方，有一个至今最有说服力和莎士比亚身份最权威的证据，那就是 1623 年莎士比亚去世七年后，他妻子和友人给他塑造的纪念像——它被认为是最酷肖莎士比亚本人的塑像和莎士比亚身份最确凿的物证。

四个半世纪过去了，莎士比亚受到了全世界的景仰，他创造的戏剧奇迹至今无人能逾越。家乡人通过今天全球游客崇敬的目光更加理解了当年莎士比亚的文化地位和普世意义。他们开始珍惜跟莎士比亚有关的一草一木。幸运的是，这个曾经与世隔绝的偏僻小镇并未受到飞速变化大世界的影响，二十世纪中叶人们开始保护它时，尚能保留几百年前莎士比亚生活时代的人文风情和场景。

人们小心翼翼地保留了当年莎士比亚诞生地的老房子、莎士比亚全家起居生活的场景、家里手套作坊和他家的后园。很惊讶地，我在他家后园里邂逅了跟他同时代的中国戏剧家汤显祖。这是汤显祖家乡江西抚州人送来的，旁边还有泰戈尔像，是印度人送来的。莎士比亚早已不仅是斯特拉福镇的"莎三儿"，也不仅仅是英国的莎士比亚，他已然走向了世界，成了人类文明的使者，宣扬着永恒的人性和真善美的精神。

别了，斯特拉福镇；别了，艾文河畔的圣三一教堂。河水静静流淌着，如同四百年前一样。这个小镇平凡又不凡，它证明了一个奇迹：人的潜能没有限量，穷人家的孩子也能用他非凡的努力和智慧，能用他如椽的巨笔搅起惊天的风雨并发挥改造世界的力量。

当莎士比亚遇到剧院歇业

　　莎士比亚一生有着无数的谜，他经历过各种事变和坎坷。莎士比亚被认为是个文坛怪杰。他出生于偏僻小镇，传记上说他没受过什么正规教育，但他敢于闯到伦敦去"撞大运"。他成功了，卧薪尝胆几年，成了杰出的戏剧家。伦敦的大剧院上演他的剧作，后来他还成了环球剧院的股东。

　　但有人怀疑莎士比亚根本就不会写作：那时在英国，戏子和写剧本是下三滥行业，以莎士比亚署名的剧本实际上是某个或某几个贵族写的。这些上流社会的人买断了莎士比亚的名字是为了避嫌。循着这个思路，甚至有人找到了一系列的贵族和学者作为"莎士比亚"候选人的名单。

　　这些往事今天看来虽然可笑，但在当时是真正的文坛风波，幸亏当时有板上钉钉的反证。这就是当年被称为"大学才子派"中的一位剧作家格林对莎士比亚成功的嫉妒和讽刺，说他是"用别人的羽毛装点了自己的乌鸦"。"大学才子派"都是当时牛津、剑桥的精英，他们自己与剧本比不过莎士比亚就只能躲在暗处酸溜溜地讽刺嘲骂。这些信史和记录成了第一手史料，反证了莎士比亚的成功。

　　莎士比亚的剧本贴近生活又有着人文主义浪漫气息，很受时人欢迎，

SHAKE-SPEARES

SONNETS.

Neuer before Imprinted.

AT LONDON
By *G. Eld* for *T. T.* and are
to be folde by *William Apley*.
1609.

1609 年出版的莎士比亚《十四行诗集》书影

很快就火遍了都城。传说伊丽莎白女王传他的班子去宫廷演出，看了《亨利四世》后还不过瘾，指定要莎士比亚写个这剧里的丑角福斯塔夫谈恋爱的故事，于是莎士比亚就应命创作了《温莎的风流娘儿们》。

可惜好景不长，彩云易散。莎士比亚刚刚红火了几年，1592 年伦敦突然爆发了大瘟疫。那时候卫生水平极低，瘟疫流行必须关闭剧院杜绝传播源。其后在 1593 年到 1594 年、1603 年到 1609 年，英国又发生多次瘟疫。城门失火殃及池鱼，事业刚刚起步的莎士比亚跟着遭殃了。

陡遇厄运，莎士比亚没有气馁，他将天灾人祸当成了砥砺意志的动力，用这段时间来充电和进修，转轨进行其他创作，写出了两部著名的长篇叙事诗《维纳斯和阿多尼斯》《鲁克丽丝受辱记》和 154 首十四行诗，成功地奠定了他在上流社会文坛的名声，为自己以后的文学事业再上层楼作了最好的准备。

莎士比亚幼时上文法学校学过拉丁文，他这两部长篇叙事诗皆取材

　　　　　　　　　　　一个人的世界文学

于古罗马诗人奥维德的《变形记》。而他的这两部长篇叙事诗曾经有过很崇高的文坛地位。1650年以前的莎士比亚作品中，《维纳斯和阿多尼斯》受重视的程度仅次于《哈姆雷特》，而《鲁克丽丝受辱记》则在《亨利四世》等作品后占第四位。直到1700年，他的诗歌才渐居次要地位。莎士比亚本人对自己的长篇叙事诗也非常重视。《维纳斯和阿多尼斯》出版时，他骄傲地称这是他的"第一个成果"。显然，莎士比亚此前已经有了大量成功的剧本，仍然称它"第一"，足见对它的重视。

《维纳斯和阿多尼斯》取材于古希腊罗马神话，描写爱神维纳斯无望地爱上了美少年阿多尼斯，而阿多尼斯的心在原野，他渴望孔武有力驰骋游猎的生涯。此诗的主题迎合了时代精神。一是崇尚人间性爱和人性的释放，二是无条件地赞美人的天性和对大自然的狂恋。这部叙事诗的主题是悲剧：最后维纳斯没能拴住阿多尼斯的心，爱自然的他非去打猎而死于野猪的獠牙。他最后变成了一枝艳丽如血的风信子花。

《鲁克丽丝受辱记》则是罗马暴君塔昆的儿子强奸属下贵族妻子鲁克丽丝，她受辱后哀恳自己父亲和夫君替她报仇，然后自杀的故事。鲁克丽丝的殉身激怒了整个社会，全城百姓发起了暴动，终于推翻了暴君统治。

在这两首长篇叙事诗中，莎士比亚抒情和叙事技巧十分高超，且夹叙夹议，充分利用了他善于驾驭的戏剧性技巧，写得情节跌宕起伏摄人心魂。在瘟疫流行时期，虽然不能去剧院看戏，大家仍然能在家里欣赏他的才华。莎翁的这些叙事诗受到了热烈追捧，以至于伦敦一时间因之洛阳纸贵，在出版几年之内它们就被连续印刷了十一次。莎士比亚除了写诗歌写戏剧的才华外，他还是个善于花样翻新的天才。史载鲁克丽丝

《鲁克丽丝受辱记》油画

这个题材当年曾经很火爆。一百年前的乔叟写过，莎士比亚时代还流行过这个主题的歌舞剧和舞曲。莎士比亚却依然能在老话题上出新并取得巨大成功，的确值得称誉。

除了长篇叙事诗，因为剧院暂时关门不能演出，莎士比亚的生活无继，他便利用此期写了大量十四行诗。这批十四行诗也非常成功，这是莎士比亚活着的时候发表和他能够亲眼见到自己出版的书中罕有的几种。研究者认为这些十四行诗披露了莎士比亚的身世和感想，有自传和史料价值。而这些十四行诗后来有些篇幅也进入了莎翁的剧本，成了他练笔的前奏。据史料记载，英国在 1599 年就出现了莎士比亚诗歌的盗版书，而且卖得很好。这些诗作在他生前和死后曾被多次盗版，可见其受欢迎的程度。

免费的莎士比亚

莎士比亚是一代文学巨匠。一般认为，一个剧团能不能演莎剧是验证它水平的标杆，而一个国家文艺团体能够演出多少种莎剧往往被看作其艺术能力的标志。莎翁一生写了三十六部半戏剧，据说能把它们全部搬上场的国家并不多。

突如其来的新冠疫情使得全球政治、经济和文化活动一时几乎按下了暂停键，文艺演出自然首当其冲，话剧和歌剧是第一波受袭者。演员们大多是自由职业者，有戏演时风光无限，但剧院关门，他们就等于失业了。失业就要自救，看到他们衣冠楚楚地在街头、公园等露天的寒风中用着专业的设备卖力演唱，路上却几乎无人回顾的情景，真的让人不忍……

好在还有每年一度的中央公园莎剧演出。纽约的莎士比亚戏剧节设立于1954年，意在普及高尚文艺，让各阶层的人都能欣赏到莎士比亚的艺术。纽约的艺术演出属于高消费，看场戏动辄一二百美元，一般民众较难消费，而中央公园的莎剧演出是全免费的。

您能够想象吗？在这样一个全球消费水平最高的都市，一流演员、一流制作、一流团队，完全免费。有这样一群献身的人，为了普及经典文化，坚持了大半个世纪，他们的初衷是为了温暖这个世界、照顾弱势群体，也在无形中吸引了全世界的游客，打造了这座城市的文化名片，谱写了一段现代传奇。

几十年来，中央公园的莎士比亚剧院几乎演遍了莎士比亚的剧作。除了莎剧以外，其他的世界名剧也陆续在这里上演。有趣的是，一些新的百老汇戏剧和其他优秀剧作也可能先在这里试水，而后获得了巨大人气。比如说，如今票价高昂、人气爆表的百老汇戏剧《汉密尔顿》在默默无名时曾在这里演出，之后一飞冲天。因此，纽约的莎剧和相关的演出渐渐成了一个魅力巨大的世界性磁场，以至于有的媒体把它评为一生至少要朝拜一次的艺术圣地。

免费的莎士比亚演出每年夏天应时而至。演出季，每天在剧场外发票，一般早上至午间，每人可以领两张门票。老年人和残障者有专门线路。如果夏天游览中央公园，在戴拉寇特剧院旁边看到蜿蜒的队伍，您不必奇怪，那就是排队等莎剧票的人啦！别看队伍长，只要有恒心，您一定等得到。我亲历过两次，一次《奥赛罗》，一次《亨利五世》，都如愿看到了演出。

虽然免费，演员阵容、演出、道具、背景灯光却一点不含糊，都是一流的，有时甚至有巨星参演。我在中央公园还曾观摩帕瓦罗蒂和歌星保罗·赛门的音乐会，都是免费的。莎剧演出场面辉煌壮丽，跟百老汇和大都会歌剧院的演出无异。而且这演出场地是一座古堡，背景是巨大的岩石和湖畔，实景演出更凸显了戏剧效果。公园莎剧演出还悉心为听觉和视觉障碍人士提供手语翻译和音频描述表演及开放字幕，这些服务体现了无比的温情。

《仲夏夜之梦》绘画

　　民众尽情享受着艺术的美好，他们领略美的机会是免费的，但是演出和整个团队、演员和各个部门联合运作不能免费。这里需要大量的经济投入和有心人的支撑。据相关资料报道，莎士比亚戏剧节的运作靠大公司、社会团体和慈善家的全力支撑才走到今天。2020 年因疫情没能演出，其预算缺口是两千万美元。2005 年，该剧团也是缺口两千万美元，当时是由纽约市市长布隆伯格通过卡耐基基金捐款补入的。可见，百姓能够享受高规格的"免费莎剧"，跟提倡社会教育的善心人士和社会团

　　　　　　　　　　　一个人的世界文学

体的支持分不开。

突发的疫情陡然中断了这场持续了几十年的文化盛宴，长期停工也影响了演员的生活，使得整个演艺界走向了晦暗。公园莎剧在露天演出，施行免疫措施的观众可以观摩，这是一个让纽约演艺界满血复活的契机。于是剧团热情排演了《温莎的风流娘儿们》这出喜剧，作为新气象的大开场，并取得了圆满成功。眼下，百老汇和大都会歌剧院已经如愿开门迎客，公园莎剧演出的试水暖场功不可没。

走笔至此，有人一定会怯怯问一声公园莎剧演出的一张票到底价值几何？这个话题一直让人们颇费猜详。因为疫情，有人确实不能亲自去排队，而且网上抢不到票，组织单位便破例给了个参照：如果要花钱买票，价格是每张五百美元。

那年沪上莎剧节

莎士比亚是个永恒的话题，每年阳春 4 月 23 日是莎士比亚诞辰和逝世的纪念日。这位文豪的生死在相同的日期，算得上一个异数。2016年是莎翁辞世四百周年，全世界都举行了隆重的纪念。世界文坛尊称他为"莎翁"，其实他才活了五十二岁，按照今天的标准，只能算是个中年人。"文章憎命达"，古代诗人和作家很多都是短命的。莎士比亚一生穷于奔波，死后却尽享哀荣。中国虽离他的家乡千山万水，却很早就有全国性的纪念和观摩活动，而且让全世界知道了中国人对莎翁的热情。眼下的热闹使我想起了三十多年前上海莎剧节的往事。

1984 年，中国莎士比亚学会（时称"中国莎士比亚研究会"）在上海戏剧学院成立。此前，每当国际莎士比亚协会开会，我国只能通过外交部派观察员旁听。作为有着五千年文明史、人口居世界首位的泱泱大国却不是国际莎协的会员，这与我国的国际地位和文化发展很不相称。

中国莎士比亚学会成立不久，就开始承办一件大事：要在 1986 年莎士比亚逝世三百七十周年祭的时候，举办首届中国莎士比亚戏剧节。上海乃至全国的有关学者和表演艺术家皆倾情投入，到了 1986 年年初，此事已颇具规模。其时，北京学界也风闻消息，认为全国莎剧节该在北京举办。当时担任中国莎士比亚学会主席的曹禺先生经过协调，决定莎剧节在京沪两地同时举行：一场盛会，两个会场。

我当时在沪上读研究生，躬逢其盛，有幸参与并观摩了莎剧节的大部分活动和演出，至今忆来，仍然感念和激动。

那时人们办事，心非常齐，又乘改革开放的东风，各级领导支持，短时间内，全国的文艺团体和相关机构居然排演了莎士比亚一生的全部剧作。据考，莎翁一生写了三十六部半剧本，其他国家的莎士比亚戏剧节一般也就是六七台演出，而我国竟呈现了一个满堂红。

由于上海酝酿较早且准备良久，可以说是执莎剧节之牛耳，除演出莎剧外，筹委会还举办了大量莎士比亚研究的学术活动。特别是上海戏剧学院的学生，读莎剧、演莎剧、讨论莎剧和研究莎剧蔚然成风。得风气之先，这届莎士比亚戏剧节成了新中国成立后，在外国文学研究和实践方面最亮丽的一道风景线。

当时仅在沪上就演出了二十余部莎剧，比当年在莎翁的故乡英国还多出很多；而那年中国全国的莎剧演出更是比英国多了十几部。当时作为沪上举办地主会场的上海戏剧学院当然要格外卖力，它排演了莎剧中场面最宏大、人物最多、情节最惨烈的历史剧《泰特斯·安德洛尼克斯》。此剧是莎翁所写的第一部剧本，属于复仇剧，在英国一度很受欢迎，但是其后几个世纪，因为它需要的演员太多而且情节太血腥，所以不常上演。上戏的师生当年复活了这部剧，引起了空前的轰动。

上海戏剧学院还请来了国际莎士比亚协会主席菲利普·勃洛克班克和很多国际顶级学者，举办了许多大型学术报告和讨论会。勃洛克班克主席观看了二十余场演出并盛赞道："如此浩大的规模、如此众多的演出，在世界莎剧演出史上是前所未有的，是破纪录的。"

那时非常亮眼的中国特色是除了话剧，上海莎剧节上还有大量将莎剧移植到中国地方戏演出的尝试。上海越剧院推出了越剧版的《第十二夜》和《冬天的故事》。此外还有由《麦克白》改编而成的昆剧《血手印》以及外地剧团带来的京剧《奥赛罗》。最值得一提的是黄梅戏版《无事生非》，国际莎协主席认真观看了这部戏，他关心的或许是莎士比亚国际化之类的大课题，而我震惊的是当年马兰的青春靓丽和星眼流盼——我理解了古人描绘美人的形容词并不是套话。

我观摩时印象深刻的还有焦晃和郑毓芝演出的《安东尼和克莉奥佩特拉》，他们精湛的表演将这部古代惨烈的爱与背叛的故事诠释到浃沦肌髓。此外，著名演员、电影《甲午风云》男主角李默然带领辽宁人民艺术剧院赴沪演出《李尔王》，并亲自诠释主角李尔王，其气势如黄钟大吕般撼动人心。当年李默然已经年近花甲，戏剧结尾时他抱着小女儿考狄利娅在暴风雨中悲怆地怒吼和哭诉，我坐在前排离他很近，看到老人演出时非常投入，激动得浑身颤抖，一直抱着这位女演员彳亍跛行，我深深为老一辈艺术家的敬业精神所感动。京剧《奥赛罗》的表现方式令人耳目一新，而昆剧《血手印》将古代英国宫廷惨斗和谋杀跟中国古剧成功嫁接，如赵氏孤儿般，同样使人惊赞。

除了上面提及的，上海当年还有木偶戏、广播剧等八个剧种的莎剧轮番上演，让中国人大大地过了一把莎剧瘾。临结束，国际莎协主席高兴地宣布他观摩了二十多场演出，盛赞中国对莎翁的重视，世界其他国家无出其右。当时英国首相撒切尔夫人还专门为上海莎士比亚戏剧节的成功举办发来贺电。

那场辉煌的莎剧节从 4 月 10 日到 23 日，历时十四天，在莎翁的生日也是忌日的当天落幕。我记得闭幕式上曹禺讲了话，国际莎协主席勃洛克班克热情洋溢地盛赞了此次活动，闭幕式则由上海戏剧学院院长余秋雨主持。此次莎剧节上的一个著名的花絮是，当年年轻帅气的戏剧学院院长余秋雨结识了冉冉上升的黄梅戏明星马兰。自古英雄才彦爱美人当然毫不足奇，有趣的是，那年马兰和黄梅戏团演出的莎剧是《无事生非》，而此后发生的故事应该是名副其实的莎剧《终成眷属》才对！

　　二十年后，我在纽约重会余秋雨和马兰，言及往事，不禁粲然慨叹是莎士比亚缔结了这一奇缘。

卢梭与"旧"爱洛伊丝

卢梭的材源振聋发聩

喜欢法国文学的读者皆知法国著名作家卢梭是以其文学名著《新爱洛伊丝》起家的，但人们鲜少知道这本书的故事其实源于一个真实的历史事件。不熟悉内情的读者往往会产生疑惑：这部小说女主角的名字是朱丽，它为何起名叫"新爱洛伊丝"呢？

在中世纪史上，有一个凄艳怵绝的故事，那就是被称为大哲和情圣的神学家阿贝拉尔和艳惊西方文明史的才女爱洛伊丝的爱情悲剧。它被认为是跟后来的《罗密欧与朱丽叶》《少年维特之烦恼》齐名的哀史和千古绝唱。

爱洛伊丝和阿贝拉尔的恋爱故事发生在法国十二世纪初叶。阿贝拉尔是法国中世纪经院哲学的创始人之一，也是中古法国倡导思想复兴的一员主将。他还是创建欧洲最古老大学之一的巴黎大学的一位先驱。阿贝拉尔教授伦理学、哲学、神学，是皇后的宫廷牧师，其声名十分显赫。在三十七岁之前，他一直过着清心寡欲的生活。后来一次偶然的机缘，他遇到了少女爱洛伊丝并成了她的老师。这千古一遇像闪电一样，击中了他的宿命。

爱洛伊丝年方十七，智色双绝，被整个法国上流社会视为才女，当时巴黎知识界女性几乎无人能出其右。得遇爱洛伊丝，刻板寡情的阿贝拉尔一改常性，对她一往情深，将一生抱持的理智与宗教约束抛到了九霄云外。他甘愿抛弃如日中天的学业、煊赫的名声而自沉于情海。而爱洛伊丝亦深深地钦佩老师的才华，奋不顾身地倾心于他。但虽是如此，开始时她还是拒绝了他。

爱洛伊丝不愿因私人情感而影响他的前途。她只愿做他的情妇，而不愿公开做他妻子。二人的秘密感情十分深挚缱绻。后来，他们私生一子。这种关系终于被爱洛伊丝的保护人和叔父福尔伯特发觉。福尔伯特视爱洛伊丝为掌珠而曾经视阿贝拉尔为圣人，这个发现使他因暴怒而丧失了理智。福尔伯特遂用重金收买打手，夜间闯入了阿贝拉尔的卧室，残忍地报复阉割了他。这致命的伤害令阿贝拉尔十分羞怒，求死不得，自此隐身遁入了教会。

在遁入空门之前，为了不使别人再享有领略爱洛伊丝温柔的至福，他请求爱洛伊丝也遁入修道院。坚贞的爱洛伊丝答应了他。其时，阿贝拉尔刚过四十岁，爱洛伊丝才二十一岁。青灯缁衣，这韶龄惊鸿的痴情女子却把自己美好的青春永远锁在了黑暗的修道院里。

十年之后，阿贝拉尔给他的一个朋友写信，述说自己的遭遇和对爱洛伊丝的思念。后来，这封信辗转传到了爱洛伊丝的手中。于是爱洛伊丝写信给阿贝拉尔，表示了自己对他的眷眷思念和爱。可是阿贝拉尔给她的回信措辞介于宗教皈依和悔愧之间，也阐发了内心的痛苦和懊恨。

欧洲古画中的阿贝拉尔、爱洛伊丝及其叔父

同时，他信中又不满于社会和教会的黑暗，表达他的心情处于矛盾的状态。此后他们又通了一些信，这些信札约是在 1128 年用拉丁文写的。它们后来被人们结集发布，名为《阿贝拉尔和爱洛伊丝的情书》。1142年，阿贝拉尔辞世。二十二年后，爱洛伊丝去世，葬在他的墓旁。后来人们把他们迁于著名的巴黎拉雪兹神父教堂墓地合葬，至今仍为人们凭吊瞻仰。那里，成了一方圣地，巴黎的一道红尘与仙缘的风景线。

在当年，阿贝拉尔和爱洛伊丝的故事在法国几乎家喻户晓，这是一个富有号召力的文学母题。因此，精于构思的文学大师卢梭善用了这个经典故事的影响力，旧瓶装新酒，用这一故事作为载体寄寓新的时代精

巴黎阿贝拉尔与爱洛伊丝合葬墓

神，取得了巨大的成功。

当然，卢梭的《新爱洛伊丝》比中世纪凄婉的爱情故事加入了新的思考和升华。它代表了新人和新的爱情观；同时也保留了原故事凄婉的感伤主义色彩，以情感人、以理服人。除了爱情，这本书也表达了他启蒙主义哲理和进步的教育观以及崭新的建设新时代的理想蓝图。

当然，探究其文学渊源，我们还是可以看出他这部书的成功在很大程度上得力于阿贝拉尔和爱洛伊丝故事原型的深入人心和感召力。可以说，没有"旧"爱洛伊丝，就很难有卢梭的《新爱洛伊丝》。

情史折射出的伦理史

人们今天仍然记得阿贝拉尔和爱洛伊丝这段凄艳的往事，并不仅仅因为这是一桩惨烈的情史和逸闻异事，更因为这里面酝酿了欧洲文明史上的一场思想革命的风雨；它是一场时代变革的序曲和先声。

阿贝拉尔不只是个情种，他也是个战士。他是神学家、思想家，但他更重要的身份是一个新思想的倡导者和有魅力的群众领袖。史载他自幼就不愿墨守成规，生性好辩，求学期间经常辩倒老师。他讲授神学并不遵循陈腐的教规而往往提出自己怀疑和富挑战性的思考，因此他受到了教会的仇视。虽然如此，因他的确才华横溢而且充满个人魅力，教会需要他，不得不任命他为巴黎主教座堂的教师。

他几乎一生都在反潮流，不见容于教会和当局。虽被置于高位，但阿贝拉尔的思想被斥为异端，他的著作也被焚烧。——西方中世纪是一个矛盾横生、社会闭塞而且充满危机的社会。它极端保守，但需要名人装点门面；教会黑暗阴鸷却操控着愚民的灵魂。中世纪到了阿贝拉尔时代，一些觉醒者已经向往光明，他们试图迎击教会的愚昧，呼唤新伦理、新知识、新科学。但这毕竟只是新思想萌芽阶段，阿贝拉尔面对的是如磐的黑夜和如晦的风雨岁月。

前半生筚路蓝缕历经坎坷，但阿贝拉尔是一个斗士，他写了思辨和唤醒民众的著作《基督教神学》《是与否》，提倡怀疑主义和新道德伦理，受到了民众的欢迎，但也因此愈发令上层仇视并目为统治阶级的死敌。

因此，结合他的时代和遭际来看，他受迫害和摧残的起因就不简单是个桃色事件了。这里面有着复杂的宗教和社会背景因缘。在他被残忍迫害之前和以后，他都遭到过教会和恶势力的审判迫害，所以，他的故事绝不是一件简单情史，这里面有阴谋和罪恶的参与。是教会、封建和反进步几股势力的合流谋害了他们二人。

阿贝拉尔出生得太早了，在他的时代，虽然中世纪如磐的黑暗已经快到尽头，但东方仅仅现出似隐似现的一抹熹微，离曙光还太远。他以一己之力去挑战威力强大的整个神学世界，面临的险境是显而易见的。正是由于他在政治上推崇改革、在伦理上提出反禁锢和反禁欲主义、在神学观上主张怀疑主义，所以这些危险和撼动时代的思想使他成了宗教、领主和当局眼中的公敌。但是基于他在民众中间的影响和强大的号召力，恶势力不能公然从政治上根除他，于是，利用跟爱洛伊丝的恋情来报复就成了施暴者的最佳方式。

中世纪当然是保守和罪恶的渊薮。不只是陷害读书人，它还能以猎巫和"神圣"的借口杀害贞德、逼哥白尼低头、烧死布鲁诺、审判人文主义大师，那么，阉割一个反潮流的神学家他们只需一个勉强的借口。

读过《十日谈》的读者都知道，那时候的教会充满欺骗暴力罪恶和男盗女娼，教士和社会上层能逍遥法外；而一个不实的理由却成了迫害先进思想家的借口。在这种意义上，我们可以看出，阿贝拉尔和爱洛伊丝的悲剧不是爱情悲剧，而是社会悲剧。它是恶势力制造的阻挡社会前进的政治事件。

卢梭是个明眼人，在六百多年后他又寻出这段往事，旧瓶装新酒，用它来批判十八世纪保守的时代精神并倡导新思想。他缅怀这个思想家前辈并用这个久远的故事来做自己反抗社会的母题，可见这样一个思想家、这样一段故事经历了六个世纪的风雨，还永葆着鲜活的生命力，其号召力没有过时……

文学史上的三本"忏悔录"

他们二人的书信后来被集成了《阿贝拉尔和爱洛伊丝的情书》。它刊载的虽是真人真事，但文学价值极高。这本书最大的功绩就是它在那黑暗的中世纪高奏了一曲反教权、反皇权的人文主义赞歌。

这部作品不仅表现了主人公对爱情、爱欲甚至肉体的爱的追求，更重要的是它展示了二人对爱的升华和礼赞，同时也批判了社会、宗教和官家舆论的保守和不义。他们在书信中愤怒抨击了封建的门阀等级制度对挚爱的戕害，表现了他们要求婚姻上的平等自由，反映了爱情和世俗的矛盾，同时揭露了当时社会的保守、滞重、阴沉和愚昧。须知，这是远远早于《十日谈》时代的十一、十二世纪啊！这一对苦命的恋人、哲人、夫妻（他们曾在教堂秘密举行了婚礼）在以身试法，用泣血的期冀呼唤着文艺复兴的曙光。

前面说过，阿贝拉尔是当时知识觉醒的一个杰出代表，他是西方近代意义上的第一个"知识分子"，也是西方中世纪神学、伦理学、哲学和西方婚姻史上第一个身体力行的探险者。关于这段死生相依的爱情，除了二人通信集外，阿贝拉尔还有一部自传性的著作《忏情录》（*The Story of My Misfortunes*）流传于世。这部《忏情录》被誉为西方文化史上一部伟大的经典，学者们普遍将它与公元五世纪著名基督教思想家圣奥古斯丁的《忏悔录》和十八世纪著名思想家、文学家卢梭同名的《忏悔录》齐名看待，是在奥古斯丁和卢梭二人间承先启后的巨作，而《新爱洛伊丝》正是两部著作间关联的一根红线。

虽然这本《忏情录》篇幅不大，但被学界和思想界指为字字珠玑，是那个时代社会思想、神学、情感和哲学、伦理学的伟大文献。正如为此书作序的拉尔夫·亚·克莱姆所说，它已经超越了中世纪的时空而成为了人类永恒的文献和人类心灵的资源宝藏："恰如圣奥古斯丁的《忏悔录》是一部权威的人格启示录，这部《忏情录》似乎在向我们展示人性的不可改变，展示人类心灵的坚贞不渝；不管主人公是生活在公元六世纪还是公元十二世纪，抑或甚至是二十世纪。'进化'可以改变世界上的动物和植物的物种，甚或从形体上改造其外观，但人类永远是人，岁月的浸淫流转不能对人性有丝毫的扭转。如果我们可以假设，在阿贝拉尔的时代，在他的同代人和紧随的后继者那儿可以有这样鲜活的人格，可以有这样无羁的智慧力，这样清澈、诚挚、激情的心智，我们不能想象为什么像《忏情录》这样的作品不会是十年前某位名家的作品。"《忏情录》的生命是永远鲜活的。

因此，在西方文明史上，相隔了将近十三个世纪，我们可以说有了三部"忏悔录"。圣奥古斯丁、阿贝拉尔、卢梭各一部，它们延续并衔接了西方文明史紧要关头的几个最重要的进程。这三位都是巨人，也都是充满争议的人物。他们都活得太超前，以至于他们死后很多个世纪人们才能理解他们。

在文学史上，虽然时光度过了将近一千年，但"旧"爱洛伊丝的故事影响力仍然不减。它不只在法国路人皆知，而且影响了无数世纪的欧洲文学甚至世界文学。它不只影响了文学而且影响到了音乐、舞台艺术和其他领域。阿贝拉尔和爱洛伊丝的事迹在后来西方有几十种研究专著。此外，西方近代思想史，包括妇女史、哲学史、文明史、婚姻史、神学史等领域对他们的研究仍然颇为流行。

与命运的角逐

四月的生与死：英国诗圣华兹华斯

2020 年年初，主编《语言学世界》的吾友何勇提醒四月初乃英国诗圣华兹华斯诞辰二百五十周年纪念日。鉴于状况的特殊，料想即使在其祖国英格兰，眼下能记挂着华兹华斯者亦不会太多。感何君深情，遂忆起当年旧事。

三十多年前，何勇与我曾翻译过逾二百首华兹华斯诗作，译诗历时二年余并有出版社定稿欲付梓，惜其后因我们陆续出国而出版社延宕辗转未能竟事。尤可憾者，译诗原稿也因出版社人事变迁未能及时取回而至今云鹤杳然。每忆及此，常引为平生憾怅事。

当年为出版华兹华斯诗集，我曾撰著一篇长文为序，惜今已不存。目下为居家避疫所限，手头鲜少资料和工具书。图书馆虽近在咫尺却也暂时全部关闭；惟勉力以记忆为纲，回顾一下他的成就。威廉·华兹华斯被誉为欧洲文艺复兴以来最重要的英语诗人之一，是英国桂冠诗人，也被称为英国的"诗圣"和英国浪漫派文学的鼻祖。

华兹华斯开创了英国湖畔诗派，他提倡"素朴生活，高尚思考"（plain living and high thinking）。他的诗风朴素典雅、意味隽永，为英国诗坛树立了很高的标准，对后来的欧洲文学影响很大。他直接启迪了后来的英国浪漫主义诗歌运动，是拜伦、雪莱和济慈等人的精神导师。

华兹华斯出身律师家庭，但童年失慈失怙，造成他畸零、敏感且耽于感伤及幻想的个性。华兹华斯毕业于剑桥大学，后来他游历欧洲大陆，开阔眼界。望尽千山而复归平淡，青年时代起华兹华斯即喜欢素朴的乡间生活。此后他移居湖区，致力于歌颂天籁，思考人生和返归自然。华兹华斯跟另外两位著名浪漫派诗人柯勒律治、骚塞组成湖畔派诗人组合，他们隐居于湖区，远离城市和尘嚣。他们厌恶资本主义城市文明带来的金钱关系，愿在大自然中寻找慰藉。华兹华斯性情超脱，他的作品往往流连乡野，寄情山水，歌颂质朴和童心，呼唤人间真情。

华兹华斯著名的诗歌有《致布谷鸟》系列、《我独自漫游像一片白云》《孤独的刈禾女》《露西组诗》《我们七个》《咏水仙》《吟于听潭寺左近》等。其诗格调清新，语句纯发乎自然，却蕴含人生思考和哲理。

总的来看，华兹华斯诗风素朴典雅，高古幽洁，讲求意境和寓意。有人比喻他像中国诗人陶渊明。若论诗风清新，也有人认为他的风格像白居易，能做到雅俗共赏。华兹华斯诗歌的另一特点是其诗意看似质朴但寓意深远。初读他的诗作见其遣词造句平白如话，细味则悟其内容并不平淡；华氏诗风不求造险，但其思维平处见堑，俗中奏雅，常有神来之笔。

华兹华斯诗歌题材和体裁比较多样，其中较多的是放情山水的诗作，也有大量汲取民间营养的诗作，其中不乏谣谚体作品。他也创作了不少长诗和抒情叙事诗，其十四行诗也有很多杰作。文学史称华兹华斯的长诗汪洋恣肆、铺陈抒情叙事皆擅，他的小诗则清新、隽永、质朴，其作品大都实践了他自己的诗歌主张，堪为楷模。

在性情追求上，华兹华斯主张不同凡俗，提倡"高尚思考"。他的诗句"素朴生活，高尚思考"被牛津大学基布尔学院奉为格言。

华兹华斯颇为长寿，他生平遭逢乱世，却像深山里的水仙花给人间暗送温馨。他殁于八十岁那年的 4 月 23 日。熟悉文学史的读者朋友知道这一天很不凡，因为此日也是世界著名文豪莎士比亚和《堂吉诃德》作者塞万提斯去世的日子。这一天后来被定为"世界读书日"。我想，在这个日子提醒大家读书，大约是为纪念这些高贵的灵魂在天堂的重聚；但不知这个"读书日"缔造者是否留心到了，华兹华斯这天也在那儿等候呢——读书不能忘了读诗。

英伦鬼才柯勒律治的梦中诗

柯勒律治是英国著名诗人，他跟华兹华斯二人并列被尊为英国浪漫派鼻祖；因为长期生活在湖区，他俩亦被合称为湖畔派诗人。

柯勒律治是父母十个孩子中最小的一个，他从小不喜欢运动，而是沉浸在阅读中。他跟后来写《莎士比亚戏剧故事集》的兰姆是同学，童年时就熟读了《天方夜谭》《鲁滨逊漂流记》等充满魔幻色彩的作品。

柯勒律治自幼崇尚冥想、谜氛和异国情调。后来他入读剑桥大学神学院，学业未竟因爱情受挫而加入龙骑兵团，还曾计划建立一个乌托邦公社。二十三岁时，他结识了终生挚友、后被称作英国诗圣的威廉·华兹华斯。两年多后，他二人合作出版了英国诗史上里程碑式的作品《抒情歌谣集》，奠定了二人作为英国浪漫主义文学之父的地位。

跟华兹华斯描写现实和民谣抒情风格不同，柯勒律治醉心于神秘事物和浪漫传奇冥想。如果说华兹华斯是苦吟型的诗人，那柯勒律治则是才华型诗人的代表。他的诗歌往往逞才使气，一挥而就，其内容也是奇情迷幻，想落天外。华兹华斯的诗质朴上口，描绘真情实感，柯勒律治的诗风则是惊惧、迷离、厉怖，他俩的风格代表了浪漫主义的两个方向，是一种完美的互补。

柯勒律治孤僻敏感而且多思，自幼养成了"神经质"的个性。他崇尚德国唯心主义哲学，陷入那时沮丧、悲观的哲思并喜欢在作品中制造凄厉恐怖的谜氛。他的传记作者认为，他成年后一直处于持续的焦虑和抑郁中，可能患有躁郁症。他身体很不健康，因此接受鸦片酊治疗，这也导致他鸦片成瘾并终生吸食鸦片。

柯勒律治的诗作不多，但都很独特，让人阅之难忘。其中最著名的有《古舟子咏》和《忽必烈汗》。《古舟子咏》写一种神秘宿命和救赎的审判，描述一个幻想的南极故事中古舟子射杀了一只信天翁而遭致的一系列神咒和恐怖事件，以及最后古舟子通过皈依而获救赎的神秘结局。据说此诗取材于中世纪传奇，整个诗作扑朔迷离，充满惊悚想象。英国诗歌史上对它的解释历来众说纷纭，莫衷一是，但它充满浪漫主义的奇情幻想是公认的成绩。特别是诗中描写的海底溃烂、鬼船、飘满绚烂燃烧硫磺火的海面和凄厉的神示声音，满舱的骷髅和妖妇、象征惩罚的信天翁的死与生，构成了一种前所未有的诗歌形式，使它成了浪漫主义诗歌的一个开山标杆。

他的另一首诗《忽必烈汗》同样充满传奇色彩和怪诞。据说这是一首梦中诗，其灵感来源于他1797年在乡间阅读描写忽必烈汗和元大都的作品，其后他服用鸦片入睡，在梦中写就了这首二三百行的诗歌。醒来他捉笔疾书这首奇怪的梦中诗，可惜被一个突然来访的客人打断。待客人走后他想再续写，但诗句已经遗忘，虽然依他的天赋按着再创造不难，但柯勒律治决定保持这梦中诗的原样，让它变成一个残缺美的绝响。于是这首诗迄今仍然是戛然而止的未完状态，只保留了五十四行。而那个打断他的"波洛克来客"竟成了一个招晦气的文学典故。

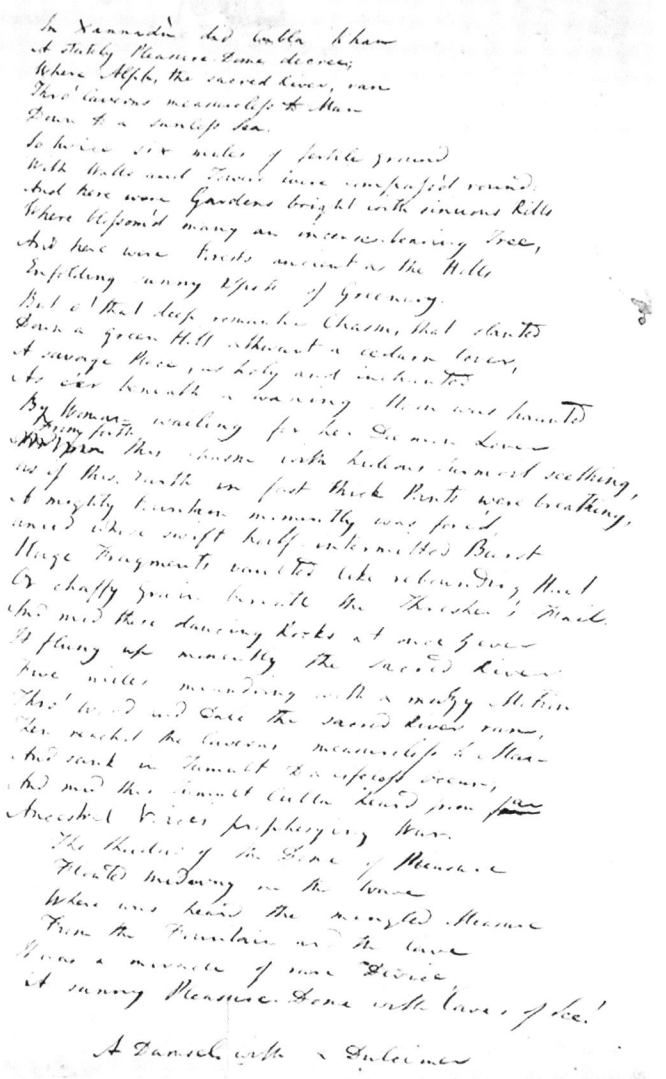

《忽必烈汗》手稿

据载这首诗写成后影响并不大，柯勒律治也没有格外重视它。他曾经把它读给挚友华兹华斯兄妹听过，反应平淡。其后又等了很久，直到十九年以后才将其发表。没想到发表后反响强烈，受到盛赞，而且得到后来著名诗人拜伦、雪莱和济慈等人的景仰。

不过，这首诗仍然是一部有争议的作品，有人评价它的诗歌价值少于其噱头意义。这首残诗充满了神秘主义和东方色彩。我当年教欧洲文学时因为好奇也曾经翻译发表过这首作品。总的看来，其诗思尚属新奇，但他描写的中国，对作为诗国且文思绚丽、有着铺张扬厉豪华传统和奇警想象诗风的中国读者来说并无甚高明。

但它对当时崇拜异域色彩的欧洲诗风的确有影响。司各特、拜伦对它极尽赞美，甚至美国超验主义诗人和散文家爱默生也受其影响至深，成了他的资深拥趸。

夏多布里昂的美洲情结

法国作家雨果名声卓著，是个无须介绍的法国文坛大咖。但他晚年回忆自己立志当作家的起因则是童年时受到了另一位大作家的影响。他清楚地记得自己少年时所立的志向是"成为夏多布里昂第二，否则此生别无他志！"

谁是夏多布里昂，他为什么有着这么大的影响力？今天，夏氏似乎已无这等巨大的名声；但在十九世纪初年，他曾被盛赞为"法兰西文学的第一支笔杆子"（俄国诗人普希金语），是公认法国文坛最耀眼的一颗明星。

夏多布里昂出生于一个法国没落贵族之家。幼年时父母不和，他在一个家族海边古堡中长大，养成了孤独忧郁和高傲不合群的性格。这样的性情很容易沉浸在宗教和文学里，使他生性耽于幻想。他少年时想去印度却被父亲阻止，但成年后踏上了美洲。夏多布里昂生性不适合走寻常路，他曾在当海军还是做教士之间矛盾徘徊。

十八岁时，他父亲去世，其后循例被荐入宫廷做国王路易十六的侍从。夏多布里昂不热衷官场，但这个充满奇情幻想文学梦的外省青年在巴黎的沙龙里见识了当时文学界的闻人，受到了文学的浸淫。不久法国大革命爆发，夏多布里昂开始时受到鼓舞，支持革命，但革命的狂热和暴力旋即冲击了他。其家人和亲戚被处死，王室逃亡。他也逃到了曾为法国殖民地的美洲。

没想到这场逃亡唤起了他宿命中文学的种子，把他造就成法国文学的第一支笔杆子，并掀开了世界文学史上新的一页。夏多布里昂在美洲的经验成了他后来创作的源泉，使他被奉为后来法国浪漫派文学的鼻祖或"教父"。

那时的美洲在欧洲人的心目中是块蛮荒且神奇的土地：那里地大物博但是生猛厉怖，自然环境险恶却遍地藏金，可是土著印第安人神秘凶悍、嗜血蒙昧。夏多布里昂充分利用了当时欧洲人的想象并掺入了美洲情结，将这些打造成了极为成功的混搭故事，惊起了一天风雨。

据夏氏说，他在美洲的经历极为神奇。他去过当时的美国首都费城，受到了美国第一任总统华盛顿的接见，游历了密西西比河，跨越了美国很多州，还去了尼亚加拉大瀑布等地。那时的美洲大地原始、蛮荒，旅行不易，他的旅程要穿过高山大河和荒无人迹的地域；尤为可怕的是要穿越很多神秘原始的印第安人部落。语言不通更兼当时流落在猎头皮印第安原始部族等险境，夏多布里昂用浪漫小说的手法记下了自己的传奇经历。

他的小说《阿达拉》讲述了一个白人被俘虏以及这个白人与土著混血美女暨酋长女儿阿达拉的罗曼司。这里面充满了宗教、巫术、咒语和毒誓，然而爱情是主线。其内容极为凄美惨烈，故事情节浪漫感人。同时配以美洲异国情调和罕有的惊险地理情景描写，使得小说大获成功。小说里除了爱情外，异域风光也是卖点和极为重要的作料。夏氏笔下的北美风光、印第安风俗、原始恐怖和神秘、悲惨的结局轰动了法国乃至欧洲，自此在欧陆引起了"美洲热"。这部作品一发表就震撼了整个欧洲，旋即被改编成大众喜闻乐见的各类体裁，甚至被搬演到舞台，以至于这惊人的成功吓到了夏多布里昂，他不由惊呼："我一觉醒来，发现自己已经成了名人。"

除了《阿达拉》，他还写了同样著名的《勒内》，背景仍然跟美洲有关。在这部小说里，他第一次塑造了"世纪儿"的形象，创造了世纪末大变革时代精神上悲愤畸零、多余且反抗无助的旧贵族和富家青年的典型，在文学史上彪炳传承了不止一个世纪。这些作品的成功吸引了大批模仿者，使得美洲、爱情、畸零和流浪成了十九世纪浪漫主义的主题。所以其后法国浪漫主义的另一位大师雨果以他为楷模和精神导师就不足奇怪了。

夏多布里昂是掀起"美洲热"的创始者，他也是第一个将北美风光和印第安人写进法国文学的杰出作家。从那以后，美洲成了欧洲大陆文学宝贵的素材和创作福地，出现了大量以美洲为题材的作品。访美作品让旧贵族夏多布里昂一时名声显赫，青云直上，他的文学荣誉家喻户晓，震惊朝野，这使他很快成为政客、外交家、文学家、法兰西学院院士。

夏多布里昂可以说是法国通过文学致富、成为名人的作家典型，而他成功的动力和助推器则是美洲题材。成功后的夏多布里昂非常狷介高冷，他曾经说过："你把世界上最高的荣誉放在我的脚下，我只要弯一下腰就可以捡起，我都不屑于去弯一下腰。"有人说他矫情，有人说他骄傲。晚年的夏多布里昂写过《墓外回忆录》，回忆他的美洲情结和一生起伏，成为法国文学的一部活的历史。当然，这本书也成了经典。

罗丹与巴尔扎克

众所周知，罗丹是世界著名的雕塑家，而巴尔扎克是个文豪。虽然二人同样具有轰动世界的名声，但他们在生命的轨迹中没有交集。

巴尔扎克一生创作甚巨，有九十六部小说组成的"人间喜剧"系列。同样，罗丹也以大量富有开创性的雕塑作品启迪了一个新的时代。但是，巴尔扎克去世时罗丹仅仅十岁。虽然罗丹钦佩巴尔扎克的为人和作品，却在巴尔扎克在世时无缘与他见面。他们二人像在夏夜里以不同的弧度和亮丽的光，划出炫目轨迹的两颗流星，虽然同样辉煌，却没有交集。

我们后人能够寻出的共同之处是：二人都是法国人，二人皆生活在轨迹相接的戏剧性大变革时代；同时，他们都是桀骜不驯、富有前瞻性且引领世界潮流的艺术家。他们都因惊世骇俗不为世人理解，都是在活着的时候仅部分地看到了自己的成功，艺名却在死后如日中天。

而这二人巧合地在纽约大都会艺术博物馆重聚了。

纽约大都会艺术博物馆有则大新闻：它突然出新招，门票开始全额收费。因为过去这里全世界的游客虽多但由于可以按个人意愿随意付费，导致它近年来亏损严重。2019 年 3 月起，它改变常规开始严格其收费制度。

罗丹雕塑的巴尔扎克小样之一

罗丹雕塑的巴尔扎克头像

这段插曲当然挡不住全世界观众的参观热情,纽约大都会艺术博物馆仍然人流如织。价钱收全额了,博物馆当局矢言要更加求新求变服务参观者,无负全球观众对自己的期待。

在大都会艺术博物馆核心区有个罗丹走廊,这条走廊永久展览着这位雕塑大师的杰作。此地是世界上罗丹作品的收藏中心之一,而且也跟世界上其他博物馆、收藏机构及私人藏家合作交流;因此它的展出形式虽永恒却常出新。罗丹策展者不断动脑筋,重新排列组合进行精华轮展。最近,他们又把罗丹的作品以不同主题呈现,给人焕然一新之感。

让我感到新奇的是这次它将一组罗丹创作的法国文豪巴尔扎克塑像,以比较示范的形式集中呈现,给参观者较强的视觉冲击和新的感受。

众所周知,罗丹在其创作盛年被法国作家协会恳请为巴尔扎克造一尊塑像。据载,为巴尔扎克造塑像的愿望在法国文艺圈里很强烈,且在他故世后一直筹备。中间几次兴起又几次变卦,皆因为大家都对这位文豪十分景仰而且对选择雕塑家十分挑剔,屡因众说纷纭、莫衷一是而延滞。

到了1891年,意见最后统一:决定请那时在法国艺术界名声如日中天的雕塑家罗丹操刀。罗丹本人也是巴尔扎克的崇拜者。他领受了这项殊荣,非常兴奋。可他并没像以往那样接到活儿就尽快进入创作,而是把这件事看得非常重要。他首先要再读巴尔扎克,力图理解这位文坛巨匠的心灵世界和创造精神。他认为熟悉作家和他创造的人物才是把握作家精神内涵的捷径。

接着,他又多次到巴尔扎克的家乡都兰省的乡下去了解他的生长环境和成长经历,特别是他在那儿找到了各种不同年龄和身材的模特儿来

与命运的角逐

模拟、体现巴尔扎克的外形、体态、性情和神貌。罗丹视此任务非常神圣，并全力以赴从事创作，精益求精揣摩作家的心态。他希望把巴尔扎克塑像做成不朽的作品，从而在自己的创作史上留下一块里程碑。

其实，此时的罗丹已经是一位享有盛名的雕塑家了，没必要像个刚出道的生手那样卖力；但在他心中不仅仅把为巴尔扎克造像看成是一件工作，更是一项使命。其间，塑像订件委托人暨法国作家协会几次催他完工，而且他早已因一拖再拖超过了原定一年半交工的期限。到了1894年，法国作协甚至要采取法律程序毁约，但是罗丹还是一次次要求延期，直到1898年罗丹才最后交出了他后来轰动世界艺术界的《巴尔扎克像》。

但是当年他的这件名作引来了一场不可预期的轰动和恶评。罗丹艺术感觉太超前了，他的呕心沥血之作其时人们不能理解，更不愿欣赏。一时间，各种批评和抨击甚嚣尘上：它被讥为粗制滥造、怪异、病态，得到"一堆煤""麻袋里装着的癞蛤蟆"等恶毒的评论。最后，法国作协拒收此作。而一批声誉卓著的作家和艺术家如左拉、法郎士、莫奈、德彪西等人则盛赞、支持罗丹，一时间引起了社会上的轩然大波。

罗丹的思想太前卫，不能受时人的理解。最后，法国作协只好妥协，向另一位雕塑家法尔吉埃订购了巴尔扎克像。这是一座白色大理石塑像，他把巴尔扎克塑造成一个身材微胖而文雅的绅士。虽然这尊雕像符合那时的世俗审美而被立于大街上，但雕塑家法尔吉埃本人在临终前还是坦承罗丹的塑像比自己的更能体现巴尔扎克的精神。

很显然，罗丹当年走得太先锋和前瞻，他这次尝试在当时失败了。罗丹为此心力交瘁。最后他决定把这件作品收回到自己的创作室，退还了稿费，自己舔干伤口。但他确信自己是对的，他有信心：总有一天世人能够看出他此作的不朽价值。其间甚至美国和德国政府想向罗丹购买他的巴尔扎克雕像，但是被罗丹拒绝了。他希望自己的巴尔扎克矗立在法国的土地上。可惜，罗丹没有活着看到自己的成功。1939年，巴黎人终于将它矗立在了巴黎，但此时距罗丹去世已经二十二年了。

为巴尔扎克塑像，罗丹几乎名声扫地。依他的名气，遵循世俗，随便造一个应时的塑像即满可以取悦世人，但他不惜赌上自己的后半生也要塑出他心中的文豪。

为塑巴尔扎克，罗丹所费心血最多，他自认为这应是其一生的巅峰之作。在此期间，他共创作了约五十个小样与习作。他声称，除了形似，他更注重巴尔扎克的精神世界亦即神似。最后的定稿，罗丹选用了穿睡衣的巴尔扎克。这也是此作备受争议的一个焦点。

因为那时人们观念还比较拘谨，美学取向也相对保守，时人认为名作家巴尔扎克形象应该"高大上"和亮丽光鲜，让他穿睡衣出场似嫌猥琐。罗丹却不这样认为，他觉得巴尔扎克常年在漫漫长夜里呕心沥血，无比勤奋，罗丹则选用他夜间写作喘息散步的间隙，表现这头文学雄狮的气象，因为这最能体现巴尔扎克的精神。

这种看似"大写意"的表现手法其实最不易创作。众所周知，罗丹当然是现实主义精雕细刻的能手，他的大理石雕塑曾让人有耳目一新的振奋。但在塑造巴尔扎克时，他觉得不用"大写意"则不能表现巴尔扎克的精、气、神和他的大气磅礴、汪洋恣肆的创作生命力。这看似粗糙的雕像其实充满了细节的真实。

据考，罗丹甚至费尽周折找到当年专为巴尔扎克做衣服的裁缝，去了解他的身材和衣饰等种种细节。罗丹认为自己这种雄浑的风格比细腻写实的表现要难多了。

其实，在考察了这件事的前前后后以后，我认为：罗丹塑造巴尔扎克也是在塑造他自己。他二人有着共同的身世、共同的抱负和天才，也有着共同的理想；他们当然会惺惺相惜，抒发共有的雄心和引领世人的前卫的艺术理念。罗丹创作的巴尔扎克可以看作他自己留给世人的艺术宣言和遗言。

除了世人熟知的巴尔扎克披睡衣的雕像，大都会艺术博物馆这次至少还展出了多尊不同时期罗丹创作的巴尔扎克头像、半身像或样稿像；有的雄浑，有的质朴，有的写意，有的写实。从这些对同一主题、不同时期的雕像创作和处理手法上，我们可以看出一个杰出的艺术巨匠是怎样对待他的工作和怎样使自己的艺术走向不朽的。

巴金与巴尔扎克

1983 年，我在北师大读古代亚非文学研究生。每天和古埃及巴比伦文献打交道不免乏味，就常跷课去北京图书馆（今中国国家图书馆）看书。那时从北太平庄跑到城里文津街不容易，所以早上就在食堂买个芝麻酱大饼，就着北图免费白开水一读一整天。

为何要到文津街呢？因为那时北京图书馆大约有分工，古籍善本大都去了柏林寺，而文津街主存外文书。北京旧时读书人多，那里外文书不少，而且多是珍版的；特别是"文革"毁了不少外文书，所以北图不少书是孤本，但它不吝啬，借阅非常方便。

那时候北京图书馆招待全国甚至全世界的读书人，不收一分钱甚至无需借书证，有个身份证件就可以，一视同仁。这里唯一的限制是任何书都不能外借，只能堂阅。但那时已经有了复印业务，而且可以全本复印，价格也不算贵。

我如饥似渴读了很多人类学、神话学和文学的英文著作，今天能在美国高校教书，受恩于北图不少。除了恶补古埃及巴比伦希伯来文献，我那时在高校教授西方文学史，当然也浏览欧美文学经典。

偶有一日，我在索引卡片上查到了英文《巴尔扎克一生中的女人们》

这本书。那时我在教巴尔扎克生平，他一生塑造了不少女性典型，我们上课要讲。这个题目很新颖，于是好奇心促使我调来翻翻。见到书后，更增加了我的好奇心：此书扉页上盖了一个鲜明的印章"巴金赠书"。巴金研究过巴尔扎克？我素知巴金这位文学大师写过杰出的《家》《春》《秋》等名著，其中塑造的女性群像照亮了整个中国现代文学史，但我还真不知道他研究过巴尔扎克，特别是对巴尔扎克一生所遇的女性产生过兴趣。

阅读巴金传记，知他是在法国开始文学写作的。他留法期间读了大量法国文学作品，同时也思念故国。这种启迪和感伤大约是他走向文学创作的诱因。可以推想，以现实主义精神进行创作的巴金一定读过那时在法国如日中天的文学巨匠巴尔扎克的小说。而巴尔扎克的作品也一定唤起过他的回忆和灵感，让他提笔倾诉自己童年和青少年时期的遭际和人生故事。他们的小说都是描摹人生、批判现实的，因此我们有理由相信巴金会受到巴尔扎克的影响。

而这本"巴金赠书"的出现，不只提供了证据，也坐实了我的判断。于是鸣凤、瑞珏、梅表姐、琴小姐、淑英、淑华、蕙表妹、婉儿甚至妓女"礼拜一"，这些巴金笔下的妇女形象一个一个向我逶迤走来。她们身上可曾有法兰西女性的影子？

巴金写作可以说是无师自通的。他没上过大学，也没专门进过写作学校，但我们不能说他没有间接学习过，他有私淑的老师；我相信，这里面应该有巴尔扎克。巴尔扎克一生创作了近百部小说，总名曰"人间喜剧"。其中塑造了彪炳世界文学史的女性群像，因之他也以善写女性心理和善于刻画女性角色而闻名于法国文坛。

不过我们可以坦率地说，巴金塑造的女性身上绝没有巴尔扎克角色的影子；因为巴金学习写作的方法是活学，他学的是观察、描摹、体会和凸显女性人物形象和精神世界，而不是模仿巴尔扎克。巴金笔下的时间、地点、国度和精神面貌变了，他写的是他自己心中的女性。

研究别人怎样写以及别人如何处理素材、升华角色等等是促使自己进步和塑造文学形象的捷径。巴金当然深知这一点。于是，他在巴黎如饥似渴地读书、如饥似渴地研究作家作品甚至作家的生活、创作论。于是，我们有了眼前的这本《巴尔扎克一生中的女人们》……

巴金回国后大概忙于创作、组织文学社团和出版工作，没有继续他的法国作家研究事业。他无私地把自己早年的购书捐给了北京图书馆，希望施惠于后来的学者。没想到，五十多年后，我邂逅了这本书。

浏览这本书，我感到它的意义不凡，此书除了系统论述了巴尔扎克的生平，还研究了他一生中的女性对他创作的影响。巴尔扎克生活在一个大变革的时代，这些女性气象万千、个性鲜明。其中有各种各样的贵妇、资产阶级新贵女性包括当时的"女土豪"和下层女子，甚至也包括巴尔扎克的家人，如他的母亲、姐妹和妻子。她们通过巴尔扎克那魔术师般的笔，永远活在了他的作品中。

巴金同样生活在中国大动荡大变革的时代，他也跟巴尔扎克一样把自己的生活融入了中国变革的史诗中，把小我投入到了时代洪流，使他的女性角色走向了不朽。

巴金捐赠的这本书不仅可以帮助我们研究巴尔扎克，还可以使我们进一步理解巴金创作初年的心路历程。于是，我当年复印了全书，并找到志同道合的何勇君共同翻译出版了它。

当时出版业气候尚较保守，出版时编辑嫌"……的女人们"做题目扎眼，就擅自把书名改成了《女性与创作》，1988年书出版后，在社会上广受欢迎。我想到此书是巴金先生当年万里迢迢从法国寻来又无私贡献给社会，遂将新书寄给了巴金先生一本。

巴金是名人和忙人，那时候他身体不好。报上说他深居简出，不太跟人打交道也不写信。据说有人找到他罕见的早年著作的最初版本请他签名都谢绝了。这本《巴尔扎克一生中的女人们》中文版给老先生寄去，了结了我的心事，我决没期待会有回音。没想到，过了不久就收到了《收获》的回复。打开一看，竟是巴金先生的亲笔回信。信很短，但写得一笔一画，很吃力，像是刻上去的，很认真；连信封都是巴金先生亲自写的。这几十年我奔波天涯，过去的物件早都云散，但巴金的这封短信我一直存着。看到它，我觉得温暖，也使这段美丽的记忆永不尘封。

巴尔扎克与三十岁的女人

巴尔扎克是位文学巨匠，他一生写了九十六部中长篇小说，展现了他生活时代的法国波澜壮阔的历史风俗画卷。值得注意的是，巴尔扎克无与伦比的天才着重于他塑造了世界文学史上杰出的巴黎人文场景和人物群像。其中最著名的是一批女性角色暨后来文学史上所说的"三十岁的女性"现象。

为什么这么说呢？首先这在西方文学批评史上是有公论的。众所周知，以前的世界文学中崇拜和刻意描写的女性多是少女和情窦初开的纯情处女形象，但巴尔扎克改写了文学史。他把少妇形象引入文学的顶端殿堂，一反此前作家善于描写美少女的情愫，而他认为女孩年龄和阅历太弱不足以领悟爱情，她们只是凭着青春本能和年轻貌美得到诗人的眷顾，而只有经历人生、体情察物的成熟女性才配谈爱。

不只是这样声明，而且他身体力行地写出了大量妩媚动人、风情万种的少妇形象，特别是塑造了所谓"二十岁的女人"群像——这些女子深谙人性且懂人情、悟世风，性格和生理年龄成熟老到，是怒放的玫瑰；远比那些生涩带刺的花苞要美丽可爱多了。由于巴尔扎克的推崇、描写以及他如日中天的影响力，巴黎上流社会一时兴起了"三十岁的女人"

热潮，以至于让青涩少女们退居沙龙一隅。这种现象震动了整个巴黎社会，也受到了文艺界和时人的热议。

当时法国有位刻薄的作家于尔·贾南甚至写出尖刻的讽刺文章来攻击巴尔扎克。他故意嗲声嗲气地写道："过去，就小说和戏剧来说，三四十岁的女人都被认为不会再有任何可能发生爱情，但是现在，由于这个新的广阔的明媚天地的发现，她们在戏剧和小说里占有了最高的统治地位。新的世界代替了旧的世界，四十岁的女人代替了十六岁的少女。"

"谁在敲门？"戏剧以深沉的声音问道。"是谁在那儿？"小说以更温和的语调叫道。"是我，"十六岁的少女颤抖着回答，她的牙齿像珍珠，胸脯雪白，体型柔美，带着明朗的笑容和温存的目光，"是我！我和拉辛的朱丽、莎士比亚的苔丝狄蒙娜、莫里哀的阿涅斯、伏尔泰的扎伊尔、普雷沃的曼侬·莱斯戈、圣皮埃尔的维吉妮同一个年纪。是我！我和阿里奥斯托、勒萨日、拜伦和司各特书中的年轻姑娘们属于同样活泼可爱、让人高兴的年纪。是我！我是天真的少女，满怀希望，对未来抱着极其美好、无忧无虑的态度。我处于思想纯洁、动机高尚、高傲而又天真的年龄。先生们，让我进来吧。"十六岁的可爱少女对小说家和戏剧家们这样说。但小说家和戏剧家都同声回答道："孩子，我们正为你的妈妈忙着呢；二十年后再来，那时我们再看是否能给你派用场。"

在今天的小说和戏剧中，我们只有三十多岁的女人，她们明天就要四十岁了。只有她能爱，只有她能受苦。她更富有戏剧性，因为她不能再等下去。一个只会哭、爱、叹气、希望、颤抖的小女孩，我们能把她写成什么角色呢？三十多的女人不哭，她抽泣；她不叹气，她发出痛苦的叫声；她不爱，她让爱情消磨自己；她不微笑，她发出尖叫；她不做梦，她行动！这就是戏剧，这就是小说，这就是生活。我们伟大的剧作家和著名的小说家都这样说、这样干、这样回答。

巴尔扎克这样推崇"徐娘"，当然受到了不少人的批评和攻击。时人和批评家认为他颠覆了文学传统，甚至攻击他亵渎爱情。但是，支持他的人也很多。他们认为巴尔扎克像哥伦布一样发现了一块新大陆。——当然，这样夸张他的功劳和夸张哥伦布一样犯了一个毛病：新大陆自古就在那儿杵着呢，不管他们"发现"不"发现"。

但是，巴尔扎克的功劳毕竟不可小视。他的呼唤激活了一代女性的解放，也改变了古老的美学原则，复活了一代作家和读者内心呼唤的女性力量。在"三十岁的女人"话题热议的当时就有著名的贵族女作家为巴尔扎克辩护："现在三十岁才谈爱情，这能怪巴尔扎克吗？巴尔扎克只能在找得到爱情的地方来描绘，现在在十六岁的少女的心里找不到爱情。"

当然，这话说得矫情和绝对了些。大千世界，在哪一种类型和年龄段的人里面，都有纯洁和神圣的爱情。在已经发育成熟的人中间硬性地界定某个年龄段的人不懂爱，是不科学也不符合社会实际和公序良俗的。但巴尔扎克伟大的地方是他不断发掘，不囿于成见。他开拓了爱情描写的新领域，以至于做到后来居上，这不得不让人性和文学研究者和读者重视和佩服。

不过，熟知巴尔扎克生平的读者也知道，有这样的发现缘于他有得天独厚的生活经历。巴尔扎克从童年起就混迹于女性社交圈，长于妇人之手；成年后又艳遇不断，周旋于贵妇沙龙和资产阶级新贵女子宫闱，这些经历都让他得以亲炙中年女性的温柔和情感。他生活在一个社会急剧变化的大时代。这个时代造就了新女性，而巴尔扎克，按照他自己的说法，他不过是记录时代的"忠诚的秘书"罢了。

巴尔扎克一生扑朔迷离，他的"三十岁的女人"形象里面有没有他妻子韩斯卡夫人的影响和影子呢？答案不言而喻。文学与女性，特别是与少女和少妇的关系是一个永恒的话题。这个话题永远不会过时。

巴金故居

巴金故居行

前面提到我跟巴金先生有过一点儿文字因缘，因为寄给他翻译出版的《巴尔扎克一生的女人们》后，没想到几天就收到了巴金的亲笔回信。大概他对自己当年的捐书在几十年后居然能开花结果是很高兴的。

后来我在上海高校经年，但总没亲去拜望巴金先生。我自童年就读他的小说，当然仰慕他，但那时候知道对他尊敬的体贴的方式就是不去打扰。没想到后来我赴美留学，与跟他见面的机会就永远擦肩而过了。

几十年了，想到跟巴金当年通信的因缘，总有一种特殊的情感在。在海外得知巴金故居已开放，迎接世界各地学人和读者拜访参观，我非常感动。

最近一次回上海，不愿意再次错过，遂邀约我的师兄介明先生一道去巴金故居拜谒。介明兄久居沪上治法国文学，离巴金故居不远，但先前亦并未去过。我一提议他便欣然，二人骑上自行车没多久就到了巴金的家园。

巴金的故居不算大，但很静谧。夏初的上午，绿入心脾，空气很是温润。我们去时尚早，还没有参观者。故居工作人员是志愿者，非常和蔼，大约他们也是巴金的读者或粉丝。在巴金家里，他们则更像是身边人或陪伴者。知道巴金爱静，他们说话声音都轻轻的，吴侬软语悄悄然，好像生怕打扰了写作中的巴金。

我们看得出，故居的保安、工作人员和志愿者都非常敬业且自豪。近朱者赤，他们像是沾染了文豪的气质，文质彬彬中又有些"飞鸟闻香化凤，游鱼得味成龙"的优越感。前不久海内外电视、报刊刚刚报道了林风眠跟巴金的友情及赠送巴金的国画。未及询问，他们就骄傲地遥指壁炉一角的名作，但又矜持地禁止访客拍照。

其实这里不只是林风眠的画，几乎所有的一切都不准拍照。为什么呢？看到熟悉的巴金笔迹、珍贵的巴金作品手稿、他历年来作品的各种版本，这么多珍贵的资料多么值得用影像记录和收藏！我们对严令禁止拍照有些不解。巴金客厅一位志愿者阿叔悄悄拉了一下我的衣袖，指着橱窗里巴金在动荡时期写的检讨文字和巴金妻子萧珊被逼写的"认罪书"示我答案：这里埋藏着巴金的血泪控诉，巴金是最早提议要设立"文革"博物馆的，而这些，但愿只做心上的刻痕，是不宜再揭开这创痛的记忆的。

这位富同情心的文学发烧友告诉我，虽则展室里不能拍照，但门旁有一间专门展厅有放大的巴金手迹可供照相。我找到了这幅巴金一笔一画如刀刻斧斫般写下的话——《没有神》：

> 我明明记得我曾经由人变兽，有人告诉我这不过是十年一梦。还会再做梦吗？为什么不会呢？我的心还在发痛，它还在出血。但是我不要再做梦了。我不会忘记自己是一个人，也下定决心不再变为兽，无论谁拿着鞭子在我背上鞭打，我也不再进入梦乡。当然我

也不再相信梦话！

没有神，也就没有兽。大家都是人。

七月六日

这看上去是字，其实是一行行血泪。

巴金故居不大，但可爱的是，正房后面是一个绿草茵茵的花园，非常安谧。房舍原来的储藏屋现在是访客纪念室，展览书籍杂志，而且可以给参观者敲章纪念。

我去巴金故居那天正好是世界博物馆日。临别时，访客已经填满了故居。巴金故居毗邻名编辑柯灵故居，柯灵是当年张爱玲的发掘者，孤岛文坛时的闻人。画家张乐平故居也在左近，都在数分钟步行圈里。如若有心，抽半天时间，可以一揽子看看这三个故居。

与命运的角逐

读福楼拜手稿

　　福楼拜是法国文学巨匠。他跟雨果、司汤达、巴尔扎克和莫泊桑等文学大师是法国人的骄傲，组成了最亮丽的一道文学风景线。

　　童年读《金蔷薇》时，就从中得知福楼拜对写作非常虔诚，真可谓"一字未安，三日不宁"。他追求文章的纯美，时时跟自己较劲，属于西方作家中"苦吟派"一路。

　　福楼拜苦苦写作一生，但作品数量不多，不过他的小说都无愧于经典，经得住时间的考验。福楼拜曾说，他不只为当代人写作，而且要为未来的读者写作，一个真正作家的作品要经得住时光的考验，要能够不朽。

　　福楼拜少年时代在医院度过，他父亲是医院院长。他自小看惯了病人、死尸和人间苦难，养成了冷静甚至冷酷观察现实的性格。福楼拜生性是个特别腼腆的人，特别是在女士面前，易于害羞的特质时时困扰着他。于是他把对人生的观察和思考都倾注了笔端。

　　福楼拜的父亲出生于香槟省，母亲是诺曼底人，他自双亲那里继承来的这两种地域的特征使他的性格有些矛盾：天性开朗，同时又具有北方民族的冷漠；性情快活但怯于表达。而福楼拜一生跟很多女性打过交

福楼拜手稿

道，他依恋女性，用作品替女性代言。

总的来说，福楼拜对人性和世界的看法比较悲观。他的杰作《包法利夫人》被视为"新艺术的法典"和"最完美的小说"。书中女主角爱玛是一个农村女孩，她美丽却不淑静，富有浪漫幻想和野心。她嫁给包法利医生后仍然沉浸在猎奇和妖冶情怀中，忽略了丈夫和新生儿，最后为社会欺骗、被情人抛弃，身败名裂而自杀。

福楼拜用精致到近乎无可挑剔、解剖刀般的笔罗列细节并描写包法利夫人的心理状态，对作品的完美要求达到了吹毛求疵的地步。他常常把写好的文稿毁掉重写，这本书一千八百页正反两面的原稿最后被删改到只剩下五百页。福楼拜把写作视作生命般神圣。他敬重文字，其作品中每一章每一节每一段甚至每一句每一个字都反复修改。福楼拜为写作呕心沥血，时常长夜不寐。他常年在卧室里写作，卧室紧靠着巴黎塞纳河，以至于塞纳河的水手将福楼拜书房的灯光当作夜间导航的标志。

福楼拜在书中描写爱玛服毒自杀时，为了感受中毒症状，他竟认真研究医学专著，入戏很深，以至于患上了中毒幻觉症。福楼拜常说："包法利夫人就是我！"这部著作被誉为十九世纪的不朽名著，它影响到了后来的卡夫卡、乔伊斯、普鲁斯特等大作家。杰出作家纳博科夫非常欣赏《包法利夫人》，自称读过它一百遍。

福楼拜非常讲究文章结构，对文字精确的迷恋到了无以复加的地步。由于长期删改、重写和润色，他写作非常慢。他认为："一句好的散文应该同一句好诗一样，是不可改动的，是同样有节奏、同样响亮的。"

福楼拜写作靠的不是灵感，而是勤奋、好友的批评和忠告，同时配合以自己敏锐的观察。他追求的是一种理想文体，讲求韵律的美，他选词炼句极为苛刻。据说，福楼拜不允许自己在同一页上两次使用同一个词。

2019 年，我有幸得见一百七十多年前福楼拜的手稿。确如文学史家所言，福楼拜对自己的创作极为认真，几乎达到严酷的地步。据考，他的手稿平均每页至少删掉百分之四十。他的笔有如犀利的手术刀，他常常对自己的创作无情地删除，有时甚至将其精心创作的原稿全部推翻。

福楼拜对写作有一种宗教般的虔诚，所以他能够精心锤锻出文学史上真正的杰作。检视他的手稿，有时候简单的一页纸居然会被推翻重写十到十五次。他不仅对自己的创作严苛，对友人和学生的写作也同样严格把关。据说，视他为亦师亦友的莫泊桑在发表其成名作《羊脂球》前就受过他的教导。福楼拜曾经严拒莫泊桑发表作品，直到他写成了几麻袋手稿后才允许他文坛试声。结果莫泊桑一鸣惊人，几乎改写了法国文学史。

福楼拜对文学的虔诚和献身可以通过他的手稿给我们一个直观的展示，同时也让我们对大师的努力产生敬畏。他的手稿让人们对写作的艰辛和成功有一种终极的、仰之弥高的观照。

勃朗特家的孩子，石头上开的花

在文学史上，从古到今，父子作家、兄弟作家史不乏书，甚至有父女作家和母子作家，但一家几乎所有子女都成作家的不多。特别是——这是怎样的一个家庭啊！说起来让人心碎，这样一个连温饱都不继的家庭却培养了三个世界名著的作者，还培养了一个为姊妹画像和写故事的兄弟。

这是世界文学史上独特的一家。你相信石头上会开花吗？你相信这个世界真的有海枯石烂？大概你猜出来了，这就是十九世纪地处英国穷乡僻壤的穷牧师勃朗特家族。

那时候，整个英国人口的百分之九十都不识字，特别是女孩子，能认字简直就是异数。因缘际遇，这家的父亲是个穷副牧师，算是读书人，巧了，孩子有机会侥幸认字。一伙孩子就像风巢里的雏鸟，叽叽喳喳，在半饥半饱的童年中慢慢学着起飞了。

那时的"日不落帝国"正在冉冉升起，人们却难以想象它的百姓中有这样寒素的群体。勃朗特家因为女主人早逝，女儿们不得不上了条件极差的寄宿学校，独留儿子在家，这个唯一的儿子名叫布伦威尔·勃朗特。全家姊妹都自觉地宠着这个兄弟，甚至把他当成唯一。

布伦威尔 · 勃朗特创作的勃朗特三姐妹画像

他们的生活不只是贫瘠，简直是生长在困苦和灾难里。幼小的"勃朗特们"在渠沟里企盼倒映的明月，在垃圾堆上仰望天边的彩霞。他们顽强地成长着，以惊人的毅力和能量在蹿高，向往和梦幻着外边的世界。

结果是，三个女儿成为世界文学史上非常重要的作家。但天妒英才，命运眷顾过又没放过她们。她们经历过什么样大喜大悲的煎熬，没人得知；但最后，三姐妹几乎都是以生命为代价为她们钟爱的文学殉情。文学，是她们的起点和终点。不只三姐妹，这里面还有她们两个早夭的姐姐的贡献，虽然她们没能参与写作，却也贡献了文学的基因。据考，这两个温婉敏感和善良的姐姐、她们的孤儿院故事，正是《简·爱》人物和故事的原型……

两百年了，人们仍然不能忘记这些早夭的文学天才。最近，纽约公共图书馆正在展览夏洛蒂·勃朗特童年的创作手稿。2022 年，她创作于十三岁时的一本十五页的童书被以一百二十五万美元价格拍卖。对于她们痛苦的童年，这是一笔不能想象的巨款。那时候如果她们能得到这个数目的百分之一，勃朗特全家的命运或许就是另一个样子了。

两百年亮相纽约，再续辉煌

纽约公共图书馆是个宝藏，它的精华不只是图书，还藏有世界著名作家、画家、音乐家等名人的手稿。最近它举办了一个纪念展，展出了一些十九世纪作家的手稿。其中让我眼前一亮的是《简·爱》作者夏洛蒂·勃朗特早年创作的手稿和画稿。

对于《简·爱》作者的生平，喜欢文学的读者大多耳熟能详。她出身寒素，父亲是个乡村副牧师，夏洛蒂幼年丧母，她跟姐妹和一个弟弟由姨母照料长大。由于家庭穷困，她和姐妹被送到寄宿学校，精神、物质上都备受艰窘煎熬，这造成了她们终身的心理阴影和病痛。后来夏洛蒂的两个姐姐皆于童年病逝，而她和被称为"勃朗特三姐妹"的妹妹艾米莉（写《呼啸山庄》）、安妮（写《荒野庄园的房客》）都成了世界著名的作家。弟弟布伦威尔也是出色的画家和作家，终年三十一岁。艾米莉三十岁去世，安妮二十九岁去世；夏洛蒂是六个孩子中活得最长的，即便如此，她去世时还不到三十九岁。

但是，夏洛蒂创造了文学史甚至是历史。她的小说《简·爱》成了影响世界文学史进程的杰作，不只是在文学上，而且影响了后来的哲学、宗教、社会学，甚至如女权主义等社会运动都由此发其端倪，成了一种不可忽视的人文现象。

人们不禁要问，闭塞于穷乡僻壤的这样一个家庭，又囿于贫困和低劣的寄宿学校环境，当年的夏洛蒂是怎样成为作家的呢？——那么多有权有势有资源的上等家庭都没能培养出作家，而贫困不堪的"勃朗特们"却成功了，这不啻为一个异数。其实还不止夏洛蒂呢，这个贫困家庭里一出就是三个！而且家中唯一的男丁布伦威尔也是个艺术家。这里埋藏了一个谜，我们不禁想要了解这个寒门何以能够创造这样一种奇迹。

我读过不少相关的传记甚至学术著作，都没有找到答案，而在这次纽约公共图书馆的手稿展上我依稀看到了谜底和曙光。我看到了童年夏洛蒂的书稿和画作。

出生在这样一个困窘的家庭，两个姐姐伊丽莎白和玛利亚都在同一年病逝，一个十二岁，一个十一岁。那一年，夏洛蒂才刚刚九岁，贫穷的困厄给勃朗特家的孩子们刻上了暗且深的童年印痕。但是，物质上的贫穷并没有戕杀这家的孩子对幸福和浪漫爱情的憧憬和希望，甚而因为物质上的贫穷更加刺激和放大了这种渴盼和希望。幼年的勃朗特子女们都苦学，虽然他们都没受过什么正规教育，但基本上靠自学成才。夏洛蒂童年聪颖多才，还精通法语，能用双语写小说甚至写法语诗歌。

两个姐姐逝后，夏洛蒂成了家里的大姐，她带着弟弟和妹妹们艰难地成长。四个孩子苦读诗书、画画、习音乐，余下的时间就是编故事，在童年创造神秘幻想的国度和世界。夏洛蒂十五岁起就跟弟弟和妹妹们创办了手写本家庭杂志《青年杂志》并坚持了好几年。那时，最小的妹妹安妮才十岁，就参加了杂志编写。他们的作品都受到了当时流行的神秘玄幻的哥特式作品的影响，加上他们童年的经历，有一层晦暗和扑朔迷离的影子。这种风格成了三姊妹和弟弟后来作品的总基调和母题。

为了谋生，夏洛蒂十九岁起就出外当家庭教师，艾米莉也是二十岁就做家庭教师，这些经历为她们后来的小说提供了材源。

夏洛蒂·勃朗特被誉为在故事里最早表达女性私我意识的作家，具有社会批判精神，被詹姆斯·乔伊斯和普鲁斯特等文学大家尊为前辈。《简·爱》塑造了一个史无前例的文学典型，主人公具有高度的个性化和意志力，深刻地呈现并讨论了阶级和性别歧视、宗教、女权主义等超前的话题。

此番纽约公共图书馆展出的是夏洛蒂十五岁时的小说手稿《欧内斯特·阿朗伯特历险记》。在这里，这位天才少女已然呈现了她的文学才

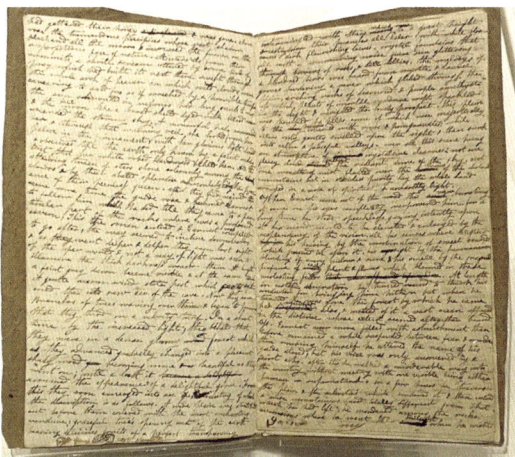

纽约公共图书馆展出的夏洛蒂小说手稿
《欧内斯特·阿朗伯特历险记》

纽约公共图书馆展出的
夏洛蒂早期画作

华和编故事的能力。这本手稿密密麻麻写满了她的冥想和奇幻憧憬，是《简·爱》作者最早的练笔之作。这部小说写的是主人公欧内斯特渴望访问仙境，在一个秋夕，仙女鲁弗斯华纳降临，带他见证了超自然世界的奇观：由青金石和液态钻石组成的壮丽宫殿、天堂般的花园、宝石镶嵌街道的城市。经年后，欧内斯特思念故乡，后由一种魔药把他带到了一个绿色的山谷，在那里他遇到同样一位被仙女俘虏但经历过海底恐怖的老人。欧内斯特决定在这个似乎拥有永恒夏天的山谷中度过余生。

小说故事虽然简单魔幻，但结构和描写已臻一定境界。这部于稿被挖掘后，夏洛蒂的研究者在探索其文学道路的形成和灵感基础时，都不能忽略这部早期手稿的意义和它对夏洛蒂写作生涯的影响。而她的这部手稿在完成一百七十六年以后，于 2006 年由牛津大学出版社出版，是

与命运的角逐

对勃朗特姐妹研究史的又一贡献。如今，在纽约公共图书馆得以瞻仰手稿真迹和绘画原稿，无疑对研究和了解这一文学天才具有深刻的意义。

只用笔说话，"社恐"的夏洛蒂

虽然童年生活艰窘，勃朗特姐妹却不乏梦想。特别是夏洛蒂更是早熟，她自早年就渴望成功。夏洛蒂二十岁时就曾经向英国桂冠诗人罗伯特·骚塞写信询问过文学创作。骚塞是跟英国诗圣华兹华斯、柯勒律治齐名的湖畔派诗人三巨头之一。他的文学观比较保守，虽然承认夏洛蒂有文学才具，但是劝她作为一个女人应该安分守己。对女性而言，"渴求名望"是一种疾病，而回归家庭的"义务"有如一剂良药，药到病除。

夏洛蒂并没有因为打击而放弃文学探索。其后她还将自己的小说寄给前面提到的著名诗人柯勒律治的儿子小柯勒律治求教。但她跟这位文学名流的交往也不甚愉快，她的文学起步在当时十分坎坷。而这也成了她的心理阴影，所以她们三姐妹寄出处女作时都起了一个男人的笔名。但表面柔弱却心性坚强的夏洛蒂没有停步，她把自己对文学的爱深深地裹藏在了心的深处。

1847 年夏，艾米莉的《呼啸山庄》和安妮的《阿格尼丝·格雷》被伦敦的出版商托马斯·纽比接受。夏洛蒂以"柯勒·贝尔"为笔名的《简·爱》也在同年 10 月 16 日出版，两个月内就加印了。彼时的她并不知道，这部小说今后注定要轰动整个英语世界；而两个妹妹的作品同样也会名垂史册。

《简·爱》出版当年就因其内容和题材的新颖和内在力量引起了轰动，最引人瞩目的是竟得到了名作家萨克雷的赞许。萨克雷是英国文学史上跟狄更斯齐名的小说家。他家境优渥，是剑桥大学毕业生，较早开始写作并结识过大文豪歌德。他最著名的小说是《名利场》。

《简·爱》刚出版就引发了萨克雷极大的阅读兴趣。他立刻给出版商威廉·史密斯·威廉姆斯写信问："这是女人的手笔，但会是谁呢？"他们都凭借敏锐的直觉发现了"柯勒·贝尔"的笔名下掩藏的是一位女性作者。其后，萨克雷对这部作品给予了盛赞。巧合的是，萨克雷自己的身世跟《简·爱》中的男主人公有相似处，他有一个精神失常的太太。作为初出茅庐的作家，夏洛蒂当然希望处女作有人首肯，所以她特别感谢社会闻人萨克雷的鼓励和称赞，在这本书第二版时题献给萨克雷。没想到当时文坛拿此事做八卦，影射并攻击夏洛蒂跟萨克雷有私，甚或污蔑作者就是他的家庭女教师。

这场无妄之灾极大激怒了无辜的夏洛蒂和萨克雷，他们根本就没有见过面。为了辟谣，1849 年，出版商安排二人首次见面。他们的目的达到了，世人都看到他们互不相识，但是这次见面非常尴尬。夏洛蒂是个荒僻小镇羞涩敏感的娇小文学村姑，萨克雷则是个体型高大、食量惊人的城里士绅。据萨克雷传记描述，出于礼貌，身材高大的萨克雷弯下腰，张开双臂，想要给勃朗特小姐一个拥抱，可惜他"却连她的胳膊肘也没碰到"。此后，萨克雷又曾经设宴招待夏洛蒂，但有社交恐惧症的夏洛蒂在宴会时躲开一众名流，到他家书房里跟他家女教师说话，让主人萨克雷非常尴尬。最后萨克雷竟然不得不中途逃席，这场豪华社交宴会只能以难堪和失望收场。

据传记载，夏洛蒂是位约一百五十厘米的矮个女子，但她是文学上的巨人。她有着坚强的意志力和巨大的能量，是位跟命运争斗的不屈的女神。虽然她不善于社交，但她用笔说话，凡是读过她著作的人，都不能忘却这掷地有声的话语：

> 你以为，因为我穷、低微、不美、矮小，我就没有灵魂没有心吗？你想错了！我的灵魂和你的一样，我的心也和你的完全一样。……这是我的心灵在跟你的心灵说话，就好像我们两人已经穿越了坟墓，站在上帝的脚下，我们是平等的。因为我们是平等的！

未曾开放就凋谢的家中男丁

"文章憎命达，魑魅喜人过。"勃朗特家的孩子算得上是悲剧性集体早逝的天才。他们家共有六个孩子，前两个姐姐在夏洛蒂九岁时夭亡，这是活着的弟弟和妹妹们永远的痛。夏洛蒂一下子变成剩下来孩子的大姐，陡然认识了人生的苍凉。这些经历后来都写到了《简·爱》当中。

虽然后面姐妹都是早慧的天才，她们几位的成功和运气来得不算晚，但幸福失去得又太轻易。勃朗特姐妹被幸运女神光顾只占生命中极为短暂的时光，像彗星一样划过最黑暗的夜，照亮过整个天宇，但旋即湮灭了。1847年下半年，她们三人共同发表处女作走上文坛，她们的起点几乎就是最高点，处女作发表后就赢得关注，接着出版了第二部和第三部作品。

被以一百二十五万美元价格拍卖的夏洛蒂少作

　　但随后这两年也是他们家最悲惨的时日。先是他们家唯一的男丁布伦威尔事业蹉跎，加上情场失意而酗酒罹病，在1848年9月骤逝。仅过两个多月，与哥哥感情深厚的艾米莉身心倍受打击，也于年底12月谢世。遭受连连的伤痛，最小的妹妹安妮不久也罹患肺病，次年5月含恨夭亡。自她们投稿到作品出版不过一年多时间，勃朗特四姐弟中三人去世，她们根本没有机会享受成功的喜悦，就带着永生的遗憾走向了天国。到此时，勃朗特家六位子女中只剩下了唯一的夏洛蒂与父亲相依为命。

　　除了未成年早夭的大姐二姐，勃朗特家的孩子们读者所知较少的是布伦威尔。我们不妨在这儿多说几句。

勃朗特家五个姐妹中有四个被送往考恩桥寄宿学校，而布伦威尔则有幸在家中接受父亲的教育。他与夏洛蒂年龄只差一岁，感情也最近。他们少年时就热爱文学和艺术，一起办杂志、排戏演戏、写哥特式玄幻小说，这使他们的童年生活清苦但不寂寞。父亲为子女请了绘画老师，布伦威尔初步职业是画肖像画。现在唯一那张勃朗特三姐妹的肖像就出自她们的兄弟布伦威尔之手。这幅肖像成了勃朗特姐妹们最著名的存世形象，现在挂在英国国家肖像美术馆的画廊中。

布伦威尔有着很好的文学素养，也敏感细腻。他曾经翻译过一些西方经典作品，也跟著名作家德昆西、名诗人柯勒律治的儿子小柯勒律治有过文学交往。后来，他在曼彻斯特和利兹铁路公司找到工作，但生性多情羞涩的他很难是一个好员工。后来他依附妹妹的雇主做过家庭教师，但据说因爱上了学生的母亲而被解约。其后布伦威尔酗酒、欠债并吸食鸦片，最后死于疾病和困厄。在他身后，留有不少创作的诗歌，有的是他跟姐妹们合作的作品。其中有些已经发表，有些迄今尚未发表，还有一些佚文至今尚未被发现。文学史家们还经常呼吁，如有新发现请联系相关的文学组织。

快两百年了，有人会问，有没有可能发现"勃朗特们"的文学遗迹呢？有可能的。2022年纽约古董书拍卖会，发现了夏洛蒂·勃朗特的一本十三岁时的少作。这是一本小小的书，比扑克牌大不了多少，是她童年诗歌的珍本。那时候物资奇缺，纸张很贵，苦寒的姐妹们的习作不是尽量用小开本就是写得密密麻麻。这也是当年她们日子过得清苦的写照。这本十五页的小书，据说上次露面是在1916年，这次被慈善组织以一百二十五万美元的价格买到并捐献给了勃朗特家乡的手稿博物馆，终于让它回到了家……

今天，拾人牙慧者往往说不能让孩子"输在起跑线上"云云，勃朗特家族的孩子童年甚至困顿到根本无权参与比赛而没有"起跑线"，他们是用生命和志气去跟中产阶层乃至上流社会竞争和拼搏。他们不只没有衣食饱暖和受教育的良好机会，甚至连起码的医疗和生命保障都没有。两个苦命、敏感且同样多才的姐姐都夭折在童年，其他劫余的四人也都没有活过中年；但他们都没有抱怨也没有放弃梦想，而是用超乎常人数倍的努力肩起了自己的梦想，并把它托举到了世人难以想象的高度。

人生有别，世上的确有幸运儿是"含着金钥匙"出生，但大多数人都是平常百姓家的孩子。特别是文学史上，真正有成就的作家很少出身贵族王侯将相，能写出不朽作品者不少是历尽坎坷、深味人生甘苦和生命伟大的贤者。当有人抱怨自己生不逢辰、成长在贫瘠的土地上时，不知想过没有，勃朗特家的孩子甚至都没能在贫瘠的土地上落脚，他们俨然是被命运降生和成长于石头上的。古谚云只要心诚，石头也能开花。勃朗特家的孩子就是石头上开的花，峻厉、绚烂、悲壮且发人深省，是人性永不言败的最好证明。

《牛虻》作者伏尼契纽约二三事

　　《牛虻》作者与纽约？看上去是个风马牛不相及的无厘头话题。革命英雄主义的巨著《牛虻》跟资本主义世界的重镇纽约能扯上什么关系呢？

　　的确有关系，而且《牛虻》的作者伏尼契后半生的时间都在纽约度过。特别是，她的遗言嘱咐要将她的骨灰撒到曼哈顿的中央公园……

　　二十世纪中叶，在中国大陆西方读物缺乏的时候，俄苏文学曾经一枝独秀。那时候《钢铁是怎样炼成的》《牛虻》等成了一代文学青年的圣经。可是细心的读者会发现，《牛虻》并不是苏联作家的作品。它是十九世纪末，爱尔兰女作家伏尼契创作出版的；而且它出版得很早，远在俄国十月革命前就问世了。

　　《牛虻》于1897年6月在纽约初版，三个月后它又在英国出版。但是可惜，这部后来在苏联和中国红透半边天的小说在它的故乡乃至整个西方都默默无闻；不消说一般读者，即使是研究文学的人也没听说过它。于是，这部小说创造了文学史和传播学上的一个奇迹。

　　它的作者伏尼契很长寿，一直活到九十六岁。有幸的是，她在晚年看到了自己的成功：由于这部作品在苏联影响极盛，那时关心文学的读者发现《牛虻》作者居然还活着，而且就住在纽约！只是热心的读者发

伏尼契纽约故居

现伏尼契晚景凄凉。于是苏联政府派驻美使馆工作人员于 1955 年联系上她，送去了十八种苏联文字的《牛虻》译本和一万五千美元的稿费，还在她家里为她放映了根据《牛虻》改编的电影。这笔钱在当时是巨资，据说当时纽约一栋房子的价格大约是一万三千美元。

除了经济上的支援，这些对这位老人的精神也是很大的慰藉。她全然没有想到，自己六十年前写的作品，居然在世界的另一端引发了这么巨大的反响和崇拜。据不完全统计，《牛虻》在苏联售出了约两百五十万本，还数度被改编为电影、话剧、歌剧、芭蕾舞剧、音乐剧等，且大受欢迎。此外，它在中国还被翻译出版了一百多万册哩！

《牛虻》到底是本什么书，它为什么这么独特，能吸引到苏联乃至

与命运的角逐

远在东方的中国读者的狂热追捧呢？

这是一本宣扬民族解放和民族独立的书。书中充满了铁与血和革命浪漫主义情怀，它激励了无数俄国和中国的革命者为民族解放而奋斗。

我少年时是先读了《钢铁是怎样炼成的》后读《牛虻》的。因为前者中我所景仰的主人公保尔是那么坚忍，那么无保留地崇拜《牛虻》的主人公亚瑟；于是，爱屋及乌，亚瑟也成了少年的我心目中的英雄。

初恋、政治上的误会和遭遇背叛，情殇、身心俱疲、宗教情怀之幻灭且混杂着铁与血；这一切，都发生在那个时代哥特式阴郁暧昧的神秘氛围下。这情节，本身就具备了跟青春有关的几乎所有作料。

青春，在任何年月都循着人类天性挣扎着向上伸展。那个时代年轻人的思想也透过这些西方的作品，借着革命英雄主义的大旗在悄悄携带着自己青涩探索的私货——那个年代的少男少女一方面崇拜书中的铁血和革命志士视死如归的生涯；另一方面，这些青春期的小伙而又容易把女孩子过分神圣化或矛盾敏感化来处置，从而形成一种异化的"崇女症—恐女症"。亚瑟和保尔都是英雄般地坚忍，以离开心上人的自虐式受难来淬炼自己的意志。他们不愿解放自己，宁可把女孩看成女神而不是女人。

用"革命"的名义来扮酷青春，崇尚斯多葛式的苦修和坚忍，这样的高傲和圣洁骣突了多少青春和爱情！从冬妮娅、丽达到《青年近卫军》的邬丽娅、柳芭，再到《远离莫斯科的地方》《共青城》中牺牲的少男少女……究其本源，这样的硬汉和献身革命的英雄而恐女之文学母题的祖宗大概可以追至《牛虻》中亚瑟和琼玛令人扼腕的悲剧结局。伏尼契几乎可以说是制造这一类革命—坚忍英雄主义母题的教母。

没想到，这样一部革命文学的作者，晚年却终老在纽约，而且这部作品最早的出版地居然也是纽约。据载，当年此书出版时饱受非议，被判为渎神且宣扬反叛、有毒害青年的倾向。但墙内开花墙外香，在小说出版六十多年的时间里，它在遥远的异国大放光彩。《牛虻》被苏联、东欧和中国奉为红色经典，培养了不止一代人，造就了世界文学史上的一个异数和奇迹。

《牛虻》的作者伏尼契出生于爱尔兰，原名艾捷尔·莉莲·布尔。她出生不久即丧父，家境转寒，后选择主修音乐。1887年，她到俄国贵族家庭做音乐教师，其间接触俄国革命者，开始同情俄国革命。返回伦敦后，她与恩格斯和俄国革命理论家普列汉诺夫结识，受到了革命思想的影响。艾捷尔后来跟从西伯利亚逃亡到英国的爱国志士伏尼契结婚，改姓伏尼契。

当时的伦敦也是意大利革命流亡者的云集之地。伏尼契经常和他们来往，并从这些革命者中汲取了丰富的政治思想营养及源源不断的文学创作素材，为以后成功地塑造意大利烧炭党人民族解放运动的英雄形象牛虻打下了坚实的基础。

伏尼契二十世纪二十年代移居纽约。丈夫伏尼契成为古董书商，她则靠改编音乐、教音乐和翻译谋生。同时，伏尼契仍然酷爱写作。除了《牛虻》外，她还写了其他小说，但它们的名声皆不能跟《牛虻》相提并论。

1955年，伏尼契喜事连连。在她收到苏联稿费后，出版中译本《牛虻》的中国青年出版社也通过她当时在北京外语学院执教的侄孙媳倍莎·史克教授联系到了她，并辗转从日内瓦给她寄去了五千美元稿费。

激动的伏尼契得知她的作品在中国大受欢迎，于 1956 年 7 月 23 日回复了感谢信。

据不完全统计，《牛虻》在中国已经发行了一百多万册，成为最受中国读者欢迎的西方文学作品和具有划时代影响的伟大作品之一。

这个残春，我冒着料峭的寒风，踏访了伏尼契在纽约的故居。伏尼契晚年住在纽约下城的伦敦特勒斯公寓。这个公寓曾经是个地标性建筑，建于二十世纪二十年代末。它占地面积巨大，设计为一般白领和中产阶级的住宅。它的特点是闹中取静，在纽约下城的水泥森林中，它难得地充满了绿意，有比较开阔寂静的弯曲街道和小花园。

除了静谧，它地处繁华，周围紧靠地铁，四通八达，往西是宽阔的哈德逊河入海口，往南是可以看到自由女神像的南码头；往北不远处就是帝国大厦、时报广场和百老汇、中央公园及曼哈顿的各类世界著名的博物馆。

此地另一重大特色是它的左近就是著名的文学艺术圣地——切尔西旅馆。这家旅馆几乎是美国现当代文艺鼎盛时期的大本营，也是一部活的美国文学史。美国现当代著名作家如马克·吐温、欧·亨利，剧作家亚瑟·米勒、威廉姆斯·田纳西，名诗人亚伦·金斯伯格和一些著名的音乐家、演奏家、影剧明星等皆常年寓居于此。这些显赫一时的文坛和艺坛大腕在这条街上行走的时候，大约并不知道隔街萧索踽踽而行的那位老妇人也是一位作家，她在世界的东方曾经红透半边天……

晚年的伏尼契不再能教音乐，她勉力靠翻译为生。但耄耋之年的她并不自甘"帘儿底下，听人笑语"，她始终没有忘记自己是一位作家，一直在忙，以至于她在给中国青年出版社的回信上抱歉道，她忙于自己尚未完成的作品而无法给《牛虻》中文版特别写一篇序言。终其一生，她一刻也没有放下过自己手中的笔。

为了寻觅这个富有个性的作家的点点滴滴，我多想在她的故居得到哪怕一点点信息！可惜物是人非，岁月无情，这里已经难寻伏尼契当年的任何痕迹。这座大厦现在仍然是曼哈顿高档住宅区，保安公司戒备森严。我向门卫说明来意并希望被允入，虽然保安没读过《牛虻》，但他说极愿意帮助我。可是，伏尼契故居现在已经物有别属，碍于他们严守的保护住户隐私政策，他遗憾地告诉我他真的爱莫能助。我理解，而且我知道，斯人已逝，但她的英魂并没有走远。伏尼契的文名跨越了时代，跨越了国度，甚至跨越了阶级和种族以及人类的心灵，她的精神追求引导着世界上的读者走向更崇高的永恒。

在暮春的残阳中，我不舍地沿着伏尼契当年走过的路踯躅，盘桓在这仍带着春寒的、闹市中的僻静街区。我知道，伏尼契一定走过这些街、这些小路。在我们当年饱含痴情抄写甚至背诵《牛虻》章节的青涩岁月中，这位牛虻的创造者、这位影响了大半个世界的文学老人，像我今天这样，沿着这条路送走过无数个满布哈德逊河西岸火烧云斜晖的黄昏，那也应是她生命中绚烂的时刻。

纽约的中央公园有一条文学走廊，里面是欧美文学史上最著名的文学巨匠的雕像群，伏尼契显然还没有资格被邀请到那里。但是她没有忘记中央公园，大约她也记得这条文学路。她留下遗言，希望将骨灰撒在这儿……

中央公园的文学走廊雕像里没有伏尼契，但她的丰碑，是在读者心里的。

苏美尔女祭司的泥板诗

文字发明与文学的源头

喜欢文学者大略知道文学史，但研究文学者很难断定文学的源头。诗歌、散文、戏剧、小说四类文学体裁中，诗歌发源最早，但究竟谁是世界上最早的诗人一直存疑。2023 年春纽约摩根图书馆与博物馆（The Morgan Library & Museum）承办的上古苏美尔—巴比伦女诗人楔形文字泥板上展览的诗稿，把有史以来诗人的记录上溯到了四千三百多年前，改写了世界文学史。

人类公认最早的文学作品应该是诗。诗歌起源很早，但真正被世界文学史记载的诗歌出现得晚得多。早在石器时代晚期，人类就开始了文学艺术活动。学界考证诗歌和人类音乐的发明时间大致上同期，到青铜和铁器时代人类诗歌和叙事形式基本定型。人类早期的文学都是以口头或图画（视觉符号）形式传承的；而今天"文学"这一术语的定义是指"写下来的作品"，其词源是 litera 或 littera，即"字母"。因此，在文字和字母产生以前的文学只能被追认为"口头文学"或"前文学"。这样看来，人类文学发生的时间或更早，它跟人类语言发明几乎是同步的，而文字却晚近得多；但后来世界各国文学起源的记载和定义则跟其文字发明早晚相关。这样，文字发明早的文明就讨巧了。

比如，文字发明比较早的四大文明古国埃及、巴比伦、印度和中国，文学记录就比较早；而大洋洲和美洲原住民虽有着几千年的诗歌和其他文学样式，但因为在近现代以前他们没有发明文字，所以这些古老的文明被认为文学后起，它们的文学史吃了没有文字的亏。

虽则如此，文化传播的硬实力也是文明和文学史宣传的利器。比如，作为西方文明源头的古希腊和希伯来《圣经》文学，相比前述四大古代文明应算后起，但因为文艺复兴以后西方影响的强势而让"西方文学"更为世界所知。

因此，在世界文学领域，说到最早的诗人，一般人耳熟能详的往往以为是荷马，而女诗人呢，大多认为是古希腊的萨福。其实，若论诗义和题材，中国一位女诗人许穆夫人（约公元前 690 年—？）要比萨福（约公元前 630—前 570 年）早六十多年呢。萨福的作品多宣扬情爱和抒情，许穆夫人的诗歌却深沉静穆得多。我国诗歌典籍《诗经》收录了许穆夫人的诗《载驰》《泉水》《竹竿》。许穆夫人是卫昭伯与宣姜的女儿，远嫁许国，后其祖国几乎被灭，她奔赴母国救援，写出《载驰》，悲壮哀婉的篇章流传千古。她的其他诗篇也充满对故国悲戚怀念的深情，故被尊为爱国诗人之祖（比屈原早约三百五十年）。找国诗歌宝库《诗经》仅收诗三百余首且多为无名作者，许穆夫人能被录入三篇实乃胜过很多王公巨僚和文化名流，堪为上古时代的女子豪杰。

但纽约近期的一个上古女诗人文物大展完全改写了世界文学史乃至

人类文明史。这展览用上古巴比伦遗址出土的文物考证告诉我们，前述两位远不是最早的女诗人。展览资料显示，更早的女诗人是古美索不达米亚的苏美尔女祭司恩赫杜安娜（Enheduanna，约公元前 2300 年）。她生活在四千三百多年前的苏美尔—阿卡德时代，比前面提到的两位女诗人整整早了一千六百年到一千七百年！根据大量的史料和实物考证，恩赫杜安娜不仅是有史以来可以被实证的第一位女诗人，而且是有文字确证的人类第一位有名姓的作家——这个发现改写了人类文学史。

楔形文字披露的诗歌之谜

被称作人类摇篮的幼发拉底河和底格里斯河地区（即"两河流域"）也是文明和诗歌的摇篮。二十世纪二十年代的一次挖掘，现代考古学发现了楔形文字泥板上恩赫杜安娜的诗稿，震惊了世界。近一个世纪以来，人们对这些泥板进行了艰苦卓绝的破译解读。随着更多相关资料的发掘，学界得知她的时代、身世和背景。那是历史上惨烈的"战国时期"。她的父亲是阿卡德的萨尔贡，在公元前二十四世纪大败前朝而建立了有史以来世界第一大帝国阿卡德帝国。为了巩固统治，萨尔贡挥师击溃并征服了三十四座城市，穷兵黩武，铁血建政。他不相信任何人而任命自己的女儿恩赫杜安娜为苏美尔本土的保护神月神之高级女祭司。这个职务负有巩固统治和宗教礼制祭祀的使命，被认为拥有与国王相似的荣誉威权，位置非常重要。此后，恩赫杜安娜也曾被卷入政治斗争和罢黜，历经政治坎坷和复位。

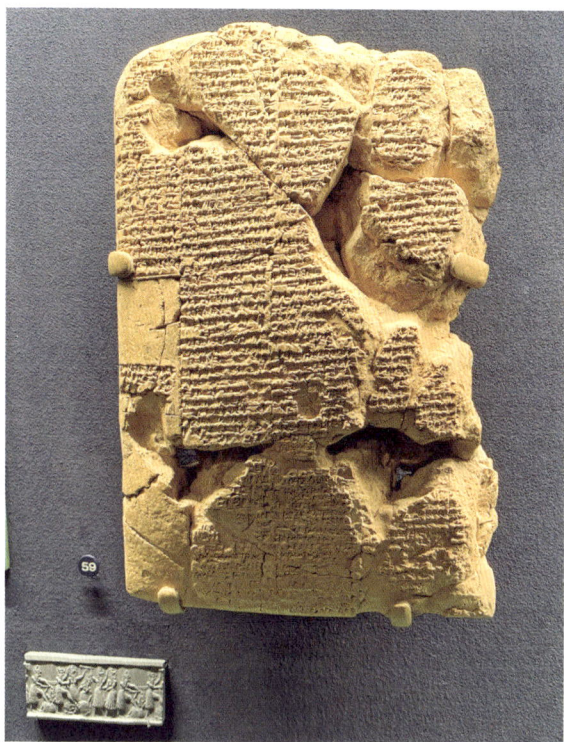

保留在楔形文字泥板上的苏美尔女诗人恩赫杜安娜的诗稿

　　而被发掘出的那些恩赫杜安娜创作的诗稿理所当然地就被尊为人类历史上最早的文学作品；因为它们都是以诗歌形式呈现的，所以这些泥板诗稿被公认为人类文学作品的最早源头。恩赫杜安娜也因此被认为有史以来的第一位诗人。

　　苏美尔文明发端于公元前 4500 年，它最早发明了文字，也创造了人类最早的文明。苏美尔政权初始由几个松散的城邦国家构成，每个邦国有自己独立的保护神和神庙，由最高祭司或国王统治。大约公元前

2900 年开始，苏美尔进入诸国争霸的混战时期。公元前 2334 年前后，阿卡德君主萨尔贡征服了整个地区，首次建立了统一的集权大帝国，结束了七个世纪的城邦小国各自为政的时代。

萨尔贡打江山不易，当然要把印把子牢牢掌握在自己人手上。除了自己，他只相信女儿，形成了父女统治的王国。女儿恩赫杜安娜比父亲命长，在父王死后她又辅佐兄弟和侄儿，共服务了三代君王。她也经历了政治动荡、灾难甚至遭到侵扰和流放。她参加了所有的政治活动和宫廷政变，并用诗记述了她的希冀、恳诉、呼吁和感恩，同时，她也用诗系统地记录了她的时代。她的作品堪称史诗或诗写的《史记》，是世界上最早的署名作品。

这批人类最早的诗作陆续被挖掘、解读、诠释和移译，但迄未被译成中文。我们不禁想知道，在那样一个时代，作为国家最有权势的女诗人，恩赫杜安娜会写些什么，她关心的诗题和内涵是怎样的呢？

政治一直是诗歌的最大母题，诗人难免会参与政治。以中国古诗为例，许穆夫人、屈原都写了爱国和政治诗，而《诗经》和《楚辞》多描写民生疾苦和喜怒哀乐。古埃及诗歌、苏美尔—巴比伦诗歌和古印度梵语诗歌也都不会脱离社会和政治，恩赫杜安娜诗歌的题材自然也不例外。

作为四千多年前世界第一个大帝国的御用诗人，她还承担着巩固政权、管理行政和祭神祈天以及史官的任务；因此，恩赫杜安娜的诗歌题材多是庄严的宏大叙事，充满了神圣崇高的意味。但是基于当时政治斗争和社会矛盾激荡的现实，她的诗也表达了很多政治大事件对时代的影响。总的来讲，她的诗歌可分为赞美诗、祈祷诗、倾诉诗和叙事诗等几类。

恩赫杜安娜的官方身份是高级女祭司、首都保护神月神南纳的"配偶"。但她的诗歌更多的题材是时人信仰的司繁盛和性爱的女战神伊南娜，她的赞美诗和恳诉、祈祷诗大都是写给伊南娜的。她诗歌的题材涉及当时很多神祇，有主宰一切的大神和月神、日神，也写到祭祀天地、水神、山神等众神，但诗人钟情的是伊南娜——她是一位来源很古的原始生命女神，也是妇女生育的保护神。而且，这位女神很有个性，为了正义，伊南娜女神挑战巨大的伊比赫山神，天上的众神都劝她不要招惹祸患，但她不惜冒死一战，最后击败对手，使他臣服鞠躬。恩赫杜安娜为她写了赞美诗，歌颂武功，也记录了那个时代血与火的历史。恩赫杜安娜曾经遭历政变和流放，也曾被凌辱和侵扰，最后她祈求伊南娜帮她复位，这些荣辱，她都写入了自己的诗中。

同时，恩赫杜安娜还在作品中为美索不达米亚三十六座城市的避难所写了四十二首赞美诗，学者们通过她的署名寻找作品、解读历史，这些圣殿赞美诗统一了宗教景观，也帮助她父亲满足了政治愿望。恩赫杜安娜的诗作不只写政治、写历史和纷争，也写诗歌美学和诗人艺术创作的艰辛。甚至，她把自己艰难创作献给女神的诗的过程比喻成她"生了孩子"。

有趣的是，自恩赫杜安娜泥板诗稿被发现以来，它极大限度地受到了世界各国女权主义学者的关注。经历了十九世纪的呼唤和二十世纪后半期的高扬，女权主义已然在人文—社科和文艺领域深入人心。现当代的文学研究者在深耕恩赫杜安娜的诗稿后，把这位上古时代的女诗宗追认为女权主义的先驱，认为她最早阐扬了女力、女权的思想，而且她本身的参政和文学创作及其史实就是人类史上女权最富说服力的表现。

恩赫杜安娜的意义已然超越了文艺界的推崇，她的诗歌题材颇为广

代表苏美尔女诗人恩赫杜安娜身份的圆筒印章

泛，其中有些内容甚至得到了天文学界的认可。她对恒星的测量及其运动的描述被认为可能是最早的科学观察。为了表示对她的纪念，2015 年，水星上的一个陨石坑以她的名字命名。

人类学如何帮助文学探源

这是人类学协助改写文学史的一个最新的案例。自现代人类学十九世纪兴盛以来，它几乎在人文和社会科学领域作出过无数贡献，改写了多门学科的历史，而尤以在文学史探源上的贡献突出。

以往文学史寻根都以最早的文学典籍为研究源头。以中国文学史为例，往往以最早有文献记载与文学有关的书证渊源资料为权威；以书为史或以书证史、反复索证而成了内循环，局限很大。因为人类文明史上文字和书写发明很晚，这种先天不足决定了它们所能记录的只能是"流"而不是"源"。

苏美尔祭祀神瓶

如果只把书面资料作为文学源头，那么此前的人类文艺活动包括口头传说、古谣谚、神话和史诗等宝贵内容都将被摒弃了。大家知道，诗歌和音乐几乎是共存共生的，人类音乐起源于原始社会，据考古发掘，在四万年以前人类就有了原始乐器，那时人类就能载歌载舞，那歌就是文学的源头；而且，早在乐器发明之前人类的喉咙已经开始吟唱，它是更早的"乐器"。如果以书面记载或用以书证书的形式来发现最早的"诗"或文学作品，将无异于缘木求鱼。

人类学方法的异军突起改写了这个延续了近两千年的保守局面。除了书证资料外，它大量启用了科学方法，特别是考古学方法，改写了以往所有的历史和文学史的研究思路。比如，中国甲骨文的发现改写了先秦历史和文明史，特洛伊城的考古发掘改写了古希腊的文学史，埃及和巴比伦古文明的发掘更是改写了整个人类的史前史——近现代世界各地这样的考古发掘创造历史的例子屡见不鲜。以文物—实物证史、以史实补史和纠正史实是现代史学的最大革新和革命，因此王国维、陈寅恪等学者盛赞"地下新材料"对研究文明史和文学史之史无前例的意义。

人类学对各种"史"研究的意义和贡献远不止于此。"礼失而求诸野"，早在两千多年前孔夫子就提出了以俗探史和以俗证史的主张。现代人类学更是提倡以田野工作和综合研究的方法全方位地理解和还原史境，用模拟研究和平行研究互渗的方法考察新发现的当代原始部族"活化石"史前人类的生活方式，并根据考古、语言认知、民俗和书证资料等"多重证据"来立体地研究文明史和文学史发生和起源的终极原因，在这方面取得了骄人的成果。

发现四千多年前恩赫杜安娜刻在泥板上的楔形文字诗稿就是这种文学探源的突出成就之一。从考古学实物到古文字破译，再到文字记载和考古发掘遗迹的验证，补足了史书记载的断链和缺环；然后再整合史书、考古、史实记载、民俗和古迹综合验证，继而进行人类学意义上的宏观比较，进行认知科学、民族学、古物年代学和上古艺术整体研究的对照；最后在破译上古诗歌的基础上寻找签名和史实、验定作者身份。这绝不是以往研究文学者靠从书到书、囿于一隅的方法所能臻至的境界——研究文学源头或文学发生学是一个综合性的大工程，这个工程只有在人类学的宏观视野支持下才能完成。

所以，这次上古苏美尔—巴比伦暨人类最早诗人恩赫杜安娜身份的

　　　　　　　　　　　　一个人的世界文学

确定和其诗作的破译以及年代学、诗歌背景和内容的确定是由人类学和史前学综合研究完成的，它是古文明研究和重构的初步成果；而发掘出人类历史上最早的女诗人及这一世界文学史的源头之作，则是人类学对人类文明史总体研究这一任务中的一个副产品。如果只是就事论事、只从文学史领域研究诗歌起源和最早诗人，是很难取得这样的成绩的。

当然，我们必须认识到，这次发现恩赫杜安娜作为人类第一个诗人的记录今后可能还会被改写。随着人类学、科学技术的发展和今后出土文物物证的增多，随着人类对上古文字、文物乃至前文字的视觉图像和原始符号的破译和释读能力的增强和发展，学界可能还会发现更早的诗人，这个"第一"是可以被突破的一个记录。但是至少在眼下的世纪，对恩赫杜安娜的发现和解读、翻译是对世界文学史研究的一大贡献。它把人类文学史的研究目标远远向前推进了千年的岁月，这是值得纪念和额手称庆的。

在这庄严的博物馆里，透过浩渺岁月的烟尘，有幸得以看到近五千年前古人撰写作品的原稿和实物，不由得使人产生出一种"今夕何夕"的慨叹。岁月的包浆使得眼前这四千多年前的泥土变得坚硬如金属、温润如琼玦，有着象牙般玉色洵美质地的泥板诗稿似幻似真。它不是用笔，而是刀刻斧凿地镌在史册上，它远不是一般意义上的"诗稿"而是峻厉如磐石，似乎蕴藏着人类秘密生命的所在——相信人们只要看它一眼就几乎终生都不会忘记这用生命的神秘撰写的篇章。

这也应该是人类最早的书——过去文学史的书写者看不到原文或原物，他们只能借后世书面记录或口口相传的口述—民间资料为依据来立论，而我们今天能够看到物证，看到四千年前诗人的生死歌哭，并能够以之推衍史实，我们比前人幸运。

人类学和考古学研究成果的引进使文学研究者大开眼界，把虚幻甚至有点浪漫的文学研究变成了一种实证科学。它用考据、史证和破译说话，更兼借助视觉资料的辅助，让当年的图像和视觉资料直观呈现，用视觉说诗和解诗，这将揭开诠释学和文学探源的新篇章。

还富于民，助力人文科研

值得特记一笔的应该还有纽约摩根图书馆与博物馆的努力和贡献。这座图书馆与博物馆成立于 1906 年，本是富豪的私藏书室，1924 年开始向公众开放，1966 年被列为美国国家历史名胜。摩根家族聘请了著名设计师和建筑师建造了这栋美轮美奂、极尽奢华的建筑。当然，它的华贵并不只于外表，而且在于它收藏的大量震惊人类历史的文物。

摩根图书馆与博物馆经历了一百多年的积累，从史前文物到当代作家、艺术家的作品，它藏有大量珍贵的书籍、手稿、乐谱及画作。这个博物馆的着力点在于精美和珍稀：人类宝物难以穷尽，作为银行家族的摩根集团深知伤其十指不如断其一指的道理，在世界级博物馆如林的纽约能够占有一席之地，说明它自有其绝活儿和独到之处。相比于大都会艺术博物馆、美国自然历史博物馆、现代艺术博物馆、古根海姆博物馆这样名扬世界的宝藏巨无霸，摩根图书馆与博物馆比较小众，但它有很多世界级巨型博物馆所不具备的优势。最富传奇性的摩根家族真正是富可敌国，它曾经是爱迪生的投资人、华尔街的霸主、美国经济危机的拯救者，是从美国石油、钢铁、重工业、航运到科技界触角无处不在的大亨。这个家族比较不为人知的一面是其古董、艺术和世界罕见手稿收藏方面的业绩。

金融家自然多金，但像这样直白地把金子如此令人震撼地堆砌的样式世所罕见：从室内装潢、穹顶到巨大的黄金神龛，再到书架、家具和藏品，处处金碧辉煌甚至耀人眼目。我看到欧洲观众睹此，除了震惊，还有点鄙夷——美国几大博物馆曾经收买并全部搬来过几个欧洲皇室厢房全套装潢，那里的豪华令人咋舌，却不是靠财富或金子来堆积的；欧洲的"凡尔赛"是用优雅到骨子里的教养、用无数代培养和积累起来的气质，但美国大亨和新贵完全不懂或不在乎这些，他们就赤裸裸地用金子说话。

可贵的是摩根家族还懂得尊重斯文。他们收购保留了自文艺复兴起欧洲大师的手稿和艺术品以及十八世纪起世界著名作曲家的曲谱和名作家手稿等，有很多都是全球唯一。其中最为人瞩目的是对上古苏美尔文明和美索不达米亚—巴比伦文化的收藏积累。正是基于这个原因，这次它能积聚全球收藏之力举办了这个史无前例的展览。

摩根家族不只是有钱，它还有雄厚的人脉和人文资源，就这个专题，它从全世界的藏家手里借来了几乎所有世存文物集中展示。摩根图书馆与博物馆本身的强项就有苏美尔—巴比伦大量楔形文字泥板手稿收藏。这次它又从美国苏美尔文明研究重镇耶鲁大学、宾州大学的博物馆借来大量上古泥板手稿和雕塑，同时从卢浮宫、大英博物馆、中东几国博物馆和大型文化机构、德国几大博物馆及世界各地文化圣殿集中撷取聚展了这些史前人类文明的精华。同时，它还召唤全球最杰出的专家学者和媒体对此进行专门研讨并规划出版事宜等以飨全世界的观众和读者。在当前全球经济状况欠佳、全世界文化机构疲软的情形下，西方博物馆普遍因缺乏资金而收缩项目，苏美尔这个重要但冷门的研究更是少人问津，故纽约媒体盛赞这种壮举几乎唯摩根图书馆与博物馆有能力做到。

如果银行家富而好礼，能够捐献并赞助文教、高校、科研和社会福利是值得称许的。他们的财富来源于社会和民间，能将其转化为精神财富还富于民，为百姓福祉而对文明、文化研究作贡献，这值得提倡和效法。

亲历海外学人

丁龙史诗始末

延续百年的一曲浩歌

二十多年前，我撰写哥伦比亚大学校史及汉学史时发现它的东亚语言与文化系是近百年前一位名叫丁龙的华工发起捐建的。虽然此事作为民间传说有年，但一直流于故事和误传。我当年通过查找校史档案及丁龙、卡本蒂埃同两任校长的亲笔信等文献把事实厘清，在报刊和《哥大与现代中国》一书中发表。其后又应邀在海内外报纸上刊载。近年来这些材料在国内又被自媒体等以各种形式传播，知道的人越来越多。

二十世纪九十年代尚没有搜索引擎。眼下稍微动动手指头就能轻而易举获得的信息当年都要到图书馆、博物馆和档案室大海捞针般搜寻，而且时常劳而无功。有时一条线索断线或分叉要很多时间修复。其间的辛劳，用筚路蓝缕来形容一点都不为过。所幸我的专业是人类学，我用人类学研讨文化志的考据方法将文化考古和采访、口述历史结合，并用田野工作的方法甄别原始文献及证据链还原，最后基本上复原了整个史实过程。

New York
June 28, 1901

President
Columbia University.

Sir,
I Send You herewith a
deposit Check for $12,000. as a
Contribution to the fund for
Chinese Learning in Your
University.
Respectfully
Dean Lung
"a Chinese Person"

June 8, 1902

President Seth Low,
Columbia University.

My Dear Sir,
For fifty years and more
I have been saving something from
Whiskey and Tobacco bills, which with
fair interest would amount perhaps to
about the sum of the enclosed check which
I have the pleasure to send you toward
the founding of a Department of Chinese
Languages, literature, religion and law;
to be known as The Dean Lung Professorship
of Chinese. The gift is without condition
except that it is anonymous; but I would
like to reserve the right hereafter to increase
the sum, and also the priority of Confu-

丁龙捐款信　　　　　　　　　卡本蒂埃致校长信

　　丁龙原只是个名目和模糊的影子，寻找他屡屡碰壁，直到在校史博物馆发现他跟卡本蒂埃的关系才算寻到线索。但是，寻找卡本蒂埃也不容易。他并不是一个名人，在各种工具书上找他都浩渺难寻。后来侥幸在一本《加利福尼亚州指南》上发现了线索，我才第一次将他跟丁龙史实渐次厘清。却喜时光和科技都发展飞快，拙文发表后经过数年发展，包括英文网站、资料库和工具书都为此开设了专门渠道。当年的坎坷都成了后来者的坦途。今天找到了丁龙，对先贤的业绩有所告慰，使我感动且如释重负。

　　有关丁龙的文章在海内外发表后，在全球华文世界产生了较大的影响，它被不同媒体广泛转载；此后，中央电视台因此来哥大采访多次。因为兼写哥大校史的关系，我被校方指令配合采访并提供原始资料。丁龙后来被过分炒作，我渐渐退居，致力发掘史证史料工作。我深知，丁龙是个做实事谦逊的人。他百年前此举并不求闻达，他当年的梦想就是渴盼自己的祖国和人民被世界尊重，他捐款名下面写的是"一个中国人"。这称呼看似平实，却像金子般沉甸甸的。

遗憾的是，当年我写出了丁龙，却没寻找到丁龙的归宿。此后，丁龙事迹感动了亿万人，但他魂归何处？千呼万唤，媒体不断发出呼吁。因拙文的契机，引发了后来中美乃至全球的寻找丁龙运动。

2020 年是丁龙发起捐建哥大汉学系一百一十九周年。而在此前不久，我得到了一个值得欣慰的消息：丁龙找到了！他的家乡在广东台山。这次寻找丁龙的一位主持者是多年来一直致力于研究他事迹的南非华人陈家基先生。陈先生数年前因读到我的文章而万里迢迢来信跟我建立学术交流关系。这些年经历风风雨雨，其间好多当年热心"寻龙"者烟消云散，而他却一直初心不泯，执着地寻找着百年前丁龙的蛛丝马迹。

四月初，陈先生联系我，请求允准使用多年前我在《羊城晚报》发表的关于丁龙的长文作为发动台山群众寻丁龙的号召文。坦率讲，当时我并没有特别激动，因为此事闹腾已经不少年了，这次能否有着落，实在是个未知数。

没想到，陈先生这次是有备而来。他马上联系了当地政府和侨联，发动全球台山籍华侨在几代人之间上下求索，居然很快有了令人鼓舞的消息：台山侨联转发拙文不久，就有多个当地华侨世家提供线索。陈先生和侨联及相关人士梳理情节，很快认定丁龙一直无法寻获的原因是他不姓"丁"而姓"马"，他的原名叫马进隆。因为当年到美国做苦力，他使用的名字叫"进隆"，而台山方言"进隆"的发音是"丁龙"，在美

哥伦比亚大学百老汇大街校门

国他的文件资料上的名字 Dean Lung 就成了后来世人所知的丁龙了。

接着，喜讯频传。这个小组不只找到丁龙的家乡、故居、坟墓，更可喜的，是找到了丁龙在美国后人的确切信息。通过丁龙的曾孙辈，他们找到了当年丁龙的主人卡本蒂埃给丁龙的信件，上面有丁龙的字迹，所有的地址、情节和当年事实都契合无误。当地政府和中央电视台对这些作了详尽采访并将新闻调查全程播出，为此事画上了一个圆满的句号。

丁龙得以建成汉学系的秘密

百年前丁龙以籍籍无名的下层华佣之身份，居然能在美国发起并建成世界名校中一个专门研究中国的系科，这在当年华人地位低下的纽约

今日哥伦比亚大学东亚语言与文化系中的丁龙挂像

不能不说是个奇迹。直到今天，人们仍然不免感到好奇并发问：一个贫穷劳工，何以能促成如此大事业？

这里面当然需要有历史的机遇。让我们把目光放远些，回顾一百年前的美国及纽约的大环境，这样就比较容易看清当年创造"丁龙奇迹"的背景及促成他创建汉学系成功的机会。

1901年世界上发生了不少大事，这一年也是哥大发生大变革时期。它刚从曼哈顿中城搬到晨边高地现址不久；校名也从学院改为大学，它力求拓展，提振士气，以新面目示人。那时的哥大除了扩大校址无数倍以外，也在攻城略地地筹建新学科，在全世界招兵买马，誓将哥大建成世界级名校。这些都为汉学系的诞生创造了客观条件并铺垫了序曲。

而这时，在世界东方的中国更是经历了史无前例的动荡：头一年刚经历过八国联军的蹂躏，清廷此年被迫订立了丧权辱国的《辛丑条约》。

这轰动世界的大事不可能不震惊纽约。中国以此等面目为当时纽约所关注，实在使人心碎；因为刚刚几年前李鸿章访美才在纽约引起过旋风般的欢迎和轰动，而这次亮相，竟是这种悲催的结局。

此时有识之士已注意到远东事务无疑会在今后国际关系上承担更重要的作用，而恰巧在1900年哥大著名的东方语言学家威廉姆斯·杰克逊、理查·高泽尔和著名人类学大师弗朗兹·博厄斯三位教授向校长呼吁哥大要建立汉学研究项目。更为巧合的是，当时的哥大校长塞思·洛家世中也有中国背景。校长的家族为十九世纪后期纽约最大的中国贸易商，他的祖辈和父辈多人参与创办并管理远东最著名的美资旗昌洋行。所以毋庸讳言，校长对中国也是感兴趣的。就哥大建汉学系而言，这时几乎是最佳良机了。

恰在此时，丁龙和他的主人卡本蒂埃给哥大校长写了这封著名的发起信并寄来了支票。它们真可谓及时雨，就是万事俱备只欠的那股"东风"。

值得留心的是，他们紧锣密鼓在纽约计议成立汉学系之日，正是清廷遭逢奇耻大辱之时。地球的另一边，在1901年5月26日，慈禧太后向八国联军通电同意庚子赔款九亿八千万两白银——这大约是中国十年财政收入的总和。基于其时中美两地通讯之艰难和政治机密的原因，丁龙等人显然不可能知晓中国被迫的这桩耻辱的交易。但巧合的是在6月28日，丁龙用一己的意志力发起捐建汉学系，并渴求以此架起沟通中美两国间互相理解、互相尊重的桥梁。丁龙的脚正踩在世界变革的始发键上。

丁龙的呼吁正好契合了世界大势。而当时的美国面临上升期，它有占领知识制高点、理解世界的愿望。要理解世界，当然避不开理解中国。因此，可以说丁龙建汉学系的呼唤正呼应了时代和世界的潮流，哥大汉学系也是这种天时地利人和诸因素的合力催生的。

而这件事的"人和"部分最重要。汉学系的创建我们不能忘记卡本蒂埃的贡献。没有他的力争和坚持，我们今天不会看到丁龙的名字，甚至不可能建成这样一个系科。首先，他任哥大校董有跟校方上层沟通的渠道。其次，丁龙的呼吁和捐助只是发起，卡本蒂埃本人为此追加了数十倍于此的捐款，甚至几乎为此倾家荡产。最后，卡本蒂埃拒绝用清廷高官或自己的名字，而是坚持如不用丁龙命名教授讲席，他就撤资，坚决退出。这最后一点让校方不得不妥协而保留了丁龙的名字，使我们在百年后有了追溯事迹本源的可能。

丁龙是一个有情怀的中国人，当年他功成身退，不求闻达。其实丁龙还有一名同伴 Mah Jim 也为成立汉学系捐了款；他们是同乡、同事，也同样是朴实的中国人。传统的中国人除了有一种关心天下事的襟怀，还有一种侠义之风。丁龙读过孔夫子的书，也在旧金山和纽约这样的大码头闯荡过，他已然参悟了人生。建立了汉学系，他没居功却云逸隐去，使得后人因此寻找了百年……

在这次的找寻中我们获知，这些年人们在全球千呼万唤，丁龙在美国的第四代已经知道了当年曾祖的故事甚至已经到哥大踏勘过。但如同乃祖，其后人并没有因此居功。在中央电视台已经播出丁龙事迹并全球呼唤时，他们仍然低调做人，除了提供必要的证据以外，连面都没有显露一下。这种襟怀和风节值得我们思考。

为捐款建汉学系，卡本蒂埃卖掉的纽约市房产旧址

慈禧的助力

哥伦比亚大学建起了汉学系，若没有中文图书的支撑当然也难以进行起码的教学和科研。在讨论汉学系建立的过程中，适逢哥大塞思·洛和尼古拉斯·巴特勒两任校长交接，他们之间书信往来频繁。信中披露

慈禧太后捐赠给哥伦比亚大学的《钦定古今图书集成》

为了表彰丁龙和卡本蒂埃的贡献，1902 年夏季哥大学生毕业典礼时校方就宣布了即将建立汉学系的消息。

紧接着，当年 10 月 13 日《纽约论坛报》上也用很大篇幅介绍了丁龙捐建汉学系的消息。这些情况引起清廷驻美大员的关注，并迅疾将此事报告了北京。我曾经查阅到在此期间校长信件中提到伍廷芳的接触及想用清廷大员名义参与的内容，可见在丁龙发起建立汉学系之后中国官方人士参与了互动。其后慈禧太后为丁龙精神感动，捐赠了全套五千多册的宫廷珍本《钦定古今图书集成》。这部类书卷帙浩繁，版本也非常珍贵，慈禧的赠书成了初建东亚图书馆的镇馆之宝。

经历了百年风雨，原来的汉学系此后渐次扩展成了中—日文系、东亚语言与文化系，它在探索汉学、儒学乃至于译介中国古典文献方面贡献卓著，在研究中国文学方面也深有影响。但坦率地说，这些影响在二十世纪九十年代中期我写华工丁龙建立哥大汉学系的文化志发掘报告发表以前，其优异只是闻名于学术界内部的。拙文在海内外书籍报刊上发表后，这个比较偏重于象牙塔的学术系科才开始为一般读者瞩目。自此"丁龙热"全球启动。

与系科相呼应，哥大与汉学研究配套的东亚图书馆此后一百年间也表现不俗。因为种种特殊因缘，留美的哥大学人在中国近现代史上的影响几乎超过了任何一所国外名校的学生，我曾出版《哥大与现代中国》予以大致介绍。据考，哥大东亚图书馆的建立在北美是第一家，而它的中文资料庋藏也属名冠北美。

除开创时期，其后在抗战年间很多中国学人及美国中国研究巨擘如费正清也帮助哥大东亚图书馆搜集购买珍稀中日文图书。迄今，不只是中国古典文献收集较全，哥大收藏中国近现代报刊杂志也属海外独擅。此外，图书馆当年收集的中国县志和家谱也堪称一绝，很多国内已不存的资料在这儿仍能发现。因之，常年有来自世界各地的学者投奔这里研究孤本并核对珍稀史料。

值得特别书写一笔的是，自二十年前我关于丁龙事迹文章发表后，华人世界深受其感动：当年中国风雨飘摇，国难当头，丁龙尚能以羸弱之身支撑强国梦，而2000年的中国正是厚积薄发、冉冉待升的当口。其时亚美欧各洲的华文媒体传播丁龙业绩，中央电视台也来纽约采访并播放丁龙史实，引发了景仰先贤的热潮。除在民间的热议，也引来了不少效法丁龙、薪传中华文明的善举。其中最著名的是 2014 年年初香港某慈善机构通过我向哥大东亚图书馆捐赠了又一中华宝典《四库全书荟要》。

这跟一个世纪前慈禧赠书形成了一个隔世的百年呼应。《四库全书荟要》是乾隆敕令编纂《四库全书》时的一份摘要精粹本。但学界公认《四库全书荟要》有着《四库全书》无法相匹的特点：一是书品精美，二是选编慎重。因为编《四库全书》时皇帝要求对大批古籍进行审查、甄辨，把不利于统治者的内容全都加以改动、删除甚至禁止和焚毁；而编《四库全书荟要》的目的是仅供皇帝御览，因此《四库全书》中所删除的文字、段落、篇章，在《四库全书荟要》中都一一保存，所以它在版本上具有全文全本的优势。作为学术研究，这是一套更权威的版本。

虽是精选本，《四库全书荟要》仍然篇幅巨大，共有 20828 卷，其分量几乎是《四库全书》的三分之一。《四库全书荟要》自乾隆年间诞生后就有传奇的经历，它躲过多次兵燹，在 1924 年才被重新发现。这次香港某慈善机构捐助哥大的《四库全书荟要》共精装成五百册，共三十二大箱，填补了东亚图书馆的馆藏空白，造福新一代的学子和全世界的读书人。

当然，效法丁龙精神的实例不止这一桩。此后还有国内学人、美国民众和其他机构读了丁龙事迹后点名向东亚图书馆捐助并建立基金事项，这些都是发扬丁龙精神、维护他当年心志香火永续的业绩见证。

丁龙后人今何在

一百二十年的传奇与解谜

北京的媒体朋友传来消息，最近一位香港著名导演计划拍摄一百二十年前晚清华工丁龙捐建美国名校汉学系的故事。这个消息把刚刚沉寂下来的丁龙传奇又推入了大众的视野。丁龙是谁？这个谜刚刚破解。中国读者通过最近二十多年海内外媒体的报道，对 1901 年丁龙的事迹早已耳熟能详了。

一个传奇还原成史实需要多长时间？我们难以确知，但如果我们有缘亲自见证历史并幸运地将传奇还原成一段史实，这个时间有时候是可以期待的。比如说，从丁龙捐款建立哥伦比亚大学汉学系到他的这段传奇被一步步发掘证实，发现丁龙出生地、故居及后人，花了差不多近两个甲子的时间。而到我终于有缘握住丁龙后人手的时光是整整一百二十一年。

2020 年春天，我的朋友陈家基先生跟我联系，想用我十年前发表在《羊城晚报》上的一篇文章寻找丁龙。我当然同意，随后我也将他转来台山侨联的"寻龙"文章在美国推广，起初大家并不知道这一波寻找能否有希望。没想到不久好消息不断，陈先生即时传给我喜讯：找到了丁龙的后辈亲戚，找到了丁龙的故乡家谱，找到了丁龙和他当年主人卡本蒂埃的书信；最后，他告诉我他跟当地的侨联和他的工作团队找到了丁龙家乡并联系上了丁龙后人。感谢陈先生的不懈努力，他是把丁龙传奇还原成历史的重要推手。如果没有他艰苦和执着的寻找，丁龙的传奇可能永远只是个传奇。

丁龙的后人也得知了香港导演要拍摄这部电影的消息，他们表示支持并愿意提供信息，这让我感动。结识丁龙后人是陈家基先生介绍的，这些晚辈在揭秘和解谜丁龙史实方面起到了巨大的作用。基于当时纽约疫情仍炽，虽然跟他们认识有一段时间，但是仍然没有机会亲自见面。没想到这次"电影"的机缘倒让丁龙先生的曾外孙黄先生联系了我，希望来丁龙捐助建立汉学系的哥伦比亚大学相会。这当然是个好因缘。没想到惊喜还在后边：相会那天，他还带来了他的舅舅、已经九十多岁的丁龙先生的长孙马腾沃老人和黄先生自己的儿媳、孙女和孙儿。这些孩子是丁龙的第六代晚辈了，他们现在还在高中和初中读书，黄先生希望带孩子们来了解先辈当年的故事，感受丁龙精神并努力学习。他希望孙辈能考上哥伦比亚大学，延续祖辈开创的这段佳话和传奇。

当年丁龙捐款离开哥大后，他的儿孙都没有再到这所学校来过。他回到中国后，生养过一个儿子马维硕（丁龙此前有一养子）和小女儿，丁龙敬重斯文，终生希望这个儿子能来美国哥伦比亚大学读书。可惜其后中国政局和社会一直处于激烈动荡之中，马维硕该上大学时，家乡被日寇占领，难以赴美。丁龙则勉力将自己的儿子和小女儿都培养成了教师，但对他们未能来美续缘心有不甘。所幸，他在有生之年见到了自己的长孙马腾沃（丁龙去世后马维硕又生了另一个小儿子），他把希望就又寄托到孙辈的身上。今天，隔着一百二十多年的岁月，终于他的长孙马腾沃能够代表爷爷来看望他当年捐建的汉学系了。

谜底被封存的岁月和秘辛

为什么这场相遇会等待这么久，中间要横亘着一百二十多年的岁月呢？丁龙的后人给我们回忆了他家这百年间岁月的一段坎坷。丁龙（他的真名叫马进隆，因为传播史上一直称"丁龙"，为读者方便计，本文仍然称"丁龙"）回国以前曾有过三个女儿，回国后又生了一个儿子马维硕和一个小女儿。

丁龙回国后，家里曾经有过富庶安康的日子，但他去世后，抗战全面爆发，在整个民族处于灾难中时，很难有人能独善其身。受到了时代动荡的摧折，他家购买的新宁铁路股票遭铁路被毁而血本无归，丁龙在香港和家乡的产业也被人吞没。后来，他儿子马维硕只能靠变卖土地和家产存身，而去美国读书也只能成了他一个渐行渐远的梦。

马维硕结婚后有了五女二男，但随着家族破落，他当然无法供养儿女接受高等教育或去美国读书。他把未成年的两个儿子送去香港谋生，趁家族没落前把前两个大些的女儿嫁给了望族和来家乡招亲娶媳的美籍华人子弟。这样，到新中国成立前他家已临近贫困。马维硕在县里教书，土改时给他们定的是下层贫困阶层。

不过马家当年富有时，马维硕的姐妹嫁的都是富家，而且他的儿女在香港和美国，社会关系复杂。那时候政治运动频仍，人人自危，马维硕绝口不敢跟后辈提到自己家早年"曾经富过"的历史，怕招惹麻烦。所以，丁龙的故事作为家族禁忌和秘密被深埋在了历史的缝隙中。

可是，真相有时候还是会顽强地偶露峥嵘。二十世纪七十年代初，马维硕大女儿的儿子即外孙黄畅泉成为回乡知青跟外公外婆生活过一段难忘时光。外公马维硕虽然孤独但很健谈，那时在香港和美国的马家第三代儿女多不知道爷爷丁龙早年的故事，于是孤独的老人开始跟马家第四代、自己最大的外孙黄畅泉悄悄回忆起了家史。黄畅泉是丁龙长孙女的儿子。这个孙女嫁给的黄家曾经富贵，当时也有"历史问题"，所以马维硕特别注意嘱咐外孙保守家族秘密。所幸，也是在这不经意间，历史的孤岑和顽强的挣扎让后人了解了丁龙家族讳莫如深的往事。在那人人自危的年代，马维硕夫妇一边断断续续回忆早年父亲丁龙告诉的往事，一边告诫外孙千万不要讲出去让家人罹祸。

当然，捐建汉学系经历了两代人的记忆再加上隐晦曲折的禁忌等等原因，这些往事在回忆中会有些变形和细节上的误置，比如说，卡本蒂埃和哥大最后建成的"丁龙讲座教授"（"a chair of Chinese"的 Dean Lung Professorship）的荣誉位置被误传成了一把真的刻着丁龙名字的椅子，而且丁龙的后人可以在哥大因此免费读书等等。但这些善意的误会和梦是那个晦暗的年代鼓舞着整个马家人甚至黄家人努力生活、前面有着光明大道的希望。

当年丁龙捐款几年后就离开了美国，他没能亲见汉学系的成立，但他希望儿子或者孙辈有机会能到哥大去亲自看看这个机构。马维硕一直

丁龙长孙（右四）、曾外孙夫妇（左三、右三）、玄孙媳（右二）及第六代外孙辈
（右一、左一、左二）在哥伦比亚大学校门前合影

没有忘记父亲当年的话和嘱托，可惜得很，他后来到了美国，却因为种种阴差阳错，一直到去世，都没能到哥大和汉学系来看看。今天，丁龙的孙儿、九十一岁的马腾沃终于来到了哥大，来到了东亚系和东亚图书馆。在一百二十一年以后，他代表爷爷丁龙和父亲马维硕看望了他们心中梦想的实现，替父亲和祖父还了这个百年长愿。

重走祖辈路，重续不了缘

纽约当时虽然仍在疫情期间，但是哥大还是怀着极大的热情欢迎了丁龙的孙儿马腾沃、黄先生夫妇及他们的儿媳、孙辈等丁龙家族的第三

　　　　　　　　　　　　　一个人的世界文学

代、第四代、第五代和第六代人。来访的丁龙后人首次参观了哥大最著名的巴特勒图书馆。巴特勒校长上任哥大时，正值丁龙捐款提议兴建汉学系，我当年查阅史料时看到不少他跟卡本蒂埃间关于此事的信函。他就是哥伦比亚大学筹建汉学系的执行者，此后哥大这最著名的图书馆以他命名。现在，丁龙和卡本蒂埃捐建汉学系的原始资料也保存在这里，参观以他命名的这块胜地，真正巧合和验证了这场百年缘分。

此外，丁龙后辈观览了当年宋子文、孙科、蒋梦麟和胡适等在哥大读书时的宿舍楼。这批人当年在哥大读书时或多或少地都接触并受惠于丁龙捐建的汉学系。同时，丁龙后人也参观了胡适宿舍隔壁的著名的哥大新闻学院和普利策文学奖的楼宇以及胡适当年读书的哥大哲学系。

非常可贵的是他们有机会参观了著名的哥伦比亚大学东亚图书馆。东亚图书馆的前身是汉学图书馆，汉学系成立后慈禧太后命人捐赠五千多册的大型类书《钦定古今图书集成》。二十世纪三十年代后期，哥大汉学系加入了日文和其他亚洲语言文化研究而扩展成中—日文系，后来又改名为东亚语言与文化系。因此，东亚图书馆也是跟其名目同体而设立的研究重镇。它庋藏汉、藏、蒙、满、日、韩、越南等亚洲文字的典籍、著作和珍贵文物，是世界著名研究机构。图书馆馆长程健先生专程接待了丁龙后人并详细介绍了汉学系和东亚图书馆的历史沿革。东亚图书馆现在包括汉、藏、蒙、日、韩等多个分支，过去一直是欧美人士主政。程健先生是这座图书馆建馆一百多年以来的第一位华人馆长，而且今天的东亚语言与文化系主任也是研究中国文学著名的商伟教授。一百多年来，这是第一次东亚系和东亚图书馆皆由中国学者主政，他们创造了历史。

丁龙的孙儿马腾沃和曾外孙非常向往能去瞻仰当年丁龙捐款的哥大董事会和行政办公楼——这里就是哥大的"白宫",行政主楼的负责人非常善解人意,看到曾经发起捐建汉学系丁龙的九十多岁的后人来参观,他们破例允许进入行政总部,让他们参观了当年的董事会议室、原哥大校史博物馆和档案馆、哥大集会大厅、哥大历任校长画廊和校藏中国文物博物馆等地。

丁龙的长孙马腾沃和曾外孙怀着神圣和景仰的心情屏声静气地在丁龙画像前倾诉并祈祷祝福,向丁龙报告哥大实现了他当年的愿望,建立了世界一流的东亚系,他们也代表丁龙来见证了历史,可以告慰丁龙他们亲自见证了这令人自豪的一切。看着这神圣的一幕,纵是铁石心肠者也很难不为之动容……

一步三回头,丁龙的后辈依依惜别地离开了哥大。他们完成了几代人的历史心愿了吗?没有。马腾沃老人和黄先生都告诉我,他们还要续写跟哥大的这一场历史因缘。他们的第六代孙辈学习都很优秀,他们还要再回来读书,替丁龙圆梦;我们都期待着那一天。

阴差阳错难敌筚路蓝缕

虽然这次的重聚和圆梦画了一个比较圆满的句号,但丁龙故事里还是有一些历史疑问的。这是一场迟到的访问和被延宕的重逢。一百二十多年来,丁龙难寻,里面有着很多客观原因。

抚今忆昔,海内外遍寻丁龙不着受制于各种各样的因素。首先,因为我们过去寻找丁龙档案史迹中充满了无解的死结。2004 年我有幸发现并循着"丁龙路"的线索找到了卡本蒂埃的家乡纽约上州高文镇甚至查访镇公所历史学家凯勒·菲利斯，找到了卡本蒂埃的家族墓地，但仍然不知道丁龙到底魂归何处。直到我采访到镇上一位百岁老妇人说丁龙早就回国当富翁时，我们仍然对她的话不能置信（现在回顾起来当时她或许听闻过一点消息）。

而与之相对应的，是当年美国和中国海关出入境资料不全。我们甚至查访了纽约人口局和死亡记录，但仍然不知道当年丁龙是滞留终老美国还是回了家乡。于是丁龙就成了一个众说纷纭的话题。第一，通过前述丁龙后来回国、遭逢战乱和家庭财富湮灭以及后人刻意的低调生活等事实，我们得知他此后跟哥伦比亚大学渐失了联系。第二，丁龙并非名人，他只是个出身草根的普通华工，不同于徐志摩、郁达夫、顾维钧等名人的后代虽然身居美国，但因其先人背景比较突出和社会关系广泛而容易有线索被寻觅到。而丁龙除了捐款，只是个普通华工的身份，使他的行踪很容易溶入茫茫人海；他是一个无名英雄，他的后人成了无名英雄的后代。第三，丁龙当年的名称设定也使他易被埋没。Dean Lung 其实并非他的真名。二十世纪九十年代我寻找他档案时就猜测过此名未必是他真名姓，而可能是某种别名甚或笔名（Dean 在英文中有"院长""主任牧师""枢机主教长"的意思）。后来的事实果然证明这不是他的姓，它虽然没有上面猜测的神秘意味，但"丁龙"是广东台山白沙方言"进隆"的英文谐音。当年捐款时低调的马进隆没有用自己的全名而仅用了"进隆"的英文 Dean Lung。如果没了姓，只剩下了名，而这个"名"又经历了几次音变，那么寻找自然就会难上加难，与大海捞针无异了。

丁龙捐建汉学系时的校董会议室入口

存藏校史档案的哥伦比亚大学行政主楼

但是在当年，如果此事受到在哥大中国人或留学生的注意，"寻找丁龙"也应该不会像后来时隔久远这样变成神话传说而至难觅踪迹。丁龙传奇这样难以破译其实也有很多因不必要的隔阂甚至人为因素造成的。

　　二十世纪九十年代我发表丁龙长篇报道后，就一直没有间断去寻找他的进一步消息。这二十年间我陆续发现了不少关于丁龙的英文历史报道和各种官方记录，奇怪的是，这百年间丁龙官方信息不少，但大多是英文而鲜有中文主流媒体记录。

　　互联网虽兴起于二十世纪末，但大规模将历史报刊资料上网刚时兴没几年，拜这种高科技索引之赐，近年来我陆续发掘了不少这百年间的西文资料。这里面丁龙的材料几乎横跨了他捐款建汉学系起直至哥大东亚系成为世界一流学科的 1901 年到二十世纪六十年代；而这个时代的前期暨 1901 年到二十世纪三十年代，中国有众多著名学者、社会名流在哥大留学，其中有的甚至就在跟汉学系有关的系科，但几乎没有人提及他们受惠于斯，这里面大概不是没有原因的。

　　据我初步统计，丁龙发起捐款及卡本蒂埃大量助捐建系当年，美国主流媒体《纽约论坛报》就对此事给予了详尽报道。次年汉学系开张，哥大校刊《观察者报》又分别在二月和三月密集报道了慈禧太后赠书和校长亲自陪同汉学家翟理思教授来校讲演事。其后，牛津大学出版的《哥伦比亚大学》、哥人出版的《宪章、法案、官方文件和纪录》等著作都详尽报道了丁龙捐建的汉学系从开始到当时的发展和财务状况。1918 年丁龙恩主卡本蒂埃辞世时，美国《学校与社会》杂志也披露了他非常关心哥大并追加遗赠三十万美元给丁龙汉学系的事。

有趣的是，后来我发现丁龙事迹居然早在 1930 年就传播到了国内。根据历史资料，后来担任哥大汉学系主任的富路特教授于 1930 年 12 月曾在中国天津妇女会上发言介绍了丁龙捐建汉学系的事迹。这篇发言稿后来刊在 1931 年国内出版的英文杂志《中国社会及政治学报》。那时候富路特正在哥大读汉学博士，他大概是在本校听到过丁龙的故事。但可惜的是，那时他知道的丁龙故事已经变形了：富路特在讲演中叙述了丁龙和卡本蒂埃捐款建汉学系的义举，但是富氏误传丁龙在 1900 年前后去世，他的主人卡本蒂埃是为了纪念自己的这位义仆而捐款建立汉学系的。由于富路特以后长期担任哥大汉学系（以后改为东亚系）主任，因此他的信息被认作权威，这也误导了我二十世纪九十年代写丁龙捐款时认作那是丁龙晚年；其实 1900 年丁龙正值壮年，此后他又活了三十多年才去世。

其后美国著名杂志《纽约客》也介绍丁龙和卡本蒂埃捐款建系故事并提到了系里中文教师王际真和学生的情况。这份杂志在美国知识界和上流社会影响很大，它拓展了一般读者阶层对哥大汉学系的了解。再往后，勉强出现了在哥大读书的中国学人的英文传记中提到了丁龙。1947年蒋梦麟回忆录和二十世纪五十年代胡适口述历史等皆极简略地提到他。但可惜的是，蒋、胡的设定读者是西方人，这些记述多是以茶余饭后谈资的轻佻口气写的。如蒋梦麟说丁龙是个洗衣工，捐给哥大的不是支票而是戏剧性的"一袋金子"，这不只歪曲了基本事实，而且将在美下层华人固化甚或丑化成粗鄙的形象。胡适当年的博士论文副导师夏德是第一任丁龙讲座教授和建系者，而且胡适修业部分也隶属汉学内容，他在哥大读书时汉学系建系不太久，丁龙事迹这样感人，他本来最有资格写明白这件事。但可惜胡适谈到此事时只是说到他曾跟导师夏德修业，没提丁龙发起捐建汉学系事迹而将它说成是卡本蒂埃为敬重其佣人丁龙而"独立捐资"建立的，一笔抹杀了丁龙发起捐赠的贡献。

有人或许会问，当时的中国留学生们为什么罔顾黑白而杜撰或回避事实呢？后来学者唐德刚分析得好，他认为当时留学生不止一次这样曲解丁龙不是偶然的，这里面有其根深蒂固的社会和阶级的因缘。因为早年留学生往往自视高人一等，他们的家庭背景大部分非富即贵，至少属社会中上层，所以他们常常忌讳或自外于当地华人和劳工阶层，以精英和上等华人自居。这些人毕业后一般回国做官或从事"人上人"的工作，所以他们妄言的原因一是宁可从局外人的角度讨好白人读者而嘲弄自己的底层同胞；二是他们根本不愿花精力和心情关心或探讨、考证一个草根华工捐建汉学系的历史。第三，还有更深层难以言说的秘密在于当时留学生出国学西学强调"科学救国"，风气多以理工科为尊，那些学习人文政治和社会科学者等而下之，而到国外去学习中国文史"吃祖宗饭"者更是被鄙夷而不愿提及自己在汉学系勾留的经验。比如说，当年胡适的学籍有一部分隶属于汉学系，他在回忆录中不可避免要提到丁龙，所以今天的读者对他语焉不详故意草草带过的原因就不难理解了。至于那些同期在哥大研究汉学，写中国哲学史、中国逻辑、教育和中国经济学史等的学人长期淹留在汉学研究学科和东亚图书馆，他们又怎么能不避嫌这个话题或不歪曲早年汉学系建系的故事呢？

车到山前有幸柳暗花明

所幸，其后在哥大任教和作研究的学者蒋彝、唐德刚等也提供了一些有益的资料，比较详细地介绍了丁龙的事迹和贡献。这两位华人学者在东亚系及东亚图书馆工作，他们有机会从某些人事或档案中发掘事迹和资讯。我于二十世纪九十年代挖掘和复原丁龙史实时曾经受惠于他们的著述。至此，上面的所有资料几乎都是英文撰写的，包括上面著名的华裔作家和学者的回忆和论述。

其后，在二十世纪五十年代有了董显光和钱穆对丁龙故事的介绍，他们的文章发表在港台地区的报刊上，引起了一般读者的关注，也辗转传到了在美华人和大陆读者界。可惜的是，出于不同的目的，董钱二人的文章也误报了丁龙史实和情节，甚至连丁龙的身份、籍贯等基本事实都有失误，造成了此事的不同版本和更广泛的误传。经历了这么多的众说纷纭和添油加醋，丁龙传说离史实越来越远，使得寻找丁龙几乎变成了"不可能完成的任务"。

其实，如果最初路子没有被领歪，当年在哥大留学的几位前辈查一下汉学系建系的档案资料，那时很多当事人还在（如胡适的导师夏德就是此事的知情者和执行者），应该能够很容易就理出头绪，找到丁龙。此事本不应该这样费尽周折却无果的。

所幸，历史无情它也有情。唐人诗句曰"天若有情天亦老"，但苍天也垂青不懈追求的有心人。丁龙故事经历了一百多年，也经历了几代学人不懈的努力和搜求；特别是陈家基先生咬定青山不放松，他不迷信、不服历史也不服输，终于拨开了种种谜氛，在两年前寻找到了丁龙的故乡和后人。

　　一百二十一年，丁龙的后代终于等到了今天，我们也得以见证了历史。两个甲子的时光乾坤移易，但人类离真正和平和互相理解的道路仍然有着可憾的距离。眼下中美关系又一次走到了一个十字路口。这个世界上的人民热爱和平是主流，当年丁龙面临的世界和任务又一次成了我们今天的考题。我们有理由相信，当年在那样困厄的情况下丁龙能够以一介草民之身完成两种文化沟通和理解、互惠的工作，我们今天也一定能够把这件伟业实现得更好。

徐志摩儿孙说志摩

跟阿欢的往还和采访

徐志摩曾说："我查过我的家谱，从永乐以来我们家里没有写过一行可供传诵的诗句。在二十四岁以前我对于诗的兴味远不如我对于相对论或民约论的兴味。我父亲送我出洋留学是要我将来进'金融界'的，我自己最高的野心是想做一个中国的 Hamilton！（A. 汉密尔顿，美国第一任财政部长，美国国父之一）在二十四岁以前，诗，不论新旧，于我是完全没有相干。我这样一个人如果真会成功一个诗人——那还有什么话说？"

这话，人们大多以为是徐志摩的自谦。事实是，志摩的诗的确在徐家空前绝后，志摩上面的话不幸为他预言中了。

志摩早已云逸袅去八十余年了。梦断香销不是四十而是八十年，沈园柳老不吹绵，可叹异国纽约无柳……伤心桥下春波绿，曾是惊鸿照影来。在哥伦比亚大学校园，时时徜徉着志摩的影子，走在当年他苦闷踯躅的地方，我好像看到了他在凝神，在为作一个诗人积聚着力。但他还在等待一个宿命，等一段判决。"我将于茫茫人海中访我唯一灵魂之伴侣；得之，我幸；不得，我命。"最终，徐志摩得到了也没有得到。他以他的以身相许，以一段比宋人或维多利亚岁月更惊艳的恋情结束了自我。他死得充满了遗憾和不甘，但苟活的朋辈和后辈没人敢说比他幸福。

人间四月天。可我会见徐家后人，得以披露这一段未为人知的史实的时候是九月。二十年前的那个秋日，我叩响了纽约皇后区诗人徐志摩的儿子徐积锴先生的家门。这是一个静谧的街区，满树红叶夹杂着黄绿，美不胜收，静静地。徐积锴先生微笑着迎了出来。这就是"阿欢"么？一声何满子，历史一下子跨越大半个世纪的烟尘向我袭来，我有些应接不暇。

所有徐志摩的传记里都提到这个孩子，可他此时已成了耄耋老人。志摩旧人早都烟消云散，他是活着的唯一见证。这是一个可贵、真性情的老人，谈起当年旧事仍然如历亲临。志摩出事那年他十三岁，他忆得起自沪上去济南给爸爸收尸、徐志摩着装入殓的每一个细节。

完全没有名诗人后代的那种骄矜，积锴先生跟我侃侃而谈，有问必复；我的感动无以名状。就是在这次访谈中，徐积锴先生向我透露了许多他埋藏在心底的秘辛。除了妈妈，他着重谈了他对林徽因和陆小曼不同的评价和感觉，令我惊讶。竟是他，最早带来了我对陆小曼的理解和好感。他提供的珍贵史料，我在美国以及中国大陆、港台地区都发表了。电视剧《人间四月天》也因而陈述了徐积锴那次透露的他跟林徽因唯一一次见面的情境。我真心感激这个厚道的老人家，也为自己能为徐志摩研究挖掘出一些可贵资料而欣慰。

访谈中徐积锴先生讲述了他跟爸爸徐志摩的很多生活细节。他谈到他关于父亲较清晰的记忆是九岁以前父亲陪他踢足球等情景。那时他主

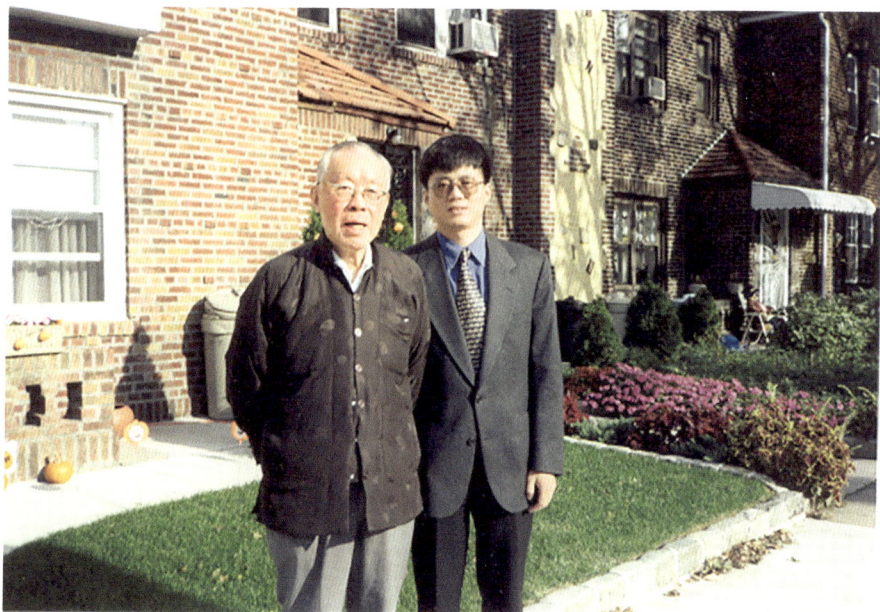

作者与徐积锴先生（左）合影

　　要跟母亲张幼仪居住，但徐志摩时常看望他，并带他逛上海，父亲从来没申斥或打过他。他也谈父亲带他去上海家里见陆小曼的情形。从语气上，徐积锴似乎并不太反感陆小曼，他也谈了父亲跟陆小曼生活的印象。

　　徐积锴告诉我小曼挺和善，但积锴不喜林徽因，这多少让我有点诧异。因为那时坊间对陆小曼微词颇多，谓其有烟嗜而且跟志摩后期生活不谐。后考稽史料，当年十六岁的林徽因跟徐志摩剑桥相遇双双陷入情网，这时徐志摩已有一子而且幼仪怀孕二子彼得。志摩因深爱林徽因决绝离婚使幼仪寒心彻骨。而徐志摩离婚后追到北京却发现林徽因早又已罗敷有约。这段伤心往事是幼仪和阿欢母子永远的痛。

　　　　　　　　　　　　　　　　　　　一个人的世界文学

跟小曼结婚时志摩已是单身，而且因志摩介入小曼离婚，婚后志摩仍然苦恋林徽因，敏感且心高气傲的陆小曼跟志摩间的不和很难说与此无关。考其在志摩去世后对他的挚爱并竭其全力为志摩出全集的苦心和志气，世人很难求全责备陆小曼。

这一点，恐怕当事人张幼仪是心知肚明的。阿欢徐积锴跟母亲幼仪相依为命，她的观点大概潜移默化地影响了徐积锴。但是这次访谈他给我提供了一个重要细节，那就是在他 1947 年来美前，林徽因曾执意要见他一面。那时林徽因在北京住院，一度病入膏肓，志摩前妻张幼仪很大度，带着儿子积锴去了。见面时大家都无言，其时徐志摩已经逝去十六年了；林徽因为什么要见他儿子，没人知道。

后辈眼里的志摩和幼仪

徐积锴是个学工程的科学家，虽然其父名声煊赫，但从他的内心，他也许冀望着儿时有一个普通的父亲。作为一代富商豪族的嫡系长孙，除了父爱，他有着过多的爱，但那被搁置了的父爱或许影响了他的一生。也许就是为了这，这个一生富贵诗人之子的笑中总有一丝羞怯的影子。他幼小心灵中总挥不去那一抹遗憾——他曾经像一个弃儿，丰衣足食的弃儿，皱着眉觊觎着那迟到的父爱。没想到，这迟到竟是永诀。

读新发现的徐志摩日记，可以看到志摩舐犊情深。但那时中国男人较不习惯于表现父爱。志摩留美日记里可看到他对远在家乡欢儿揪心的挂念。回国后，国事家事天下事，志摩奔走无停，总以为以后有时间跟爱儿交流。赤灼的情感和晨昏颠倒的生活使他精疲力竭。这其中的无奈他想等待着儿子长大后再给他们解释。可惜等到的是生离死别。刚离了幼仪，又逝了二儿彼得。可怜天下父母心，一篇《我的彼得》今天读来纵是铁石心肠仍然落泪；那么，就把剩下的爱留给欢儿。爸爸是欢儿记忆中一幅褪色的老照片，发黄，但不会随着岁月的流逝而淡去。

徐积锴渴求父爱，但父亲的事所知不多。问他对父亲的诗怎么看，学科技的他坦诚父亲的诗他虽读过，但没有特别的见解，自己的兴趣不在诗。问及徐志摩的孙辈有无治文学者，老人莞尔。一代诗杰，徐志摩的孙辈慢说读他的诗，就是能听懂的中文也十分有限。志摩大孙女徐稘会说较流利的上海话，听得懂基本国语。但自她以下，次孙女徐放连猜加估国语仅能懂一部分，至于志摩孙子徐善曾竟是连一点汉语都听不懂，遑论曾孙辈。志摩的诗虽有译成英文者，但诗之不能译、不宜译是文坛公论。通过英文还能读出多少志摩的心迹，我不知道，也很难想象。

徐积锴告诉我是母亲影响了他的成长和终生。志摩殁后，母亲跟他相依为命。幼仪（母亲）撑起了这个家，她被逼成了个女强人，银行家、企业家兼慈善家，既主内又主外，徐积锴在美留学期间，张幼仪把家辗转从沪上迁至香港，后又搬到纽约。帮他抚养大三女一子，且这些孙辈都成就卓著。

徐家第三代志摩的长孙女徐稘更像继承了乃祖的基因秉赋。与祖母的大半生厮守使她先天和后天地继承了更多志摩和幼仪的气质。徐稘提供了更多感性材料和未为人知的史实勾勒出幼仪的形象。这形象，烛照了徐家一生。徐稘是学科学的，她干练、准确，形象颇肖志摩，高挑典丽、风致嫣然。她回顾祖母的一生，特别是当年战乱时逃难广州、澳门、香港的辗转艰辛。当年她父母积锴夫妇已留学美国，奶奶拉扯着他们姊弟四人。在那兵荒马乱的年代，流离于租界，生存于祸乱的夹缝，其中所历悽惶苦难常人当不难想象。

奶奶教会了她一生要强。幼年的她耳闻目睹幼仪的坚韧和无畏，至今犹记奶奶告诉她："在这个世界上，没有什么事你不能做到，只要你努力了。你要永不放弃。"这是奶奶的教诲，大概也是奶奶一生的座右铭。奶奶有不止九条命，她一生经历了别人几世都经历不到的东西。作为一个女性，遍见风风雨雨，她从未被击倒。徐稘认为奶奶是一个非常实际的人，爷爷则是一个御风而行的天才、不食人间烟火的赤子。他和奶奶是一个银币的两个面。诗，必须离开现实；现实却是诗的悖论。虽然如此，与奶奶耳濡目染的徐稘似乎凭着直觉更理解爷爷志摩。她强调爷爷和奶奶性格中有相逆的东西，但这是一个二律背反，相反相成。爷爷奶奶是同一性格的两个方面，一个是诗性，一个是实践性。他们共同的地方是永不放弃。徐稘强调了奶奶的牺牲精神。奶奶曾受阻于美国的移民政策不能赴美，当年为了成全徐家全家团聚，她一人在香港坚忍了二十年，直到后来全家才在美团聚。徐稘本科读的数学，硕士读商业管理，作运筹学研究，曾在国际知名的 IBM 公司任职。

志摩的二孙女徐放言及奶奶言传身教辛劳带大他们，她甚至给孙辈起的名字都简练易记，单音节明快利落，而且带着一股爽劲。除了弟弟按照家谱取名徐善曾以外，大姐叫徐稘，她叫徐放，三妹叫徐行。徐放还会写汉字，一笔一画写得真不含糊，虽然她的汉语已经基本上说不利落。徐放学的是设计，现在在一家面向中国的文化基金会工作，其主要内容是赞助中国的教育。中国的孩子收到美国来的捐款时，大概还不知道是志摩的后代在为他们谋福奔走。志摩当然也不知道，当年他那么盼着中国富强，强国首先要教育，他该告慰今天他的儿孙在实践着他的未竟之梦想。

志摩孙子写志摩

积锴先生跟我闲聊时对徐家后人没有治文艺者感到有些羞报，他告诉我其子徐善曾学的是理工，但从历史书上读过爷爷的事迹，决心了解爷爷。读完博士后，他曾经到上海、硖石等地搜集了爷爷、幼仪和小曼的好多资料。

十年前在纽约纪念徐志摩会议上被邀发言，我得遇专程自千里外的加州赶来的徐善曾，那次徐积锴也在，我旋即跟他们父子俩续起了孙子写传记的话题。善曾就读著名的密西根大学，是工程学博士。读书期间，他偶然在英文的中国历史教科书上读到了爷爷的事迹，非常震撼。爷爷如一颗彗星在那黑暗的中国划出了那么眩目的光，那一代人的悲情不是风花雪月。询问父亲，不能满足其答案，徐善曾寻到了中国。他不会说汉语，就辗转奔波，他还记得小时候在上海的房子，记得祖母张幼仪带他们在上海的往事。只因怀抱着那一个无解的谜面，他不能忘记爷爷那略带忧郁、像是在发问的眼睛。

于是善曾就开始了追摹和跋涉之旅，他一直没有忘记他早年的许诺。过去这些年，他到世界各地搜集祖父志摩遗留的资料，追索他学习和生活过以及对志摩的生命和生活产生过重大影响的地方。

作者与徐积锴（左）、徐善曾（中）父子合影

孜孜以求，筚路蓝缕。他告诉我，因为他不谙中文，诸多材料处理起来相当困难，必得假以时日，并希望得到中英文俱佳且又愿意献身其事的助手来共襄此举。其后我们又见过面，徐善曾长得颇肖爷爷徐志摩，但他也有科学家和管理人的历练；我问起他写爷爷传记的事情，他只是微笑，说仍在搜集材料。

没想到，又十年后的今天，徐善曾终于出版了这本书。最近，善曾来纽约参加纪念徐志摩诞辰一百二十周年纪念会，我跟他有缘再会。聊了二十年间他写作此书的甘苦和体会，非常感动。

善曾童年生长在上海和香港，虽然年幼，但他对上海和故家有着难以磨灭的记忆。他六岁时移民美国纽约，一家人低调生活；他看到家里挂着祖父徐志摩的照片，总对这个人感到神秘且幽远。直到上大学后，一次有位美国汉学家来校讲徐志摩，学校里仅有的几位华裔学生义务帮忙贴海报。同学中有人打趣说这老美讲的中国诗人与你同姓，或许跟你沾亲带故吧？

没想到他打电话问父亲，这著名诗人居然就是自己的爷爷！这件事震惊并刺激了徐善曾，他想要更多了解自己的爷爷和家世。半个世纪了，那时埋下的种子现在发芽成树了。

说起写爷爷传记，善曾吃了不少苦头。只为了搜集材料，他就跑了三个半大洲；除了中国和美国，他还专门跑了英国、法国、意大利和东南亚。旅行不下数万里，采访了无数汉学家、当事人及专家学者；他甚至专程踏访泰戈尔的家乡、勘探他祖父飞机失事的地点等。去过最多的是上海，当然也包括济南、海宁。"艰难跋涉二十几年呢！"他微笑道，其间甘苦只有自己知道。

所幸，他掌握着绝大多数人没有的独门资料。但毋庸讳言，他在文学研究方面是一个外行。可外行有外行的好处，他没有圈内人的毛病，不为陈规陋习所束缚；他思路新，也容易发现问题。徐善曾有足够的学术敏感和训练有素的科学精神，所以打开新书仍然资料不少，琳琅满目有新鲜感。

他这部写自己爷爷徐志摩的传记名曰 *Chasing the Modern*，共有十四章加上一个尾声。有剑桥大学教授写序，前头亦有不少作家、学者评赞。

此书属于评传性质。它不只陈述事实，也谈作为孙子的感受和评价。在众多徐志摩传记中，它是有特色、独树一帜的。当然，由于是从直系亲属的角度写传记，它一定有其主观性；但这也应该是本书的价值所在——大半个世纪以来，对徐志摩的研究不乏其人，读者这次关心的，大约还是诗人自己的后代家人怎么说和说了些什么。

除了有史有论，这本新书还发布了一些过去世人从未得见徐家影集中的一些图片，十分珍贵。此书的封面设计是一幅卷轴画，画面是张大千当年给徐志摩画的一幅肖像，而志摩的一生，就像这幅待展开的画卷一样，从这里向我们逶迤走来。这种设计极有诗意……

郁达夫之子"父债子还"

最近应邀在纽约纪念郁达夫会议上发言，使我忆及新千禧年年初跟郁达夫和王映霞所生长子郁飞交往和对他采访的往事。

郁达夫是中国现代文坛上的一个奇人。达夫同时代人或朋友每忆起他，除公认他的才华外，也公认他为人忠诚、重友情讲义气。达夫是个性情中人，直率、敏感且做人潇洒。郁达夫的朋友三教九流皆备，他可以在国会、庙堂高歌，也可以在下层小酒馆跟贩夫走卒喝酒。郁达夫出道时在文学探索和描写上的胆大震惊社会，但他一生少有私敌。他在文坛上可以跟公认最难交往的作家交朋友，他朋友中有人关系水火不容但待郁达夫皆赤胆忠心。郁达夫为人不奸猾，不世故，不妥协，不造作，却博得了最难相处的文人圈子中人的共同尊敬和爱戴。

郁达夫一生中有无数的谜，其中一个是他欠了一笔文债。而这文债又跟情谊、金钱挂上了钩。郁飞回忆说，父亲跟他在南洋时，著名作家林语堂曾将他的呕心沥血之作《瞬息京华》托付给郁达夫翻译，并预付了翻译费。这笔钱有说是五百美金，有说是一千美金；总之，在当时这是一笔天文数字。钱是一个方面，信誉则是更重要的方面。

为什么林语堂不远万里独独将书稿和翻译费送到郁达夫那里去呢？

其实精明的林语堂对此是有说明的："夫译事难，译《瞬息京华》尤难。……一则本人忙于英文创作，无暇于此，又京话未敢自信；二则达夫英文精，中文熟，老于此道；三，达夫文字无现行假摩登之欧化句子，免我读时头痛；四，我曾把原书签注三千余条寄交达夫参考。如此办法，当然可望有一完善译本问世。"

但是，当时兵荒马乱而且郁达夫又忙于海外救亡抗日，他很难坐在书斋集中精力埋头译书。那么，到底他翻译此书了么？毫无疑问他着手了，而且据海外文讯和近年来的考据，郁达夫在南洋发表过部分译文，甚至近年来有人在抗战后加拿大华侨刊物上也见到过疑似郁达夫的译文。因为年代久远加上战乱，很多当年的资料已经湮灭无闻了。有人说郁达夫翻译的不多，但又有说郁达夫几乎译完了此书。不管怎么说，事实上我们今天见到的郁氏原译的确有限。这不但是林语堂永远的痛，也是现代文坛的巨大损失。

其后，其他译者未经允许翻译了林语堂这部书并将书名译为《京华烟云》；虽然这类译本后来比较流行，但林语堂一直不认可。林氏自身是大作家而且中英文俱佳，他本人不愿操刀去翻译自己的著作而倾心于郁达夫，当然一般的译者他不会看上。

于是，这件译事就悬了起来。郁达夫其后惨被暗害，这件文坛公案就成了永远的悬案。

没想到，此事并没就此完结。近四十年以后，在南洋跟随郁达夫的儿子郁飞父债子还，在二十世纪八十年代初开始呕心沥血地续译其父当年未能完成的《瞬息京华》。这项工作又进行了差不多十年，直到1990年年底才如愿完成。

那么，读者不禁要问，为什么郁飞要拖那么久才续译这本书呢？这里面隐藏了一段让人心酸的故事。

原来，当年战乱，流离失所，郁达夫在日本人封锁新加坡之前将郁飞送回祖国。离开父亲后，郁飞随父亲友人坐船经印度回国。可到达印度后，郁飞不幸失去了归国途径，淹留于斯。小郁飞当时身上有爸爸的一张名片，斗胆写信给正访问印度的蒋介石，侥幸获得了从印度返国的机票。到重庆后，郁达夫本想把郁飞托付给沈从文，但考虑他文人清寒，遂把郁飞托付了老上司、对他有知遇之恩的国民政府行政院秘书长陈仪。陈仪珍重旧情，对小郁飞优渥善待；特别是其后传言郁达夫南洋遇害，陈仪更是对友人的托孤十分尽心。郁飞骤然失怙而又没了母亲。陈仪忙于公事对小郁飞难以时时事事关心，遂责令女儿陈文英照顾郁飞。郁飞称陈文英为干妈。陈文英在新中国成立后为上海市的高级干部，她在郁飞的成长过程中付出过很多心血。

郁飞童年遭困厄，随不睦之父母奔走天涯，九死一生回归祖国却父丧母嫁。二十世纪五十年代初他于浙江大学外文系毕业，然后到北京上了新闻学校。毕业分配时他贪恋一个苏州籍女同学而追到了新疆，但此女为人精明，很快调回了苏州，留下痴情的郁飞在新疆落了单。

后来，郁飞在新疆安了家，却又不幸被错划成了"右派"。无端受屈，郁飞只身跑到北京想找郭沫若替自己评理说情，郭沫若不在；郁飞转去找父亲在新加坡时的好友胡愈之。胡愈之恰巧正在开会。郁飞阴错阳差地趁空跑到印度使馆看望同学。没想到这下遭了灾，他被以叛国投敌罪宣判入狱服刑十五年。

在被逼劳改时，郁飞干过各种脏活累活，后来狱方发现他有外语才能，遂责令他在监狱里当不能署名的翻译匠。悲惨的牢狱生活并没有毁灭郁飞的诗心。1977 年被释后，他又去北京申诉，旋即得以平反；他开始在金华和杭州的大学教书。"文革"后浙江文艺出版社创建外国文学室，郁飞被调领衔从事翻译和出版，把这个当时在全国领风气之先的出版社搞得轰轰烈烈。同时，郁飞自己翻译、写作出版了大量的著作。

这段时间郁飞移译了许多外国名著，同时他写作了《我在星洲三年》《我的父亲郁达夫》等脍炙人口的作品。此期郁飞最感人和成为其后不朽文坛佳话的翻译巨作是他"父债子还"帮助父亲在半个世纪后译完林语堂的《瞬息京华》的义举。

深陷牢狱二三十载，一旦得脱，郁飞就想起了要译这部书，这是自他童年起就深深烙在他父子心上的负疚和宿债。其深层原因一是中国人父债子还古训的鞭策，道德责任义不容辞，郁飞不愿让父亲的一世文名有丝毫的愧憾；另外自己从小就看到父亲翻译并痴爱这部作品，这里面也埋藏着自己对父亲的思念和童年的记忆。十度寒暑，一曲弹罢头飞雪；郁飞终于以最优异的成绩向世人交了考卷，也告慰了父亲的在天之灵。读者评论这部书有过数种不同的译本，但郁达夫和郁飞父子这个本子至今仍然被文学界和精通中英文的圈内人认为是最好的译本。

郁达夫儿媳说王映霞

    1939 年 3 月郁达夫在香港《大风》旬刊上发表《毁家诗纪》，至 2019 年已经整整八十年了。因缘际会，我在纽约跟郁达夫、王映霞的长子、儿媳郁飞夫妇曾经有过多年往还，得知郁王婚变一些秘辛和第一手资料。时过境迁，物是人非且岁月凋零，当事者及与闻者不愿青史尽成灰，遂根据当年的采访笔记理成一篇短文，以备将来历史和文学研究者作一参征。

    郁达夫、王映霞当年婚变令不少现代文学研究者扼腕，特别是其后郁达夫在新加坡坚持抗日，直到抗战胜利前夕被日军宪兵暗杀于苏门答腊丛林，至今不知尸骨的下落。

    当年王映霞愤然离开新加坡，唯有爱子郁飞陪伴郁达夫。跟从父亲的日日夜夜，作为第一见证人，郁飞深味父亲的心酸和悲愤。直至新加坡陷落前夜，郁达夫才送爱子郁飞回国，自己仍然坚守在抗日前线。

    如上文所说，郁飞此后同样历经磨难，而晚年的王映霞也非常关心自己的长子，为郁飞的际遇感愧和哀伤。为了使自己一生受苦的儿子有个幸福的生活，她辗转求友人重庆战时宋美龄幼儿园园长刘怀玉老人介绍，郁飞得遇王永庆。郁飞、王永庆两个有情人不久终成眷属，其乐融

郁飞、王永庆夫妇

融。我在纽约有幸结识他们时亲切话旧，使我得以亲炙很多文物史料和权威信息。

晚年郁飞非常温厚且讷于表述。所幸其妻王永庆是个"活字典"而且乐于叙旧；她直爽热情，将多年来与婆婆的交往和私语传递出来。虽其中难免有主观因素，但她们毕竟是当事人和亲历者，其传递的信息应不失为一家之言，或可供后人参考并领略体味。

虽在风烛残年，王映霞却是事件仅存的线索人物。她可以不在乎世人的议论，但是在儿媳面前，她还是屡屡敞开心扉：她不愿意让至亲晚辈认为她是一个"那样的"女人。

睿智如她，当然知道人言可畏且百口莫辩，于是她就以女人对女人

王映霞写给儿媳王永庆的信

的口吻跟儿媳娓娓道来。几乎世人皆知她跟郁达夫婚变毁家的往事，她不辩解，而是设身处地跟儿媳交心叙旧。

往事回忆中，她谈自己的心迹、谈当年郁达夫的多疑和猜忌，当时的兵荒马乱更给离人添尽千古愁。王永庆深情回忆婆婆王映霞在晚年曾多次认真否认并辩解那段误传的恋情和冤情，并控诉世情的险恶毁了他们的婚姻。

王映霞回忆当年她从新加坡离开郁达夫时，只拎了一只小箱子走出房门："郁达夫也不送我出来，我知道他面子上还是放不下来。我真是一步三回头，当时我虽然怨他和恨他，但对他的感情仍割不断；我多么想出现奇迹：他突然从屋子里奔出来，夺下我的箱子，劝我回去，那就一切都改变了……"

据王映霞自述，她此后万念俱灰，只想要一个安定的家。而郁达夫的个性只能跟他做朋友而难做夫妻，所以她与郁达夫最大的区别就是性格上的差异。

一个人的世界文学

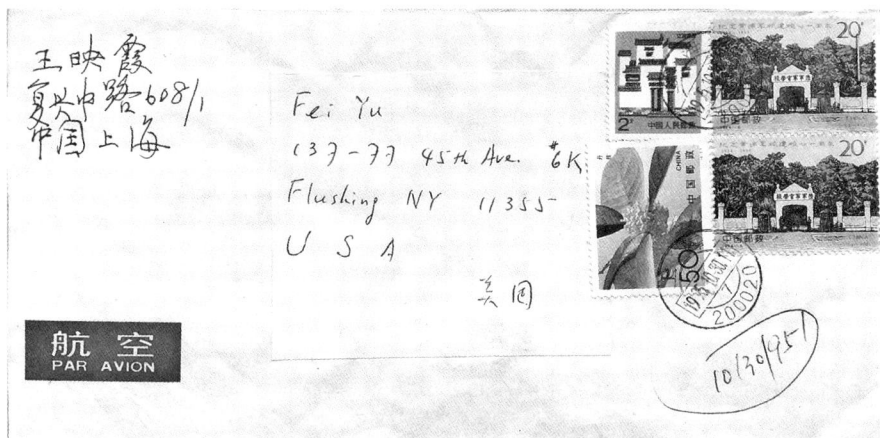

王映霞寄给儿子郁飞的信封

郁达夫是她一生中永远的痛。别离了郁达夫，她已经对做名人和轰轰烈烈永远绝念，只想嫁个人，一生平平安安做个无声无息的小女人。

记得当年毁家前后，无数名人曾经进行劝说。他们的挚友郭沫若曾经就郁达夫过分暴露隐私、"抢戴绿帽子"而让王映霞难堪替她辩解和申诉过。而且王映霞对传言终生抵死不认，铸成一段永无对证的公案。

王映霞晚年跟儿媳的谆谆诉说已成了绝响。她本人已把这个秘密带到了死的永恒，死的庄严泯灭了它。为什么王映霞离异后不吝公然再嫁、公然著文、公然批评郁达夫无端猜疑毁家来洗清自己却永远不愿意承认这段隐情（如果有的话）呢？作为局外人，今天我们永远对之不能知、不愿知也不必知了。王映霞在经历了半个多世纪后仍然向儿媳辩解清白之身，可见兹事体大，似并非只关名节。这段史实因之值得一记。

夏志清与胡适

夏志清与胡适的关系大概可以用"君子之交，不即不离"八个字来概括。他们交往不多，虽然在文学观点和意识形态上没有大的分歧，但他们的关系也不乏误会和遗憾。

两人的相遇、交往，对夏志清而言，是其生命中的一个关键时刻。这缘起于他自台湾复归北平，考取李氏奖学金及留学美国而引起的一场风波。

夏志清毕业于上海沪江大学。抗战胜利后，他去台湾工作过十个月。其间他挤时间大量阅读中英文小说。1946 年，经其兄夏济安介绍，到北京大学教英文。据夏志清回忆，在北大做助教的日子里，他教学负担轻，并在这所名校大开眼界，结识名流，饱读诗书，学业得以精进。在北大，他幸运地结识了当时世界公认的著名诗评家燕卜荪（William Empson）。燕氏抗战时曾在西南联大教书，为中国培养了无数英国文学的专才，老一代的学者无不钦敬他对中国学术发展的贡献。

这一时期，夏志清抽空读了英国诗坛大家的名作和各类文集，对欧美诗歌产生了更浓厚的兴趣，并立志要研究莎士比亚时代的戏剧。其时适逢胡适回到北大担任校长。恰巧，远在纽约的侨界巨子李国钦先生捐给了北大三个留美奖学金名额，文、理、法各一名。消息传来，轰动了北大。按照规定，北大全校的青年教员（包括讲师、助教在内）都可以参加报名，考试甄选。获胜条件是当堂考一篇英文作文，另交一篇英文研究论文，由校方专请资深教授评审委员会审读定夺，公平竞争。

北大当时的文科包括外文、哲学、历史、中文等系科，这些资浅教员在抗战中随校转战，奔波西南，吃尽了苦头。重返北平后又遇上通货膨胀，收入低，更兼其时国家风雨飘摇，想借此机会去美国深造者当然大有人在。这千载难逢的机遇撩拨得人心惶惶，一时成为北大学人日日议论的重大话题。那时，夏志清刚去北大不久，资历甚浅；而他哥哥夏济安亦非北大嫡系，本身便缺少在人事上能依仗之人。夏志清靠乃兄面子进入北大，情形更差一层；他们在人事上没有后台阅此可知。

虽然如此，对这难得机遇，夏志清当然不甘心不试而退。他知道路途的艰窘和希望之渺茫，但他仍然决定奋力一搏，后果不计。那时的夏志清虽然默默无名，但实力尚可。

此前他已经苦读了多年，在上海孤岛期间几乎没有什么活动和事情可做，唯有啃书。他啃读了多位欧美名家的选本和全集，其默默用功之深即使在北大这样藏龙卧虎之地也是罕见的；没想到，以往多年的苦读这时终于遇到了用武之地。他选择了英国诗人布莱克作他论文的题目。布莱克的诗神秘诡谲，被公认为艰深晦涩。但夏志清已经研究他经年，早已读过他的全集和大量参考书。他渴望着寻找一个机会一展其才，获得殊荣。当年跟他一起拼搏竞争这个名额的都是一时之选的隽彦，有很多资格较深的讲师，包括夏志清一生敬佩的、他始终认为中英文造诣都超过自己的兄长夏济安。

然而，夏志清凭着他的才华和学识过关斩将，终以最高分获评审会教授通过，为文科得奖人。夏志清其时只是个渺小而无名的助教，也不是北大出身，人事上亦无关系而凭真才实学夺魁，却引起了嫡系教员的不服。当时至少有十多位讲师联袂到胡适校长那里去抗议，质问"夏志清何许人也？"想大闹一场取而代之。这就是在当年特殊情境下夏志清第一次跟胡适的正面交往。

　　可以想见，夏志清当时的心情是忐忑的，胡适的决定可能会改变他的一生。可贵的是，胡适没有徇私情而是实事求是，尽管他不熟悉夏志清，而且不喜欢他教会学校出身的背景，但并没有否决评审委员会的决定。

　　虽然如此，这件事当年在北大还是引起了轩然大波，甚至成为北方学府中的大新闻。其时夏志清少年得志，虽受委屈，心胸倒也豁达。他对抗议的人一个也不认识，却也无嫌隙，那战乱动荡的年代，人们对出国和奖学金望眼欲穿的渴望是不难理解的。

　　然而这件事的影响还是深远的，而且传播得很广；以至于事过几十年，夏志清的老朋友宋淇回忆起当年听说后，为此抱不平时还说道："当年远在上海经商的我都略有所闻，云李国钦奖学金为一'洋场恶少'侥幸取去，遂使一讲师落空。他们太小觑志清了。他来自洋场则有之，满腹才华，何来恶少之名？"当然，这件事也刺激了夏志清，使他立志以后要干出一番天地事业，让所有人心服口服。这"所有人"其实也包括了胡适。

　　因为校长胡适虽然主持正义而且坚持尊重考试和评审委员会的意见，但骨子里他并不看好夏志清；而且胡适虽没有目之为侥幸，但对夏志清的学殖和修养是怀疑的。因此，在决定赋予他出国留学资质并发放奖学金以后，反倒在其他方面显示出了对他的低估。这对刚刚遭受群起而攻和讽刺奚落的夏志清而言，仍然是个不小的刺激和心结。

据夏志清回忆，被批准授予奖学金后，他需要推荐信去申报美国大学。当然，英国名家燕卜荪愿意帮他写推荐信，可推荐信需要不止一封。当时北大教授多无国际声望，只有做过驻美大使的胡适在美国有号召力。既然他为此事主持过公道而且又是学校主管，夏志清当然希望他能够给自己写封有分量的推荐信。

没想到这次见胡适的经验却让他此后记忆了很多年，以至于到胡适逝世后他都没能忘记，可见此事对他刺激之深。据夏志清回忆，当年去校长室见胡适，他本身有点拘谨，但胡适很开朗，他有点像是为自己点中的举人加冕的座师的感觉，心情刚开始很愉快，但旋即发生了变化。——公正地说，起因应该是来自胡适的偏见。

胡适跟夏志清见面时先问他毕业学校。夏志清回忆道：听说是沪江，"他脸就一沉，透露出很大的失望。我那时还不知道胡校长偏见如此之深，好像全国最优秀的学生，都应该是北大、清华、南开才是正路。后来适之先生在纽约见到唐德刚，知道他是中央大学学士，也不免有些失望。但无论如何，中大也是国立大学，再加上德刚兄是他的安徽小同乡，情形到底不同……"这是一大误会。

接着胡适又告诫夏志清他讨厌艾略特和庞德这两位现代派叛徒，暗示他到美国不要受这类歪风邪气影响。没想到夏志清是艾略特的粉丝，而究其实，胡适的观点已不合时宜了：在二十世纪二三十年代，这两位现代派诗人不太为正统派待见，但胡适讲此话时美国大学已经公认艾略特是二十世纪英美文学的大宗师了。胡适从政后就几乎没时间真正关心过文学，他却不吝好为人师，唠叨着谆谆告诫晚辈，没想到自己的唠叨已成九斤老太。这又抵消了一部分夏志清对他的尊敬。

更令夏志清不能理解的是，曾经是中国文学革命大宗师和新诗人的胡适当年也是"造反"起家，功成名就后居然保守到落伍，看不起别国以此成名的大师和诗人。这件事对夏志清刺激不浅。因为他原来心目中的大师境界有点狭隘，而且胡适这几十年不读文学书、与学界脱节却振振有词的态度让他对这位"大宗师"的学问和落伍有了更深的感触。

胡适毕竟是胡适，虽然前面露了怯，但他还是很有风度地给夏志清写了推荐信，办妥了手续。但他的态度深深地刺激了年轻的夏志清。特别是，他不推荐夏志清去他心仪的美国名校哈佛和耶鲁，认为那些学校太难、门槛太高，甚至主观认为用李氏只有两年时间的奖学金，夏志清不能够在那里拿到学位；而只愿意推荐他去选上一个比较普通好读些的小型大学，以便不使这次奖学金荣誉落空。

夏志清当然为此大受刺激而且感到委屈。这样，差强人意，夏志清后来又去谒见胡适拿信及办手续。胡适顺便介绍了夏志清到纽约去取奖学金款项及拜访华美协进社社长孟治，而且给他写了介绍便条。

这里又有一段小小的插曲。胡适介绍夏志清去纽约拜访孟治时，在介绍信上写他是"讲师"，其实那时候夏志清只是个助教。当时北大教职员制度是助教上头是教员，而教员上头才是讲师。连夏志清的哥哥夏济安当时的头衔还只是个教员，胡适在写推荐信时居然把他"连升两级，从助教跳成讲师"。在胡适，这当然是一种江湖手段，让夏志清去拜访时有面子而且抬高李氏奖学金的荣誉，可这些对涉世未深的夏志清来说是个震撼，原来他景仰的学者和校长居然这么世故，为了"面子"而在不必作假的事情上作假。

夏志清是个细心的人，虽然胡适的轻视且不愿荐他去名校读书让他伤心，而且写信"作假"，又让他学者形象打了折扣，但夏志清抵美后还是遵嘱去了纽约，并保留了胡适给他的介绍信作为纪念。感谢夏志清的细心，使我们在大半个

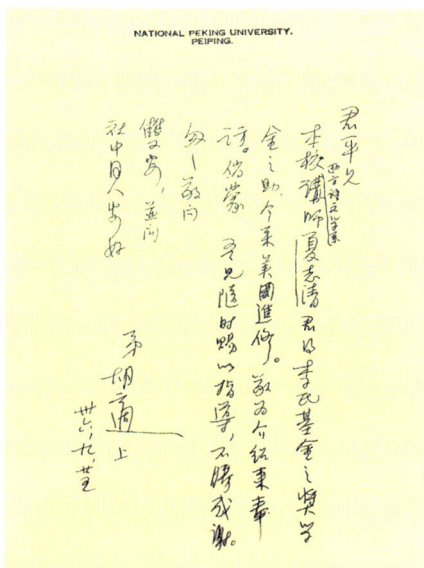

胡适为夏志清写的介绍信

世纪以后仍然能够钩沉出这段当年的情节和短短的故事。

但是，故事发展到这里并没有结束。夏志清来美国后，去的是俄亥俄州的一所小型大学欧柏林学院（Oberlin College），旋即去邻近的垦吟学院（Kenyon College）拜谒名诗人兼新批评家元老兰荪（John Crowe Ransom）教授。后来兰荪教授将夏志清介绍给他的门生兼好友、美国新批评派文学大师勃罗克斯，次年夏志清及时赶到耶鲁开始攻读英语文学博士。夏志清和胡适以后没再见过面，但据回忆，他1951年曾给胡适写过信，胡适没有回复。胡适是个大人物，每天结交名流贵胄无数，大概早已忘掉了当年在北大当过助教的这位惨绿青衫客，但敏感的写信者夏志清没忘怀此事，或许这又加深了其误解的心结。

夏志清后面的故事，应该是大家都熟知的了。这事本来应该有个

happy ending，但最后还有一个小波折，以至于胡—夏心结恍惚中成了夏志清一个埋藏心底的遗憾。众所周知，夏志清耶鲁博士毕业后，阴差阳错，他没有在美国教授英美文学却转而治中国现代文学并自立门户。1961 年，他在耶鲁大学出版社出版了奠定他此后学术声名的《中国现代小说史》。这部小说史的写法面目一新，不同于一般文学史多范畴于文学，它宏观展示并剖析了中国近现代思想史、历史思潮跟文化和文学的关系。当然，这本书里不能不谈到五四运动的旗手之一胡适。

虽然跟胡适有过那一场不算愉快的过节，但学问毕竟是公器，做学问的人也应该有起码的历史观和良知。本着对历史负责的精神，夏志清审视这一段历史，开宗明义第一章就谈"文学革命"，其中对胡适的贡献和历史评价还是非常正面和允执厥中的。

这本书在世界著名的耶鲁大学出版社出版后，夏志清马上寄给自己一生敬爱的哥哥夏济安。夏济安读毕，其心情的愉悦甚至超过乃弟。特别是看到弟弟对老校长胡适的评价，深知喜欢名校的胡适看到自己在耶鲁出版著作中有这样脱俗的评价一定会很高兴，夏济安于是鼓动弟弟给胡适寄一本新出的著作让他高兴高兴。

但是夏志清忆起了 1947 年出国前在胡适办公室的遭际和 1951 年寄信的冷遇，对寄书胡适之事有些犹豫。就是这一犹豫，构成了永远的阴差阳错。未几，胡适于次年早春陡然辞世，再也没有机会得睹夏志清对他的评价。而夏志清呢，对这场突然的事变也感到无尽的遗憾。此后的岁月，他时时忆起去国前那个春天；当然，想到 1962 年的春天时，他也难免有种莫名的怅惘……

　　　　　　　　　　　　　　　　　一个人的世界文学

唐德刚有守有为

"口述历史"是二十世纪中叶西方史学界推出的一种新方法，它提倡抢救性访问重大历史事件亲历者或历史名人，并记录他们口述的切身经历以验证并补足史实，使现代史学著述更丰满，更接地气。这种方法虽然不是唐德刚发明的，但口述历史在华人世界真正引发关注，可寻源到唐德刚参与并大力提倡的口述历史作品系列。

"口述历史"这个词看起来比较宏大，但其实质万变不离其宗。这个"宗"就是治历史要忠于活的史实。口述历史强调的是在理论阐释和大历史的框架里填入有血有肉的细节和亲历者的证词，让冷冰冰的历史鲜活起来。

最早倡导此方法的哥伦比亚大学在实践上同样首开先河，他们搜集了很多美国近现代历史上名人的口述资料。而得地利之便，唐德刚尚在读博士期间就参与了这个项目，二十世纪五十年代他在纽约采访了因乱世而流落到纽约的一众民国政要和闻人，成就了他口述历史的黄金时代。唐德刚陆续编撰出《胡适口述自传》《李宗仁回忆录》《顾维钧回忆录》《张学良口述历史》等影响深远的著作。

一般读者往往以为口述历史一如名人访谈节目，难度不大而且容易讨巧。因为一般情况下被采访者因是名人而易受社会关注，名人有传奇经历，其一言一行都是热点，执笔者按照"你说我记"的方法对照录音写出来不就万事大吉啦！其实，这项工作远非局外人想象的这么简单。

胡适是学界、政界泰斗，而李宗仁做过代总统，相当于一国之君。他们都非常自信而且自诩权威，给他们做"口述"绝非易事。

首先胡适自认为是文坛大家且早有《自述》问世。他开始时觉得这口述历史完全可以自己用嘴撰写，他舌灿莲花，出口成章，唐德刚顶多是个笔记秘书之类，几乎无事可做，"我说你写"就成。胡适有点太看轻了这项工作。入山方知林深，原以为几个月的活计，他们却拖了不止两年。待完成后，胡适不得不服膺"活到老学到老"，口述历史是一门新科学。他从这段工作中学到了不少新的东西。

至于李宗仁，那就更有意思啦。李宗仁武人出身，平日非常自信，又兼一生叱咤风云，后来又曾经掌国，更是不可一世。让他做口述，他可以滔滔不绝，口如悬河，不容插嘴，更不容纠正。他素以为讲本人的亲身经历，有绝对发言权，他就是当然权威，按他说的写下来就是最难得的、原汁原味的"历史"。因此他不容询问，更不容质疑。对这样的强势口述者，唐德刚怎样接招呢？

还有更可怖者。顾维钧是从清末、民国一直到二十世纪五十年代的数朝元老，政坛和外交界的风云人物，世界级的政坛常青树。他的名声和资历连各国政要都对之恭敬异常，他生前将文件资料捐赠哥大三百余箱，本人著作等身。他非常自信，而且是外交斫轮老手，对这样一位前辈，初出茅庐的唐德刚如何为他做口述？

面对这三座大山，唐德刚并没被吓倒。他有新式武器和扎实的学问根底。对口述历史，他深知，不管传主多么自信，当事人亲历和回忆有可能不真实，甚至不足为凭。这里面有主观和客观两大因素。

主观上，传主或当事人谈论自己、师长、尊亲时有可能有避讳或事后加工，亦可能溢美、掩饰甚至为尊者或亲者、贤者美言或贴金。客观上的因素更复杂。它可能包括当事人因时间久远而记忆失真、误置甚或编造，也可能因材料缺失，传主自己要补足，自圆其说。另外口述历史的传主往往德高望重、年老、自信，有的容易固拗、偏执，有的还因疾病缠身或其他因素，需要采访者非凡的耐心和交际技巧来完成。

有时候，基于当事者原始资料的"权威性"、稀缺性和珍贵性，很多情况下，传主及其家人、助手、工作人员甚至其后人往往想以"权威发布"的身份来发表道听途说甚至八卦流言。这些对未受过专业训练的普通读者会很有迷惑性，这亦是史学工作者要非常警觉的。

做口述历史，要有史识史胆。口述历史不只是笔录，更是一种复杂的研究过程。访谈前要做足资料和历史背景研究，明白自己要谈什么、怎么谈。其次，对自己的访谈主题要有足够的勇气和学识，对历史负责。访谈者对访谈内容要有足够的把握和充分论据。访谈不只是倾听和记录，而是要把握珍贵机会去核证事实，有讨论，有争辩，有鉴定；要能够激发传主谈兴和纵深话题的意愿。

唐德刚曾说："我替胡适之先生写口述历史，胡先生的口述只占百分之五十，另百分之五十要我自己找材料加以印证补充。"李宗仁的回忆录情况更甚，据唐德刚说，其本人口述仅仅占到可怜的百分之十五，其他百分之八十五是唐德刚从相关的历史文献中一点点考证修订而成的。

而做顾维钧回忆录更难。他是划时代外交史上的风云人物，精通外语，记忆力超强，但他也会经常出错。有一次，顾维钧把"金佛郎案"当中一段故事张冠李戴了，唐德刚指出这里有误，但顾维钧不服气，他坚称"事如昨日"，自己决不会错。最后唐德刚不得不找出顾维钧本人几十年前签署的文件来让他核对和验证。在铁证面前，老爷子最后不得不服气，开始正视这个后生小子的努力和学识。

做口述历史大半生，唐德刚认为，好的口述历史研究者应该是鼓手、枪手和杀手。鼓手警钟长鸣和激励人们阅读历史，是让历史珍闻不泯。枪手却不是有闻必录，而杀手是要敢于挑战权威，对青史负责，无愧史学彪炳千秋的高尚使命。

董鼎山为何娶洋妻

董鼎山在海外中国学人中算是一面旗帜，很多今天的名人都是读他的书成长或借他来了解西方的。

在董先生的晚年，我曾应邀撰写他的口述史。老爷子是个有浪漫情怀的人，即使九十多岁了，谈起风光事仍然不减当年勇。

"你们一定想知道我为什么娶洋妻子过了一辈子吧？"我虽然莞尔，但并不想窥探前辈隐私。没想到他却乐此不疲："我不是不想娶中国人，是只能'望中兴叹'啊！"

老爷子一开口，就收不住嘴。他当年在上海滩是当红记者，又兼写海派小说；接触当红影星歌星无数，相貌高大英俊，应该是有无数韵事的。老爷子当然自豪于此。"当年，老是女孩子追我。"可是他在事业和人气的顶峰时戛然而止，离开上海滩到美国小城密苏里留学。接着，中国发生了翻天覆地的变化。

那时世界大动荡，中国形势丕变，原来炙手可热的留学生一下子成了政治难民。他们留在欧美一时无望，而回国又充满了变数和不甘心。特别是，这些人已经到了适婚年龄，甚至超龄。跟董鼎山差不多同龄的唐德刚先生在忆当年时写道，那时曾流行于留美学生间的理想目标是：

董鼎山与妻女

洋车洋房、洋女为妻！

我猜想董先生可能是这个口号的践行者。

"完全不是！"没想到老爷子断然否定了我的猜想，"我那时候是不敢追求中国女孩子啊！"

"为什么？哈！你如果知道当时的背景，就不会这样发问了。"提到这，老爷子来了精神头儿。他说道：你想想，当年中国人能留学该多么稀罕，特别是女留学生。她们大多是达官显宦或暴富新贵的女儿，白先勇那样的不算有钱。那时候在美的中国人陡然失去国内经济赞助，情势一下子狼狈得很哪！连陈立夫在美国都要靠养鸡、开农场过活，李宗仁

　　　　　　　　　　　　　一个人的世界文学

也是寒伧混饭，连胡适都日子过得紧巴巴的。

但中国的留学女孩架子不倒，每天潇洒摆谱，称得上当时的时髦，她们中有很多是时代的气质女和物质女。其中有些曾经养尊处优，生活骄奢，非富即贵，当然不屑知道柴米之贵和时代之殇。

董鼎山从密苏里大学毕业就来纽约撞大运找工作。有了工作和基本保障后就想到生计问题，开始到纽约当年杜威和胡适创建的华美协进社去参加活动，希望多遇到些中国女孩。

华美协进社是当年全美最风靡的年轻华人俱乐部。它主要为留学生和华人教授、高阶人员提供聚会和交流机会；同时也帮助他们找工作、讲学并接触美国上层。老一代的华裔学人几乎都跟它有某种缘分和交往。它在美国学界和上层也很有影响力，当年邀请梅兰芳来美演出等后来较为轰动的文化活动就是它发起和主办的。

但在华美协进社的经历也打碎了董鼎山娶华人女孩的梦。凭他的条件和资质，本以为他该能得到心仪的女孩。他也遇到了不少愿跟他交往的姑娘。但是董鼎山被吓到了。

之所以被吓到是因当年的这些等着钓金龟婿的公主们眼光太高。她们大多养尊处优，颐指气使，让惨绿青年董鼎山感到尴尬不适。半个世纪后，老爷子谈到当年遭际仍然汗颜且愤然。其实，洋场出身的董鼎山并非没见过世面之人，但他不屑于跟有公主病的骄纵女孩周旋。她们不但物质化极重、偏爱攀比，以男子花钱多少来衡量对她们的爱有多少；而且要管辖男子，希望他们不只在家庭而且在事业上由她们来安排命运。董鼎山受不了这个。他交往的女孩曾经直言学新闻没前途，让他改学工程或医学。

与中国公主相比，那时来美留学的欧洲人就朴素且简单多了。而且，美国本地的女大学生也很少人有这般成熟的算计和老到的谋略。于是，董鼎山就调整了方向。他发现，来美国读书的北欧女孩最朴实，能吃苦且善解人意。

　　瑞典和挪威籍的女孩多来自小镇和乡村，她们身材高挑，气质天真贤惠。跟他交朋友时处处想着替他省钱；出门不愿坐当时堪称奢华的taxi而愿意步行健身，不吃豪华餐宴而选麦当劳果腹，节俭且体贴。董鼎山娶了洋妻却享受了中国贤妻良母的待遇。几十年后他返国回乡，故乡人反在他洋妻身上发现了传统中国式爱家爱夫的身影。

　　董鼎山妻子学会了做麻婆豆腐和红烧肉，跟他相濡以沫相爱了一辈子。我每次去他们家跟董先生访谈写作，她都备好茶点鲜花，然后躲开。后来熟稔了，她偶或轻声加入我们的谈话。凡熟识董鼎山者皆知她是一个现代难找的"古代"贤妻。

　　像是一对同命鸟，2015 年 5 月，比他小八岁的妻子蓓琪去世。同年12 月，九十三岁的董鼎山追随他爱了一生的蓓琪，告别了自己心爱的读者和世界。

极简主义董鼎山

董鼎山是一个很难定位的华裔学者。他早年从事报业，也创作小说，红极上海滩，成就最高在评介西方流行文化和写书评文评。他退休前主掌纽约城市学院图书馆，一生出过不少书，但老爷子不喜欢人们称他学者。董鼎山告诉我，钱钟书说他的文章算不上是学问，他弟弟董乐山闻之不悦转告他，董鼎山听后潇洒一笑，说自己本来就不做学问；他最喜欢的头衔是新闻工作者。

因缘际会，我跟晚年的董鼎山交往较多。特别是写他口述历史的日子，跟他一起捋了他的一生，发现这位世纪老人跟他的同龄人做派很不一样，他有种特立独行的风采。我特别惊讶于他的极简主义：跟其他前辈文人迥异，董鼎山几乎不存旧物。说来您可能会感到惊讶，几乎一辈子写书、写书评而且职业就是图书馆主任的董鼎山几乎没有多少藏书。

他有两个书架，除了工具书外，只有一些珍本作者签名赠书和他本人的著作，书少得跟他的名声不相称。这些藏书，比不上国内一般中学教师甚至文学发烧友的数量。其实，即使自己的著作，他手头也不全；比如说有些国内再版版本他不只没有，甚至没见过。虽然他抱怨没人寄给他，但并没急着找。有友人抱不平，要替他向出版社索要，他都笑阻，看得很淡。

晚年董鼎山唯一的嗜好是读报刊。家里堆满了《纽约时报》《纽约客》和一些书评类杂志。因为报纸每天几十版，老爷子读得又细，加上各类杂志，他几乎没有读完的时候。所以堆累了一些，但他很自律，没几天就把报刊杂志放门口，由管楼人清走。老爷子的好习惯是不留赘物，但做到这一点，要够狠。

董鼎山确实能狠得下来。他不感伤，不存旧物旧文。不只是不留别人的，自己的东西也基本上不留，至少是不系统地留。他仍然是老派，用手写稿子，但几乎不留手稿，电传出去后就将原稿扔掉。我看了可惜，就索问是否能留点纪念，他笑说不值，但让我随便取。因此我勉强抢救了一点，但都是近日写的，旧稿全都入了垃圾箱。他文章发表后也不留原报刊而只做老派的剪报。待他给我看他的近年作品时，是零零碎碎一大包。

书报倒也罢了，最可惜的是他不留信札。1979 年以后，打开西风窗，董鼎山跟国内文艺界几乎所有名流大咖都交往过，很多珍贵的手迹他看完就付诸垃圾箱。偶有需要复核留下的几封，印象中我见过的有楼适夷、柯灵、冯亦代、萧乾、谢晋、沈昌文等人的信。据说巴金、茅盾等人的信也有不少，可惜他没保留。

晚年我访写董鼎山口述历史，他也借机整理自己一生材料，那时几乎没有一件名人书信可见。除了当年他临时写文章引用过的，几乎都没有了。包括丁聪和高莽给他画的那些著名的漫画像，原作也不翼而飞，他手上的只有泛黄的复印件，还不如我在网上下载的清晰。

董鼎山为什么不保存文物呢？不知道。但我确知并不是跟近年日本人的"极简主义"学的，这大概是他的一种积习。

董鼎山出身世家，从小"吃过见过"，而他在十里洋场长大，有海派风格，更兼少年得志的潇洒，看淡物质。其后飘零四海，各地奔波，有及时处理物件的习惯。这习惯叫断舍离？潇洒？抑或个性使然——赤条条来去无牵挂，他连名人信件、手稿都不保留，堪称参悟。

董鼎山这样的无挂碍习惯还有个人的原因，他一生定居海外，亲人及后代皆不识中文，所以他对旧物和文物也就没了眷恋。

老爷子这样好不好呢？我不愿妄论先贤，但是至少有一种深深的遗憾。1979年以后，他是个文学线索人物，国内外很多文艺界大咖给他的信都没存，是一种史料缺失；如果留下来，会是一笔宝贵资料。其他类似的前辈虽然也没系统整理自己的文物，但逝后多有捐给高校或研究机构梳理。文物或信札中有涉及往事或私事者，有时也会引发异议。也许董鼎山预见了此情而提前断舍离了？未可知。可惜我们已经无从跟老爷子核实了。

三个闻人一本书

八年前这样的春日，我突然收到了董鼎山先生寄来的一本书，是《刘心武续红楼梦》，我有点儿诧异。董鼎山著作等身而且以文章享盛名，他出道早，很以文名自负，较少轻许别人的文章，几乎从不辗转寄别人著作赠人。我知道董先生跟刘心武半熟，因为刘心武来纽约时拜访过他。但刘心武拜识董鼎山在 2006 年，那时他尚未出版这本书；而且现在时过境迁，董先生为何要寄这本书给我呢？

我旋即打电话问询，没想到老爷子跟我卖了个关子，说你若有空时把那本书带来，我跟你聊聊来龙去脉。董先生跟我熟，是个趣老头儿，喜欢玩笑。他晚年有点寂寞，想说中文，喜欢跟知友见面闲聊聊——其实他不乏粉丝，但在海外居住一生的他又极注重隐私且有洁癖，不愿跟一般人往来，所以当他大门敞开时，我不忍拒绝他。

见到董先生，他一如老派文人风格，穿着熨烫笔挺的衬衣和薄毛衣，桌上摆着鲜花和下午茶。见到我他就兴奋地打开了话匣子。董先生温文儒雅，但他说话声音很洪亮。几年前我跟他出版过一部谈话录，回顾他的一生，后来在这基础上我撰写成了《董鼎山口述历史》。他对我几乎无话不谈，是敞开心扉的。

不等我问起，他就告诉我这本书的来历不简单，是前两年黄宗英寄给他的。我听说是他们老友间的赠物，更不忍接受，告诉他不必转赠我，并把书拿了出来。董先生却制止了我，并告诉这本书到我手里才是最好的归宿。原来，董鼎山跟黄宗英是一生的朋友，特别晚年她跟董的挚友冯亦代结婚，更是"亲上加亲"，关系走得很近。冯亦代去世后，董鼎山远隔重洋，非常关心黄宗英的情况。那时没有手机、微信等通讯之便利，他跟黄宗英的联络全靠传统的书信。

董鼎山忆起他那年得知黄宗英住院，就托友人问候她，黄宗英怕他牵挂，大概她听说董鼎山跟刘心武认识，或对《红楼梦》话题有兴趣，就从华东医院寄来了这本书以奉平安。但董先生称他不研究红学，而且这方面了解不深，宝剑赠英雄，他就将此书转寄给了我。

他何以知道我对这话题感兴趣呢？此事缘于他晓得我写过一本《曹雪芹笔下的少女和妇人》的书。此书上海文艺出版社 2010 年 2 月出版后较受欢迎，4 月旋即又重印了。这样一件小事如何能惊动到他呢？原来这本书的样书我曾经给过邻居、忘年交夏志清先生，大概他与夏先生见面聊及此事。后来见面，他对我面带愠色，嫌我没给他：那段时间我跟他因谈话录经常见面，居然这件事漏掉他！我只好嗫嚅只收到两本样书，而且这样小事本不必惊动他。

没想到老爷子竟认真了，告诉我他也要看，我只好写信请出版社空邮了一本给他。没想到董先生还认真读了，并写了书评在纽约发表，让我受宠若惊且不安。而就在 2015 年初春董先生老妻罹病，一生鹣鲽情深的董先生受此事震撼，非常心灰。我曾写《董鼎山的书房》介绍过，董先生一生不大藏书，他的书多是友人赠送的。尽管藏书不多，但这一

董鼎山给作者的题赠

年他开始考虑散书和身后事了。找出了黄宗英给他的这本书，他想到我曾经对《红楼梦》感兴趣，自然寄给了我。

人老了，最怕胡思乱想。我不愿意以这件事勾起他对晚景的联想，仍然想婉拒。但老爷子很直白，告诉我他活不久了，他不怕死，自己一辈子活得率性痛快，值！遂捉住我的手，拿过书补写了两行字："前年黄宗英寄我此书，转送海龙老弟。3/18/15"写完掷笔哈哈大笑。刘心武的书竟是个机缘，我们因此度过了一个温馨的下午，但没想到他竟是一语成谶，在当年12月就驾鹤归西了。

董先生是个幽默爱玩的人。走笔至此，想到他跟我的一件趣事。在2012年年末，他突然打电话邀我见面，并定下了日子。我到他家发现原来无事，他告诉我那天是个好玩的日子，他想在我们合写的书上签下一组12-12-12的纪念日，签完我们相视而笑。他的笑容爽朗温暖，此刻就浮在我眼前。

为董鼎山编书

董鼎山先生一生勤于笔耕，耄耋之年依然创作不辍。2015 年春他妻子患病，此事对董先生的打击持久而沉重。春天他发表了向读者告别的文字，海内外读者和友人读之深深感怀。我闻讯后去看望安慰，带去了朋友们的问候。《北京晚报》人文版主编孙小宁女士曾邀我采访并接连发表两篇董先生的长篇报告文学；这次探望时，董鼎山拿出他珍藏几年的剪报和手稿郑重委托，希望我能够把这些作品选编作为他最后的文集出版。

我将此事报告给了董先生的好友、上海译文出版社副社长赵武平先生。武平其后来纽约跟我去探望董先生，又热心联系上海的出版社和上海图书馆资料专家祝淳翔先生等协助整理。整理完毕，应鼎山先生的坚执邀请，我来从事书稿最后审定、润色和编辑工作，现在已经基本完成。董先生过世那天傍晚，我跟他在电话上谈及定稿事时老先生还非常高兴，大笑哈哈呢。没想到几个小时之后他就成了古人，令人思之黯然。

鼎山先生这部书稿内容非常丰富，主要包括：一、忆旧怀人。回顾他一生包括童年、抗战时的上海、孤岛文学、他的记者生涯、赴美经历及坎坷求学、事业、爱情和归宿、怀念文坛朋友等。二、书人书事，即董先生一生最喜欢的题材。品评中外图书，兼抒发自己的情怀。此部分非常有可读性。三、谈情说性。董鼎山先生从社会学和文学的角度谈中西爱情观、女性文学及其社会性等。四、时评杂忆。董先生一生关心政治、关怀社会，其政论读来清新、有力、痛快淋漓。五、旧文新刊。祝淳翔先生在民国上海报纸上沧海觅珠，找到不少董先生的少作和遗文，将在此书一并发表以飨读者，给读者以文物出土般的惊喜。

人生最后的日子里，董先生最惦记的事情就是他这部书稿的出版，特别是近两个月，他一直念叨，总盼望活着能见到它。为了实现他的愿望，做这本书的整个团队作了最大努力，但书稿篇幅较长，董先生猝然离世，终未能赶上，这是大家的遗憾。不过，写作、发表作品八十年的鼎山先生最后的日子是生活在爱的关注和幸福期待之中的。他常常跟我说，发表、编辑和读者的关爱是他写作的动力和支撑他活下去的念想儿。他晚年最感谢的报纸是跟他生命关联最密切的《新民晚报》《北京晚报》《文汇报》和香港《大公报》。

董先生一生非常爱惜羽毛且珍重自己的文字。他温文儒雅，是个老派的上海读书人，但也有吴越人的刚直。他大半生生活在海外，思想比较开放，政治上和表述上比较倾向自由。他天真，关心政治，不怕表达自己的观点，但发现自己不对时敢于认错。他虽然为人随和，但也有峻急好辩的一面。为了他心中的真理，他不怕辩论，不怕得罪人，不示弱。虽然董先生自称"职业读书人"或者书评人，但他不徇私情、不喜欢给熟人写书评，特别不喜欢有人给他送书求评。董先生从不轻易给人捧场，了解他的熟人一般并不敢请他写书评。

鼎山先生这本最后的书里集中体现了上述精神。在海内外，他给报刊写稿的条件往往是编辑部不能改动他的文字。但这次委托我编书，蒙他信任，赋予了我对他的文字的最后"润色，剪裁和整批整理工作"的权力。这是一个无限的信任，我当努力不辜负老人家的这份情谊。

董鼎山先生最后的这部著作可以说囊括了他一生创作的精华，是他一生思想和美学理念的集中体现。书中的五个部分正代表着他一生创作的主要历程。我以为，董先生作品的价值最早在于启蒙，他在中国"文革"后西方文学的荒漠中引来了活水，播种了绿洲。其后他的影响在于信息量。他对西方文坛动向和作品观测敏感、行动快、报道评论及时。另外，他的价值还在于他的真性情。他敢爱敢恨，不掩饰自己的情绪，我笔写我心；他的思维富有人文主义情怀。他喜欢直率、简捷、言之有物的文风。他的作品和表述给自己的上述主张做了注脚。

我们期待着这本书早日问世，也希望更多的读者通过这本书来深入理解董鼎山一生的心路历程。

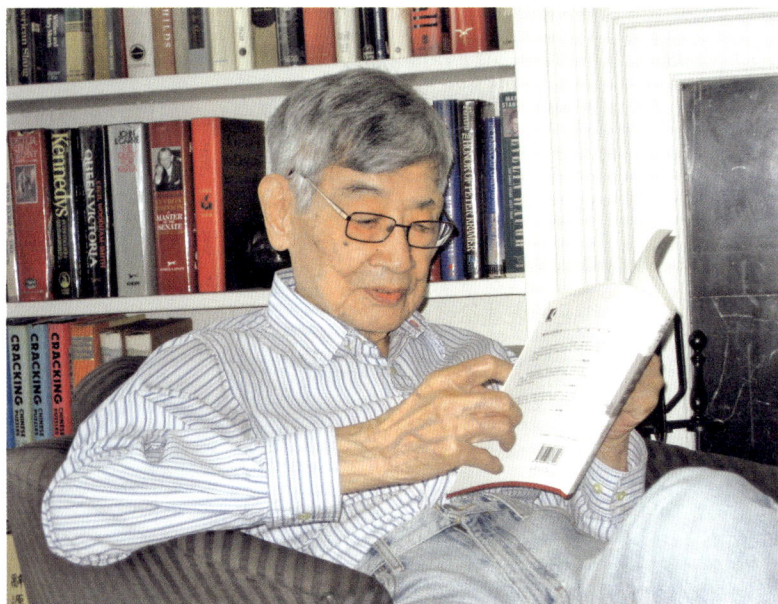

董鼎山先生

讲义气的史景迁

圣诞节这天，史景迁选择了这个世人很难忘记的日子去了天国，这很符合他幽默的天性。他的幽默是很扎实很内在的类型；选择欢乐的节日"大行"，符合他一生无惧寂寞的性格。媒体友人约写纪念史景迁，他的话题，我陆续写过了不少，还有新内容可以挖掘吗？应该还有。譬如说，讲义气的史景迁可能少有人言及。那么，我们就来看看史景迁的这一面。

性格二律背反的汉学家

史景迁算是位比较典型的英国绅士，温文尔雅却很沉静，不倨傲但也决不跟人多话；虽即之也温但他宁愿独处。儒雅、洞见、深奥、矜持这些字眼常跟他在一起。特别是在火遍中国、到处赢得掌声以后，他更加警觉、洁身自好而且躲避人。他一般开会或参加活动时较少终场而多半中途离席，在公众场合多不太爱讲话但微笑迎人。他虽没有一般大腕那般的名人气、狷傲和酸腐，但在常人眼中，他的个性也很难跟"讲义气"挂上钩。

但史景迁的确讲义气，只是他讲义气的方式不以一般人理解的形式呈现。史景迁骨子里是个观察者，也是位入世很深的人，以他的睿智，他早已参透了世情，但他还是难免世事的羁绊。作为名人或公众人物，他无法拒绝各类应酬乃至签售、欢迎会，但他内心对之是厌倦的。西方学者多是老江湖，知道大众和读者得罪不起，在相应场合他们通常能演好自己的角色。可是他们内心拒绝应酬，也决不在应酬场合交朋友。但是，如果他确认你是学术同道或跟他谈的是学问，他内心的激情常常不期而然地绽放。这就是各类名人回忆录里每常述及跟某名人学者原来约好会面仅二十分钟，后来居然谈了三小时还停不下来云云之类的原因——这种事的确常有。古人云"嘤其鸣矣，求其友声"大约言及的就是这种知心状态。史景迁的"义气"不同于别人，我们后边有例子说明。

史景迁惜时如金。除了必须，他决不愿意在世俗活动中耽搁时光。我二十世纪九十年代中期梳理西方汉学史时阅读了他大部分的著作，觉得他的写法独树一帜。有趣的是，《纽约时报》也常刊登他关于中国的文章。作为一个常常书写高头讲章的学院派汉学家，他也是最为美国民众熟悉的学者，且渐成了大众文化的一个坐标，几乎跟费正清齐名。若仅论文章，史氏写得更加华赡丰丽。他的文笔甚美，并且深谙文章的起承转合，一件庸常之事到了他的笔下却会新奇逗乐，妙趣横生。让很多美国普通读者对遥远中国的古代事务感兴趣，您不得不说是史景迁的功劳；而且他虽然写得充满传奇色彩，但大多传播的是正能量。

当然，史景迁的上述种种也成了他的某些异常之处。美国学界有人批评他，有人嫉妒他，大多批评他的史学方法有点怪咖或野狐禅，恶谥他路子野。但史景迁在美国最正宗的学院派大本营耶鲁大学任历史系主任，而且也担任过美国历史学会主席。这些铁的事实本身就能使攻击者哑口。而我，就是在这样一种情形下跟他相识的。

结缘史景迁

为了梳理美国汉学史，我读了史景迁的学术履历、师承和论著，甚至他不太起眼和不被重视的书评、报纸文章及札记随笔等都基本上浏览了。可巧大约 1998 年秋，美国亚洲学会组织了一场关于中国的研讨会，由史景迁主讲。我闻之欣喜准时奔赴会场。那时候史景迁已经是名人，这样专业的学术会议居然听众提前满座，后来者甚至有票都一时难以进场，让我感到惊讶。讲演当然很棒，难忘的是讲演后我跟他的交往。

会议结束还有鸡尾酒会，但史景迁想溜。可惜酒会就设在大厅，他一出现就被热情听众揽住。他疲于应付，有点尴尬，但仍然耐心跟大家交流。轮到我，他笑笑，以为是一般问好，没想到我有备而来。我知他不愿虚耗时间，就问好后单刀直入问他的一本小书《改变欧洲》能否授我版权翻译成中文？

"《改变欧洲》？您问的是《改变中国》吧？这本书台湾已经有人在翻译了。"史景迁笑道。

"不。是《改变欧洲》，您 1988 年 10 月在密德博理学院（Middlebury College）的一次讲演实录。"我回道。

"哦，是那本书。我晓得的。您是怎么知道它的？"

"我先前读过您为写那本书前后准备的工作札记和其他资料，觉得内容很珍贵。"我再回复。

很显然，我的回答让史景迁感兴趣了。他告诉我："要不，咱们过会儿谈。您先在前边等我。如果您不介意的话，咱们一起在我回宾馆的路上聊。"

"好嘞！"我当然心花怒放。——这事有门儿。

蛇行了许久，我挤出了大门，就在门不远处驻停。果不其然，史景迁被人们围堵了很久才逃出来。路上，他知道了我在写论西方汉学史，比较看重他的早期研究，从对他这本不太为众人知道的小书的认知上，他就知道不必多言我是了解他的。这本书其实是他早年到梵蒂冈等处挖掘 1680—1735 年间中国人或跟中国有关的人在法国的几个"中国个案"和怪诞的历史。其中有早期借中国之名行骗的欧洲女人；有作为书记随从伴随耶稣会神父赴罗马觐见教皇述职的麦考·沈；有福建教民之子阿卡蒂奥·黄被法国大主教德·雷昂纳看中，然后辗转去法国深造。当然还有一名中国的市井细民胡若望，他只受过极简单的教育，识得有限汉字，却被半哄半骗去了法国。胡若望到了法国，看不惯欧洲市井文化，并想教化法国人，最后被送进了疯人院。最后两人算得上是学者的路易斯·高和斯蒂芬·杨，是法国耶稣会想搞"民间外交"，把他们请到法国去感受法国先进文化和科技，并希望他们回中国介绍以影响朝野。可世事难料，他们最后被羁留在法国，难以回到北京。后来他们二人的被滞留惊动了法王路易十五和王后，法国的部长资助他们回中国，条件是走前参观法国的工业和科技，到中国向皇帝和百姓宣传。这两位民间使者侥幸因此被厚赠，回国后却遇到清政府锁国政策，他们没敢履行诺言，而是隐姓埋名地活了下来……

这是史景迁早期用功甚勤挖掘出来的关于中法交流史料的"干货大本营"。熟悉史景迁的人应该知道，这里面的内容有的他后来写成了专著（如《胡若望的疑问》），有的虽未来得及整理成专著，却在他不同的著作里反复呈现，或者变为潜在的学术主流，循环奏鸣。后来随着史景迁越来越出名，他就越被不同的事情和选题逼着走，但他显然对早年的研究是未能忘怀和情有独钟的。所以，我一提到这个话题，他的眼睛就显然一亮，像一丛火苗在暗蓝的天空中闪光。很显然，他未能忘情他的旧作。

授权的一波三折

"我很高兴您记着我的这篇早期作品。"史景迁显然来情绪了。

"不只记着它，我对它还很感兴趣，我认为中国学界和普通读者也会对它感兴趣的。如果您同意我把它译成中文，相信会引起中国学界的关注并激发纵深研究的。"

"您确定？"史景迁眉毛一挑。

"我不敢确定，但我根据自己的判断和学界友人以及一般读者的阅读热点可以肯定，这本小书不会让中国读者和您失望的。"

看到我语中的诚恳和信心，史景迁被点燃了——"我会同意的，不过我要协调一下原出版部门。您大约什么时候要？"

我有点喜出望外："当然越快越好！"

"那好，您等着吧。我怎么联系您？"

我马上把写好的地址、电话和电子信箱一并交给了他。看到我准备周全，史景迁很高兴："我喜欢您这样尽心的人。从这些周全考虑的细节上，我知道，您真的愿意把这件事做好。"

说着话，濛濛细雨中已经到了他在纽约下榻的宾馆，虽有点意犹未尽，但我知道应该分手了。

本以为他已然亲口答应，这下应该板上钉钉没问题了。可是没想到好事多磨，此后相当一段时间没有他的消息。我去信问候，也杳无音信。

过了几个月，又在一次学术活动上相遇了。他还认得我，但见我时表情只若初见。我寻机会跟他搭上话，问那本书的事情，"哦，应该没问题的。"他淡淡地说。

"我曾经给您写过信。"我轻声提示。"啊，您寄到哪里的？""我寄您系里的。""喔，抱歉，系里的信，地址不熟的邮件我不太拆阅。"

原来如此。史景迁对此显然有一抹歉疚，"这样吧，下次我会留心您的信。您知道我太忙，差不多没时间专门写这类授权信。您给我写封信，把事情原委包括您要翻译我的哪本书，什么情形以及具体内容等写出来；然后留下空白处容我思考和批复。如果我同意，咱们就不必专门再来回写信了。我就在您的信上签名批复并授权，这样如何？"

"好的！"我当然同意。不过那时候我国刚刚加入世界知识产权组织，出版部门发表译文往往要译者问明版权和版税问题。有的书如果没有事先谈好版税，出版社根本不接。虽然难以启齿，我还是嗫嚅着说出来了国内出版社的窘况，并问他版税如何以及怎样支付他。没想到他呵呵一笑，说他知道了我了解的所有情形。他不介意版税，也知道那没几个钱，但是告诫我，他的条件是我要找国内比较优秀的出版社出版。

这个我一定做得到。大题目定下来，下面的事情就顺利多了。我没有辜负史景迁的嘱咐，其后在上海文化出版社的《跨文化对话》中出版了此著的全译文，又在上海书店出版社《遭遇史景迁》中再次刊登此著始末及周边背景材料，并纵深评论了史景迁话题。由于史景迁授权给我包括了繁体字本，我也在美国《世界周刊》及其台湾的母报《联合报》刊登了史著的译文，在海内外产生了比较大的反响。书报等我当然也都寄给了史景迁先生。

此后经年，得知在国内史景迁越来越火，总是有人想翻译他的全集，不过看到他的作品虽然浩浩荡荡，但是几乎独缺这本《改变欧洲》——史景迁的确是个讲究信义的人！他既然答应这本书的翻译权给我，就没有再轻许他人，而且这是本在他的学术生命中承担着起承转合、昭示着他的学术转型和有重要里程碑意义的书！言必诺，行必果，为传播学术和真知分文不取，这不是中国古人崇仰的古仁人之心、不是义气，又是什么呢？这真的堪称高风亮节！

讲义气的史景迁

跟史景迁熟稔之后，我发现原来他第一次答应了却久不回音、"抻"着我，并非健忘或高傲，而是对我的一种考验和修炼；他在验看我是否真的对这个课题感兴趣，是否真的能百折不缩，经得住等待、冷落、搁置和企盼。如果我只是一时逸兴想翻译，遇钉子而退，于他，自是无足考虑，弃之如敝履可也。如果我真经得住考验或者真的识货，是不会因为一时受挫而轻言放弃的。所幸，我经受住了他的审察，一而再，再而三，他识得了我的信心和诚心。翻译此著虽不是我的主业，但在研究西方汉学史上还是有贡献的。不只是在以上专门翻译著作里，而且在我发表在《世界汉学》《文化中国》以及有影响的高校学报引证的史景迁史料中，这些内容都引起了不少的关注和反响，成了我研究西方汉学史历程的一个亮点和里程碑。

当然，史景迁的讲义气并不仅在跟我相处的这一件小事上，而是体现在他的生命和学术生活的很多方面；不只是呈现在他的学术著作上，也体现在他的为人和日常生活中。我前面说过，史景迁是个名人和闻人，他也特别注意隐私，更不愿分神跟世俗社会打交道。凡出席公众场合，他往往非常警觉，洁身自好躲避人。我常见他在社会活动中中途退席，躲避跟不相干的人合影，并婉拒签名等等。但有的社交场合他从不躲避，甚至专门去趋奉，而且几乎场场不落。

哪些场合呢？对一些前辈、宿耄以及学术上有名望的故交，无论多忙，只要他人在美国东部，总是会准时前往致敬捧场的。就是因为相信这种肯定，我才能够有缘在纽约跟他有不少往还。其中印象比较深刻的有向汉学界前辈傅汉思致敬的学术活动以及张充和的多次讲座，他都坚持拨冗前来出席致意。有的甚至史景迁本人并没有发言或讲话，他只是一个普通观众和听众。他执守着传统学人般对前辈的恭敬和谦逊，有的甚至不是学术方面的活动，比如说张充和的昆曲讲座甚或书法展示和讲座等等，史景迁皆百里之外赶来捧场。我对他做人的讲义气、识大体和礼数周全、人情周到的认识正是在这些不经意的小型活动中不断丰满起来的。印象中，有时大概他真的很忙甚至不得不提前退场，但他几乎从没迟到或缺席过。

除了对前辈礼数周到，他的义气还表现在对其恩师的景仰和深情里。他在其讲演和著作中多次回忆起自己治学的缘起和当年老师对他培训的严格。他回忆业师芮玛丽和芮沃寿夫妇对自己的培养不只在书本上，而且从二位老师抗战时在中国的经历中感受到了中国人的苦难，从而将他自己的学术视野拓宽到了现当代中国，包括了五四、救亡甚至徐志摩。他特别感激导师芮玛丽将自己介绍给了恩师房兆楹。

房兆楹是他一生中遇到的滑铁卢和严师。史景迁告诉我们，是从房先生那里，他深味了中文称谓"老先生"的深义。他忆及跟房先生求学时，房兆楹几乎从不轻易赞许学生。史景迁治学用功，在耶鲁时就十分优异，到澳洲投房兆楹门下，为写其博士论文呕心沥血，十分用功。房教授虽对其关怀备至并倾其所能地帮助他，但对史景迁的要求非常严格，从不轻表欣赏。史景迁记得有一次房教授读他的文章后深觉满意，退回时用打字机批道："看上去有了很大的进步。"但批完后房兆楹斟酌再三，觉得这次批得太过慷慨，于是他又仔细用墨笔将"很大的"几字划去，换上了"不小的"几个字。这件事让史景迁感触至深，使他深知做学问的不易。回顾求学历程，史景迁深感这轻易不赞许人的中国老师使他获益最大。因之，他关于曹寅的毕业论文写成后，立刻就被耶鲁大学出版社出版，旋被评为优秀学术著作，奠定了他学术之路的根本。这次的一鸣惊人，使他深味了做中国学问十年磨一剑方能所向披靡、披荆斩棘的道理。

成名后的史景迁用自己独特的方式纪念自己的中国恩师——在国内

文史界，今之后学几乎没人知道房兆楹夫妇，史景迁却用这种幽默、感恩的方式替自己的业师传名。我们记得房兆楹夫妇，多不是因为他们的学术著作，而是这些令人莞尔和心旌摇曳的往事……

西方的追悼会不喜欢肃穆和哀伤而多以怀念和能以逝者的往事、糗事逗乐观众为高潮。相信幽默如史景迁，一定能理解大家对他的忆念和哀伤。我想，此刻的他或在一众他当年的师友旁继续讨论中国历史，或对不理解他的居心而胶柱鼓瑟解说他学问者窃笑；或潇洒卖乖听听别人如何谈他和他的学术——古人曰盖棺定论，但此话对史景迁并不合适。对他，我相信虽然棺已盖却论难定——在看得见的将来，对他和他的史学，学界还会有相当一段时间的争执。只不过，史景迁已经不再对这些话题感兴趣，他已经超然进入另一世界，在幽默地向您挤眼呢！不管您喜欢不喜欢他，只要做这方面的学问，我相信，您绕不开他。没有史景迁的西方汉学史是残缺的。

吉光片羽的记忆

铺就绯红色大理石的维罗纳古街

四十年一梦维罗纳

那年夏天，我终于去了神交四十余年的维罗纳。

其实，我得坦白：我最早知道维罗纳，是在读莎士比亚《维罗纳二绅士》，甚至读《罗密欧与朱丽叶》之前。1973 年，我先读到《金蔷薇·夜行的驿车》，这是一篇写安徒生一生中一段艳遇的凄美散文；这场旷古艳遇就发生在维罗纳。

不，说"艳遇"是轻佻了这个话题——安徒生一生给人类贡献了这么多美丽的童话，但他本身活得一点也不童话。他贫穷、耽于幻想而且其貌不扬。他敏感、羞怯，在赴维罗纳夜行的驿车上遇到了几个村姑和一个艳绝的贵族女子。这个贵妇人就住在维罗纳，她在暗夜里认出了名作家安徒生并愿意以身相许。可是安徒生忍悲拒绝了她。他知道自己长得丑，怕天亮了美女会后悔。

其实这贵妇人知道他的身世、他是谁，读过他的书，也读得懂他的心。她能够摒却藩篱示爱，已经冲破时代束缚，做到了极限；但敏感的安徒生仍然自惭形秽，他怕度过了激情后无法面对现实。现实是残酷的，他无钱无地位，除了诗和天才——安徒生知道穷鞋匠孩子出身的自己只有献身于诗，他的生命才有意义。拒绝了这终生一遇，他也知道自己将永远义无反顾、孤独地走完黑暗；哪怕有人愿意陪伴、愿意在暗夜里替他秉一枚残灯照亮崎岖。

女子珍珠般的眼泪滴在天鹅绒的胸衣上，湿湿凉凉地侵到他的脸庞。意大利的雨夜，夜行的驿车里灌满了那不勒斯的山风。闷湿的空气中飘着雨浸柠檬树叶的芬芳，这催人做梦的昏黑却让安徒生失眠了……醒来时他看到了启明星。

就这么离去？安徒生在小城逗留了一天，也斗争了一天。到了傍晚，他踟蹰地敲响了女神瑰乔莉的深宅豪门。"我是来告别的……"诗人嗫嚅地表白。瑰乔莉大度地微哂，她知道富贵能毁掉安徒生的诗才。安徒生是鸟，他不能不飞。

许你一场销魂和富贵，哪怕是到弥留，哪怕是到天涯海角，您能想到维罗纳这一盏孤灯？

他们终生互相怀念，但安徒生为了童话牺牲了这世纪之爱。这篇文章是以这个句子结尾的："全维罗纳响起了晚祷的钟声……"从此，这钟声就一直敲在了我的心上，萦绕了几十年。

维罗纳是座小城，但它很出名。如果说有的小城可以被喻作珍珠、宝石甚或莲花，那么我觉得对维罗纳最恰切的比喻是琥珀。她温润、优雅、怀旧。

从环水的古城墙到罗密欧与朱丽叶"故居"距离不远，走路差不多十分钟。到达那里时，一院子人，非常静默，原来是实景演出《罗密欧与朱丽叶》正臻尾声。庄严的神父在祈祷，一群含泪的人将盛装逝去的朱丽叶抬出。我看到满院子观众也噙着泪水……过了许久，人们才爆发出掌声。怕唤醒了沉睡的花魂，排队跟朱丽叶合影者连抚摸铜像的手都更加小心翼翼。

　　罗密欧与朱丽叶据说不是维罗纳的故事，它大约跟中国的杜十娘的故事同时代。得感谢莎士比亚，他让这段传奇成了全球和人类关于爱和永恒的故事。是故事，就得有个发生地点，作者把它选在了维罗纳。为何选维罗纳呢？缘于在当时维罗纳因其地理优势，是欧亚贸易的一个中心。朱丽叶的故事凄婉，大家也都知道这只是个故事，但它的美学震撼力仍然让人一时难以自拔。朱丽叶故居当然不是真的，但您不得不承认，这是艺术史上迄今被营销得最为成功的一个假古董。

　　维罗纳远山上盛产大理石，她主街的铺设是千年绯红色大理石的奢华。由于它太华贵，让我几乎忘了咫尺间穿过深巷居然就是两千年前的古罗马露天剧场暨圆形竞技场。这座巍峨宏伟的建筑建造于公元一世纪。它是世界现存第三大圆形竞技场，整体全为古罗马时代原件遗物。更值得一说的是，它是现在世上仅存的保存完整且仍在使用的古罗马古迹露天剧场。它拥有144道拱门，以数层巨石累叠构建，至今仍能容纳三万余名观众。

　　现在维罗纳每年都举办夏季意大利歌剧节。看看节目单，就知道这里上演着全世界最顶级音乐家最著名的歌剧。在朱丽叶故居旁边，就上演着《罗密欧与朱丽叶》当年的故事。这该是一种怎样的神奇！不来维罗纳，您可能真的难以感受到。

　　千年前绯红色大理石铺就的古街、粗枌的花岗岩筑成的拱形门廊，走在两千年前的古巷，您可能没有意识到正踏着当年罗马人徜徉的同一人行道，您此刻抚摸的墙面曾同样被当年的罗马将士和贵妇抚摸过，您在不知不觉中享受着跟古罗马同框的奢侈。

《罗密欧与朱丽叶》实景演出

鲁殿灵光，依依不舍中不得不向维罗纳告别。这一刻，时光开始幻化模糊；你就活在了古罗马，不只看到了罗密欧和朱丽叶，而且听到了安东尼和埃及艳后的窃窃细语。

恍惚中，全维罗纳响起了晚祷的钟声……

岁月又流过了几个年头，今天忆写这段安徒生往事的时候，一个完全不同时空的唐诗故事却不期而然地浮到心头："知有前期在，难分此夜中。无将故人酒，不及石尤风。"安徒生的痴与狠仍然让人刻骨铭心——他对自己够狠，这"狠"尤为体现了他的爱之深。他走了，义无反顾，

　　　　　　　　　　　　　一个人的世界文学

维罗纳古罗马露天剧场

连"挥一挥衣袖，不带走一片云彩"般潇洒态都没演，而把暗夜垂泪的苦果隐吞下去，不断反刍咀嚼，到死。

安徒生是一个真正懂童话的诗人，他勇敢而悲催地把自己的一生活成了童话。而维罗纳是他的"明月夜，短松冈"，铭刻了他的死生流连。我相信，他弥留时的梦境应该是维罗纳。

逐臭托斯卡纳

那年游览意大利堪称是一场文化盛宴。罗马、威尼斯、佛罗伦萨、梵蒂冈、米兰，在经历了人间美景和艺术美的熏陶以后，浓得化不开，大家都有些醉了。正好导游给大家贴心设计了一个近年网红意大利托斯卡纳小镇游。这些小镇如美丽的珍珠散落在意大利碧绿的山丘，都宁静安谧古色古香，鲜花遍野，村民非常友好。

意大利农村给人的印象是干净涓洁，处处一尘不染。这里天蓝地绿，点缀着鹅黄绯红和淡紫粉青的花，城镇虽小，却美得让人惊赞，我看到网上有人竟把它们盛赞成"天堂里应有的样子"。天堂是什么样，我们不知道，但看到这里祥和平静自足的村民，游客的确羡慕他们。

村镇大多不大，基本是鱼骨形，一两条主干道，然后是四射的小路，加上环村的路或河道，精致疏朗却美轮美奂。旅游经济是把双刃剑，它既给当地带来繁荣，又打扰了百姓的生活。这里的村民似乎习惯了游客的偷窥和喧嚣，不像威尼斯人那么不配合。对游客除了友好，他们仍然保持了自己自尊和恬静的习俗，大多躲出了主干道，在深巷酒吧或咖啡馆喝一盅。

主干道上多是古屋和亮厦，石门斑驳，有古代残雕和铜牌，间或挂着古兵器或家徽。现在这里多半卖手工艺纪念品和当地食品，也卖大城市名品牌时装，价格却比米兰和罗马便宜不少。

喜欢探索风物人情的我却愿逛杂货店看看当地人生活。这儿虽不富裕，农村人的吃食却讲究，我看到各种海鲜和风干、烟熏的野味；也看到烤制的整头咸猪，还有鹅肝鸭胸和叫不上名字的各类野菜，煞是琳琅满目。但这些都不最让我惊艳，最让我咋舌的是我闻到的异味。

起先是在礼品店，像是哪里洗手间忘了关门，我旋即跑了出来。没想到进入隔壁店，我却被熏了一个跟头。那股浓郁却热辣辣的臭气把我震得一激灵，好悬没有打个喷嚏。那时正值盛夏，我望着头上热辣辣的太阳，有些怔忡。待到确认岁月一切静好只是味道有异后，我不服气地又冲进小店。——我不是素称喜欢实地勘察了解民情的吗，区区一点气味就把我打倒了？

这次有了思想准备，发现原来店里主打产品是奶酪，可是这里的奶酪大不同。它们不是平时常见白胖胖或暖黄色的样貌而是黑不溜秋像大号的毛芋头长着黑绿色的毛，更有的像是小号圆南瓜但清一色内黑、外面裹着一层发霉铜绿色的霜。我想就近观察一下，却被熏得几乎又一个跟头捂着嘴跑了出来。

臭奶酪我不是没见过。纽约的超市都有出售，其中最出名的是意大利的蓝奶酪。所谓"蓝"是霉斑。当年刚接触它时吓我一跳，那是到美国朋友家做客，他们用浅盘盛着它，跟脆饼和切成条状的蔬菜茎放在一起供人们夹食。我尚未靠近就嗅到一种异味，待找到味源几乎作呕，连放在它周围的美味熏鱼我都没动一动。后来发现节假日晚会桌上蓝奶酪居然是主角。老外都去蘸抹甚至直接切一块投进嘴里闭目品味；这还不

美丽的托斯卡纳小镇

够，甚至当众吮咂手指上沾满的臭味。

后来我慢慢接受了蓝奶酪，因为我喜欢吃的布法罗辣鸡翅必须蘸蓝奶酪调料再配上芹菜梗才算正宗。克服了厌恶心理，平心而论它的味道不恶，而且养成积习，甚至没有这一味调料的餐厅被我一眼就看出不正宗。不过，我跟意大利臭奶酪的缘分也就仅止于此。而跟托斯卡纳小镇的霉奶酪的臭相比，蓝奶酪简直就是个孙子，或孙子的儿子！

这堪称是一场奇遇。那天，在那个小镇，我发现约有三分之一的店铺以卖臭为业。它们的奶酪肯定正宗，因为我发现世界各地的洋人皆在那儿闻臭下马认祖寻宗。有些老年人甚至噙着泪水品尝和鉴定，大概他

　　　　　　　　　　　　　　一个人的世界文学

小镇特色奶酪

PECORINO
CON BASILICO
E PINOLI

PECORINO
CON AGLIO
PREZZEMOLO
E PEPERONCINO

PECORINO SEMISTAGIONATO

逐臭而来的识货顾客

们终于找到了一生中久违的那童年梦中的味道！我远远看到这些西服革履衣香鬓影的绅士淑女在臭味前缴了械，看着他们品尝乡下店员用脏兮兮的手拭抹掉陈年奶酪上黑绿封尘的霉斑、小心翼翼切片，闭眼沉吟赏味的情景，让人动容……

这里虽然是乡村，一条龙服务却不含糊。店家知道逐臭者携带臭奶酪旅行不便，就贴心地办理邮寄手续。不管您住在地球的哪个角落，他们都能确保无虞寄到您家，而且以后还可以网购。

看完这一幕，我才确信《吕氏春秋》中记载"海内有逐臭之夫"可信，而且没想到海外也有。中国自古不乏喜臭之人，家常食品有臭豆腐、臭鳜鱼、臭冬瓜、臭苋菜、臭蚕豆。而且我姥姥家在海边，小时候虾酱蟹酱都是"臭香臭香"的。在北欧，臭青鱼是传统美味，据说开一个罐头能臭满公寓，而泰国榴莲的拥趸全世界都有。

结束本文前，想起了纽约法拉盛一间台湾小食店的遭遇：它因经营臭豆腐一夜爆红却被投诉，刚开张一星期就关了门——因为它除了油炸，还有蒸臭豆腐。那种臭，除了真好汉，别人慢说吃，闻一口不倒下您就是英雄。难怪纽约警察也受不了这里的邻居每天都有谋杀案的报警。

世界香都格拉斯

前篇文章说过意大利小镇托斯卡纳的臭，这篇聊聊法国小城格拉斯的香。

据说香水英文"perfume"一词源自拉丁文"parfumare"，意为"已熏"。它更早的源头在古埃及。香水在上古时被埃及人用于宗教仪式，其后用于防腐，具体功能恕我不说也罢。

法国小城格拉斯不太起眼，人口四万八千多，在法国城市排名 133 位，不过它是滨海阿尔卑斯省的副省会。这么小的芝麻城能出名的原因全仗着有绝活儿：香水。

格拉斯几乎成了香水的别名，谈到香水，知情者能同步联想到它。其实，它跟香料之源古埃及、印度、波斯、希腊和罗马一众文明古国没有关联。史书记载现代香水起源于欧洲中世纪的防疫。

中世纪欧洲城市远非现在这样的格局，它有点像中国汉代以前的大村镇。可惜老外没有中国人讲卫生，虽然古罗马曾浴池遍地，极尽奢华，但灭亡罗马的蛮族没有沐浴习俗。就以发明香水的法国为例，一般人一生很少洗澡。著名的例子有法王路易十四常年不洗澡，臭气熏天，只好用酒精杀菌并遮掩异味。其他如赞助哥伦布旅行的西班牙女王伊莎贝拉，

格拉斯享誉世界的香水博物馆

相信以本体才能接近上帝的"不洗澡楷模"大批宗教圣人、修女等教会高层人物等数不胜数。贵族和国王如此，百姓自不待言。这样的卫生条件不流行黑死病才怪。

不洗澡除了生异味，还会诱发皮肤病和各种脏病传播。国王用酒精杀菌聊胜于无，但酒味诱发酒瘾而且味道不爽，后来有人泡入鲜花和香料偏打正着、无心插柳地发明了现代香水雏形。有了理念，不愁提高。据说其后欧洲人引进了波斯和阿拉伯人从花朵中蒸馏萃取香精的技术，

再溶入精炼优质酒精以控制其在不同气温环境溶解缓释香气的功能，香水之制作遂精益求精。

从掩盖体臭到蔚为时髦，法国人天生有营销本领。刚发明香水时它并不只限于用在身体，人们将它横撒在厕所、客厅、壁橱以及住所各个角落。它曾有效起过某种防疫和防病的作用。

香水的发明并非法国人的特技，史载中国早就通过香料之路引进香料并有类似发明，其后民间也有胭脂香粉香水制造的大量记录。不过那时候国人不愿俗气地直称香水而以诗意的"花露水"等命名。读过《红楼梦》的大概都不会忘记宝玉喜欢跟一众女孩子DIY胭脂等化妆品的场景。

格拉斯在法国南部，这里地理气候非常适宜种花。小城古色古香，到处为花遮蔽，处处弥漫花香。据说栽种最多的茉莉是许多香水的关键配料。它于十六世纪被摩尔人带到法国南部，仅小小格拉斯就生产法国茉莉花总产量的三分之二，年产香水为它创造超过六亿欧元的财富。它无疑是世界香水之都，有着世界最大的香水博物馆。2018年格拉斯香水被联合国列入非物质文化遗产名录。

格拉斯另外一绝是它自1946年起每年八月举行的"茉莉花节"。届时当地举行盛大花车游览，焰火、派对、音乐狂欢和街头表演乐事不断。

来到格拉斯，当然不能错过其闻名世界的香水博物馆。这座博物馆占地面积不小，它陈列着史前到今天人类发现、使用香料的历史；既展示了化妆和美容，也把它呈现聚焦在人类文明史发展的坐标上。除了古今全世界的香水展示，最令我感到神奇的是展示香水原料和古老的香水制作过程。

香花这里不稀罕，最让我惊讶的是这里展示的非传统香料，有的甚至超出了我们理解的"香"的疆域。如各种调料，包括胡椒、茴香、桂皮……最震惊我的是原料里还有辣椒！如果您不告诉我这是世界第一香水博物馆，我甚至会误以为来到了上海的南货店，或者厨房副食品批发部！

制香工具也让人大开眼界。从原始器械如烘焙茶叶般大的转炉和烤箱，到如中学化学实验室模样的瓶瓶罐罐。还有巨桶、大缸甚至石磨类碾压器，直到现代最高精尖的电子设备，小小的香水居然凝聚着人类文明进步的缩影。

毋庸讳言，香水成本和造价极低，是名副其实一本万利的生意。据说一瓶市价一二百美元的香水成本不过几美元；一次新品香水动辄生产千万瓶，赚钱速度等同于圈钱。但香水研发费很高，所以保护香水业的灵魂是研发和版权。

除了大众化，据说最赚钱的是走个性化和高端私人订制路线。有钱人当然"作"，顶级的"作"是要做到世上独一无二。巨富们不甘心与人同享，即使香水也要造出自己的唯一，留给精致的鼻子。这样，豪族们就不只能闻香识女人，而且还可以闻香识富贵啦。

堂吉诃德与村姑

到西班牙当天，就误打误撞地去了马德里旧皇宫，它离我住处步行不过五分钟。这座宫殿辉煌极了，是欧洲三大皇宫之一，旁边就是举世闻名的皇家歌剧院和圣母大教堂，我竟把它误认作旧市政厅广场。唤我纠正认知的是随处可见的堂吉诃德巨像——吉诃德老爷子是西班牙的骄傲，在西班牙不管身处何地，你都很难错过他。

见到堂吉诃德本不足怪，有趣的是这里还有他梦中情人杜尔西内娅的浮雕。杜尔西内娅是谁？读过《堂吉诃德》的都知道，她是这位破落骑士的梦中情人，臆造的。

这部小说被誉为西方长篇小说的开山祖。在作者塞万提斯时代，骑士制度已经没落，但沉迷其中者仍然不少，他写这本小说讽刺骑士，唤醒众人。此前中世纪时整个欧洲就是个火药库，那时尚无现代欧洲国家，各小邦国甚至城镇间征战不断、杀戮不停。当年王室和贵族实行长子继承制，余下的儿子不愿做工务农，就习武斗胜，没处抢劫时他们就互相勾引同侪的婆娘。这种习俗被美其名曰骑士制度。

堂吉诃德是个破落乡绅，既没武功也没文才，但空有一腔骑士梦。骑士要有武器和随从，他没有。家里找件破铜烂铁矛就出征了，结果到

西班牙无处不在的堂吉诃德雕像

处碰壁，被揍得鼻青脸肿，狼狈回家。首战即败北的他却仍然没有梦醒，二次出征，他骗上邻居穷农夫桑丘作侍从。一路逶迤荒唐，拿风车当巨人，把旅店当城堡，将羊群做敌人，打官差，放恶囚，自己最终差点丧命，被人装笼子送回家去。这老匹夫仍不甘心又逃出历险。最后屡屡被骗被暴揍，结局是忧郁回家卧病在床，到死才明白自己患上骑士梦幻绝症的危害。

整部作品滑稽突梯，嬉笑怒骂，既讽刺骑士制度，也弘扬西班牙民族精神，充满了含泪的笑和含笑的泪。其中最让人忍俊不禁的是堂吉诃德老爷子的女神情结。

前面说过，骑士精神不只要会打仗和行侠仗义，拥有并效忠一个美丽的心上人还是它的硬件和标配。这可难坏了这老光棍：一生不近女色的他必须有个贵妇人和偶像。可怜么么哥，他的想象力有限，大都是从骑士话本中寻来的；于是，他把目光停驻在了邻村姑娘。

她乃一平凡村姑名叫阿尔东沙·罗任索，平时主业营生是喂猪，腌猪肉也算是把好手。虽跟美丽沾不上边，但她性格泼辣嗓门高，据说身强力壮，干活儿比得过壮汉，胸口还长着毛呢。这样一般人都不敢恭维的夯女孩却成了堂吉诃德眼里的公主和贵妇人。他宣布效忠她，并将她命名为杜尔西内娅。按照骑士的规矩，被他打败的人都要向贵妇报到服输并效忠她。幸运的是，堂吉诃德几乎没有打败过谁，所以这杜尔西内娅没受过啥报到骚扰，吉诃德老爷子贵妇梦竟没露过馅儿。

如此，一个邻村养猪姑娘在堂吉诃德眼中幻化成了圣母和女神。后来，杜尔西内娅在西语中渐渐衍化成了"白日梦"的代名词。有趣的是，堂老爷子的跟班桑丘是个有奶就是娘的精明鬼和现实主义者。他倒很会

堂吉诃德的女神杜尔西内娅浮雕

配合主子的白日梦。一会儿"公主娘娘",一会儿"杜尔西内娅娘娘",一会儿"美丽的王后、公主、公爵夫人",把堂吉诃德老爷子哄得五迷三道。即使这贵妇人经常露馅,现出村姑粗鄙原形,他也会帮着主人圆场,把这些说成是魔鬼的捉弄或命运的考验,让堂吉诃德老爷子抵死不渝地崇拜自己的女神,将故事进行到底。

虽然这本书的目的是讽刺骑士之爱的荒诞,但他的白日梦写得的确有趣招人读。西班牙人自古奔放,善用幻想,开朗热烈成了其民族性,堂吉诃德就成了西班牙民族精神的化身。他们浪漫、不着边际的想象力和热情,无可救药的乐观主义和野心梦幻成就了国运。不然,世界上有哪个国家肯支持一个白日梦者哥伦布去发现那遥远天边不着边际的新大陆?没想到,他们下注下对了,一本万利。——哈!人有梦总比没有梦好。

尤卡坦玛雅导游的一天

"啊哈！欢迎来到尤卡坦半岛！"一个苍老而沙哑的男高声泛起，让满车昏昏欲睡的游客心里一震。"这里有没有度蜜月的？过生日的？过纪念日的——相识纪念日、约会纪念日、神秘纪念日、结婚纪念日、离婚纪念日？"

没想到这老头儿还很饶舌。他是个典型的墨西哥老汉，手臂像是干枯的树枝，沧桑全写在脸上。整个面庞像是五四时期杂志上粗糙的木刻。脸上沟壑密布，印痕深深地刻画到皮和骨的结合处，跟博物馆的玛雅雕刻人脸一个模样。不同的是，他的脸很喜兴。一望可知，他是玛雅人里的活宝、乐子包袱和开心盒子。简单说，他是玛雅人里的"卓别林"。

这是我们的导游？我不禁感到新奇。看别的车上，导游皆是光鲜靓丽的墨西哥姑娘小伙，不由感到我们此行的奇特。

我们的导游虽然老、丑，但不怯阵。他是个老江湖。让人惊奇的是，他有绝活，能说四五种语言。玛雅语是他的母语，当然不在话下；西班牙语是他们的国语；他的意大利语够流利，流利到能跟南欧的游客谄媚闹笑；当然，他还会说英语；此外，他也能说点北欧的语言，因为这车上有北欧游客。

他先是用各种语言让游客报一下自己所来的国家。发现这一车欧洲人居多，说英语的只我们这几个美国游客，接着这老头儿就用多个语种饶舌大侃起来了。

刚开始说的还算均匀，介绍历史和景点时用各主要语言说一遍。后来，发现他渐渐多用欧洲语言谈笑风土人情和掌故，惹得南北欧的游客爆笑；说了大半天才偶尔用英语总结一两句。同行的美国游客对他先前的讲解一头雾水，有些不得要领，看他这样讨好南北欧，便有些抱怨他不说英语。老爷子听到了，报以尴尬的讪笑，马上多说几句英文。继而又返回积习，忘了用英文复述。这样对欧洲游客的讨巧，惹得同车的美国游客不悦。

其实，我基本上无须听他的。三十多年前，我在上海读研究生时关心过考古，对玛雅文化狠钻过一阵。自此，玛雅那神秘的气氛就一直萦绕着我。后来到纽约学人类学，我一个前辈师姐在美国自然历史博物馆负责考古部，我们常去博物馆上课。那神秘的尤卡坦土著部落和各种诡谲形象的吉光片羽的神器、首饰在暗暗的橱窗里闪烁，甚至直灼眼目。这魔幻惊怵的氤氲，已经浸染我很多年了。

历史书上都说玛雅人神秘地消逝了，其实来到当地，你发现他们还在这儿，只是活在社会最底层，他们的日子过得很晦暗、贫困。查了一下资料，再加上跟当地人了解，这里生活贫困，几乎没有工业。一路望去，使我想起二十世纪七十年代我上山下乡插队时的苏北农村。这里的经济主要靠旅游业，吃几十代前老祖宗赏的饭。

尤卡坦半岛人均日收入五六十个墨西哥比索，相当于三四美元。他们最希望做游客的生意。陶土烧制的玛雅金字塔模型只卖一两美元，各种动物和神秘人牺模型（有点像二十世纪八十年代西安小贩卖的兵马俑）也只卖一两美元。"卓别林"在车上兜售按照古法制作的玛雅厚纸册页。那是一本手工绘画和刻板印制的包含玛雅古历和玛雅神话民俗的书，绘画原料全都用玛雅土制矿物和植物颜料，有点像中世纪的古书，很是精彩。要价二十美元，不贵。我本想买一本，但是老卓只讨好欧洲人，在他们那儿传阅翻看，却无一人购买；最后传到我这里，为了跟他怄气，我也没买。

张罗了一个上午，一本书也没卖掉。中间休息的时候，我看到老卓很落寞。特别是，下车的时候才发现，原来他拄着拐，是个跛子。看着他一瘸一拐地在车边挣扎，一双大鞋橐橐地彳亍着，更像卓别林了。顿感有些戚戚然涌上心头。

返回车上，老卓讨好大家，宣布中午的自助餐何等美味，并预告大家一定会喜欢。其实，午饭自助餐尚好，却绝没有老卓夸耀的那么好吃；但没承他夸赞的那些在午餐时全副铠甲的古玛雅土风舞和玛雅乡村姑娘的盛装舞蹈着实让我们感到惊艳——这样的舞蹈移到纽约百老汇剧场也毫不逊色，而舞蹈演员们非常谦恭。演出完毕就恭候在餐厅外，好多刚刚欣赏完他们表演的欧美游客漠然走过，能收到他们掷上一两美元小费的演员就会发出由衷的感激。这场面，让我看得有点不忍。

吃罢午餐，大家到当年玛雅王和王妃洗圣浴的一个几十米深的巨型天然岩井里跳水、游泳。这个天坑巨洞是玛雅人的圣井，我们常常在电影电视中见到，但身临其境，还是让人眼前一亮。上面是千百年的古藤巨树漫天蔽日，下面是无底的深渊。潭水远看如墨绿，近观则是翡翠色，明澈魔幻且深不可测。眼下是春日，纽约还是风雪漫天，这里却炎热如八月。飞身跃下深潭，那种爽快，真非语言所能表达。

游完泳，我终于明白了玛雅导游"卓别林"夸赞午餐丰盛的理由：他没有去吃饭，而是在悄悄啃着自家带来的干干的饼子。饼有些黑硬，他舍不得喝准备卖给游客的瓶装水，但天热难耐，只好捞食冰镇瓶水的塑料桶里的冰，嘎嘣嘎嘣地嚼着解渴。来墨西哥之前，所有的旅行手册上都告诫这儿的生水不能喝，可眼前的老卓喝的不只是生水，而且是冰镇瓶水的冰化成的水。我顿感内心隐隐地抖颤……

终于来到此行最重要的目的地，新世界七大奇迹的奇琴伊察金字塔！果然如在电影和考古书里看了千百遍的她一样，不！甚至更震撼。

奇琴伊察金字塔神秘、秀美、矜持、庄严。看到她的感觉，用"震撼"似嫌不足，更像是被这庄严的气氛和她自带的"场"给镇住了。此刻的我，一下子张口结舌，像是陡然凝固，给冻住了：一时间仿佛失去了质量，穿越了天地和时间，穿过了周遭的嘈杂，恍若放电影时突然失声，四周静得可怕，但一切仍在运动。等我醒来时，人群早已蜂拥西移了。

我被这奇异的磁场震慑住了，一直处于恍惚中。

此地的讲解非老卓的强项，他把我们移交给了金字塔的专职英文导游。他讲解得很细，看得出对此深有研究。不用问，他当然也是玛雅人，对自己祖先的文字、仪式、宗教、人祭等所知甚详。难能可贵的是他了解风土民情，甚至可以说他本人就是风土民情。金字塔和祭坛经历了千百年的风化已经斑驳不堪，上面美丽且神秘的浮雕刻像同样被毫无保护地风化着，让人很是痛惜。

记得我当年上山下乡插队苏北时，乡下汉墓甚多。老乡刨出大型墓石，运回家垒猪圈，夏天干活儿太热时，就跑到北洞山汉墓里去纳凉。

奇琴伊察金字塔

那里到处都是石人、石马、石桌、石凳，乡下人一点也不知道爱护，可是到了二十世纪九十年代，这些东西都成了价值连城的文物。北洞山被封了，后来又开发出一部分，卖票接待全世界游客，票价之昂，堪比故宫的门票。而当年被用来垒猪圈的汉代墓道石，因为上面有震惊中外的汉画像，已经被炒到几十万元一块还买不到手——毕竟是两千多年前的文物啊！我看到很多新出版的中国美术史就印上了当年我村猪圈上天天能见到的图饰和花纹……

　　眼下我看到玛雅废墟上这么多宝贵的石刻和用斗大的玛雅文字刻画的金字塔基座、历书和史诗般的记录就这样被无情的岁月风化侵蚀着，不禁想起当年插队时的北洞山和汉画像石垒成的猪圈。沧海桑田，我们

金字塔围墙上的玛雅文字浮雕

牺牲潭

这一代人都见到、领教了，但愿玛雅人也能有崛起的一天，保护好千年前祖宗先知们给他们留下的符咒和神秘的祈愿。

突然想起古书上谈及欧洲殖民者两百年前曾在这热带雨林的秘地神坑里成吨成吨打捞古玛雅献祭人牺时砍落的金首饰，我便特意问了那个古玛雅的牺牲潭。经我一问，导游马上觉察我是"内行"，但这个景点不属于一般游客的兴趣点，而坐落在远处的一隅。我知晓它，缘于几乎全世界博物馆的玛雅古金器和法器、首饰、面具等等都出自牺牲潭！

口干舌燥地讲完，金字塔导游开始哀恳：他自己在这里用英语导览完全出于学英语的爱好而非专业的导游，在这儿整天忙活却没有工钱。很明显，他需要靠小费谋生。付小费这事儿要有个氛围，如果有人率先慷慨付出，则能打响头一炮，然后附和着众人会一一慷慨解囊，故有经验的求小费者会"钓鱼"，先放一些零钱在伸出的帽子里引得大家效法，但憨厚的玛雅人不会这一招。有感于这导游的敬业和对自己民族文明的炽爱和敬惜，我带头付了小费，果然众人响应。深受感动的导游因此要亲自领我去看人祭的牺牲潭。我怕耽搁他的生意，便谢绝了，独自沿着几百年前的路径去寻找那神秘的所在。

牺牲潭其实不远，但由于道路不熟，还是摸索了好一阵。直到我快要绝望、看到前面无路时，它才恍然若现。

找到了牺牲潭，一路狂奔抵达那里，很是感动于它的惊悚。几吨的黄金，须知这不是一般的金器或摆设品，而是被杀害祭神的牺牲者所佩戴的首饰。想想看，一个人身上能佩戴多少首饰？而当年的殖民探险者一筐一筐地打捞和运输，就持续了数月。这该是多少条人命啊！

史书介绍，玛雅人相信人牺，献身于神就是提前进入天堂和永恒，故作为祭神的牺牲者永远不会缺乏。他们多是幸福地视死如归般地走向金字塔、祭坛和这神秘无底的神潭……

瞻仰完牺牲潭，回头再环绕金字塔一周，去观摩人牺献祭的断头台。可惜不知为何，此刻天地间陡然狂风大作，转眼间下起了雷暴雨。

起初想躲雨，但暴雨如倾；这里是旷野，无法遮蔽。无树，唯有玛雅人的小摊位，而可怜的小摊都是用树枝挑着塑料布或油布临时搭成的，简陋到连货品都盖不住。不忍在已然在寒风中瑟瑟发抖的小贩处叨扰，又怕被暴雨耽搁了——旅游车不等人，只好迎着如注狂雨的洗礼奔向归程。到了车上，所有人都湿透了，衣服能哗哗地拧出水。

全车人都成了落汤鸡，情绪也成了落汤鸡；没人愿意再玩，只想回去洗个热水澡。这样，原来安排好的第三处景点就基本落空了，对那个原生态的玛雅小镇，大家都没了心情。

平心而论，那个小镇很有风情。除我还打起精神略微瞄几眼，唯有几个欧洲人下车买了几件T恤，换掉了湿漉漉的衣服。车子停留了半个多小时，大家全呆坐在车上。

如果游客游览小城或购物，老卓可能会有点小费或在镇上有现金提成。但突如其来的暴风雨把这些都搅黄了，看到游客不下车，他呆住了，目光开始落寞寂寒。一天全砸了。归途中无语，"卓别林"声音喑哑了，最后他干脆破罐子破摔地不再解说。一场大雨毁了他的一天，把他的心情和饶舌也泡了汤。

最终回到了城里旅馆区，天黑了。老卓站在车门旁谦卑地向每个游客奉承，希望有人能按常规给点小费表示下意思。他极力讨好了一天的欧洲人却装作看不懂他的殷勤，一个一个漠然地走下车。

古玛雅人牺献祭的断头台

　　我因为收拾行装落在了后边。看到老卓的惨象，感到不忍。他已不再说话饶舌，甚至不再跟大家目光相接，显然已丧失了希望，只是客人还没走完。他的微笑已经僵滞了，他尴尬地站着，落寞地耷拉着头，拐杖就搭在臂边。他的身子缩小了，好像要陷下去。

　　不知怎的，我想起了在苏北插队的岁月……"买杯咖啡喝吧！"我悄然往他手里塞了一张二十美元的钞票。

　　我刚走下车，没想到他忽然一瘸一拐地追上来。他的眼睛突然亮了，像暗夜中的火炭，继而有些蒙眬和湿润。我不敢再看他。

　　"谢谢，您点亮了我的一天！"他不敢握我的手，在旁边嗫嚅着。

　　我点亮了他的一天？其实是他点亮了我的一天，而且还不只是他，给我上课的，还有那些欧洲人。

大海的脐，帝国的钉

哥伦布的信及其溢出效应

最近十几年，每年美国"哥伦布纪念日"都有大骚动，因为哥伦布这个人物在美国社会的评价受到了极大的舆论挑战。这本来是个规定的节假日，但因美国原住民（旧称"印第安人"）和非裔美国人以及南美、太平洋诸岛和相当多的海外移民对这个节日进行公开抗议和挑战而成了一年一度的控诉日。一方面有人庆祝"发现"了新大陆，一方面有人抗议欧洲殖民者抢占原住民领土、屠戮本来平和生存的美洲人——每年从这一天开始，一直到感恩节，这类抗争和激辩都不能消停。

为什么又扯上了感恩节呢？感恩节的来历，主题同样是农夫和蛇的故事。当地原住民是农夫，谁是蛇，不必说了。几百年来，美洲土著印第安人家园被强占、土地被掠夺、人民被残杀，他们不能忘记，如同中国人不能忘记圆明园。但美洲原住民势单力孤，只能在这些节日时控诉一下昔日的强盗而已。但是，这记忆里面有火，世世代代在酝酿和燃烧着，正像地火，千年不熄，遇到合适的地质和自然条件时它会变成岩浆，引发地震和海啸。

巧得很，今年纽约有两场大型活动给这种情绪火上浇油了。一个是纽约公共图书馆为庆祝其建馆一百二十五周年举行了馆藏瑰宝特展，其中有为了庆祝发现美洲大陆，哥伦布归国途中给西班牙女王伊莎贝拉写的报告——他成功发现美洲大陆并建议往这块土地殖民的信。这封信据展览说明是世存的孤本。无独有偶的是，世界著名的纽约佳士得拍卖行当月也在拍卖一份哥伦布发现美洲大陆的信函，拍卖会赶上了哥伦布写此信五百三十周年纪念而水涨船高，区区几页纸的印刷品竟索价一百五十万美元。这下子居然出了双胞案了。且慢！哥伦布的信是印刷品？对，是印刷品。

纽约公共图书馆和佳士得拍卖都是世界公认有信用的权威机构。它们都信誓旦旦声称自己的是真品，这就引来了世人的疑问。其实，此前这封信还有过争议呢！据说此信原来存在意大利的佛罗伦萨，后被窃调包并辗转弄到了美国国会图书馆，美国又将其归还意大利云云。这样看，似乎此信还不止有两份。

考察权威考据的介绍，原来哥伦布此信写于海上暨 1493 年返欧的途中。他是意大利人，但航海探险得到的是西班牙国王的赞助，所以成果归属西班牙，因而此信上呈西班牙王室。而且哥伦布信中也承认他已代表西班牙王室宣布他发现的土地归属西班牙。女王得信后喜出望外，决定马上昭告欧洲各王室。可是原信只有一份不够分，于是她决定利用当时发明不久的印刷术来印制以作舆论宣传。1493 年 4 月，此信先用西班牙文印刷发表，当月又被翻译成拉丁文在罗马印刷——女王的这一决定太英明了，经过这一通密集折腾，她的宣传抢占了先机，发现美洲的消息轰动了全欧，西班牙人陡然成了西半球的霸主。

可惜的是，那时印刷术刚刚发明，当年人们珍重的是新生事物——印刷出来的哥伦布信，就像刚刚发明出版报纸时那样，印刷工人往往不在意保存原稿（如同当年鲁迅、郭沫若、茅盾、巴金的手稿在排版后都被丢弃一样），哥伦布的原信便在辗转传印中失却了。而当时的印刷术很简陋，全部印数也就只有几十份。经历过了五百多年的岁月，战乱兵燹、自然灾害和各种人为灾难，这些当年的印刷信已经几乎荡然无存。这就是纽约公共图书馆敢于说自己所藏是世上孤本的缘故。

纽约图书馆说自己是唯一，而佳士得也不承认自己是假的，而且标上了天价。这段公案我们且不评说，因为既然是印刷品，世上再发现复本的可能并不能绝对排除。我们将这个问题留给版本学家和古董鉴定、造纸和印刷史研究家去考据吧！我这里思考的是下一个话题，就是哥伦布带来的无休止的伦理讨论。

四个岛，五个国

哥伦布对美洲的人们日常生活影响的话题被说厌了。作为百姓，我们懒得再关心这样的宏大叙事。但不经意间，我触摸到了它的根基——严冬的季节，纽约人雪飘飞。我躲开峻厉的风雪，学学候鸟，坐着游轮逃到了加勒比海。

这里椰树招摇，熏风烘人，连仙人掌都被晒蔫了，端是一片避寒好去处。

加勒比海岛上到处可见的哥伦布雕像

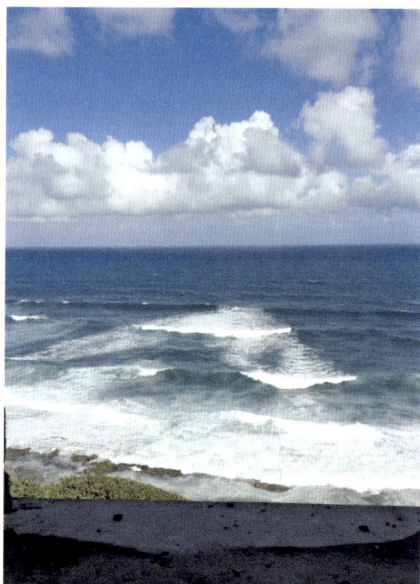

海的肚脐

　　多年前，有部电影叫《德克萨斯的巴黎》，而这里是加勒比海的欧洲，简直是一派十九世纪末的欧洲情调。

　　一旬时光里，我徜徉了四个岛、五个国家。虽说是五个国家，但实际上，这些岛是兄弟姊妹，若不是语言和建筑略有差异，你几乎分不出彼此。这些岛民虽国籍不同，但长相、打扮、生活习惯没啥两样。

　　这批岛国的来历相似，其中最大的是波多黎各，其他分属于美国、英国、法国和荷兰。

　　波多黎各是一个独立的自由邦，它是这个群体具体而微的代表。据说当年人们有了简朴的地理知识，知道地球是圆的，而且知道海洋是地球之母。这里的人自豪地认为自己所居是地球的中心，是大海的肚脐。

一个人的世界文学

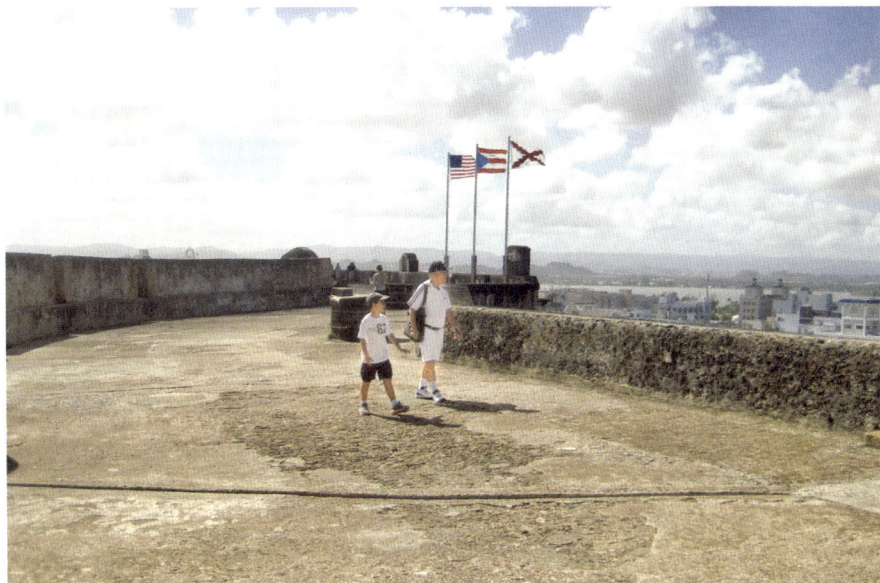

一岛多国

岛上最初的居民多是印第安人，是哥伦布改变了他们的命运，他在航海中发现了这座岛。随后西班牙人在岛上建殖民据点，扼住咽喉，这里遂成了帝国殖民者霸占美洲航道、独占地缘优势的一颗硬钉子。

当然，此后慢慢崛起的其他列强不服气，于是荷兰、法国、英国都冲将过来，城头变幻大王旗，这里一会儿姓西一会儿姓法，当然也有姓英、荷的时候。而到了美国崛起的现代，它姓美的时候最多。到今天，它已被默认为美国领土或"第五十 个州"，这儿的人算是美国公民，出入美国无需护照。

而另一个圣托马斯也属美国领土，是它买下的维京群岛中的一个。美国拥有五十多个这样大小的岛屿和珊瑚礁。这座岛的主人在历史上也是多次变易，除了西班牙、法国、英国、荷兰外，丹麦和挪威都在这里轮流做过庄，反正都是列强。自哥伦布以后，这个可怜的岛就从没有真正属于过它自己的人民。

而群岛中数圣马丁岛命运最奇特。哥伦布 1493 年 11 月 11 日发现了它并给它命名，宣称占有它但没有登陆，倒是后来法国和荷兰为它争得头破血流，因为此地战略位置非常重要。对法国而言，它是殖民百慕大和特立尼达的中转站。而它对荷兰更关键，它是自巴西到纽约航线的生命补给站。因之荷兰于 1631 年在此设立定居点并统治它，可后来西班牙人又来夺岛。近代法国更在此地建了海军基地，跟荷兰扭缠冲突不断。法国跟荷兰都想把对方挤下海，自己独占此岛，后经过一百多年的战争，尘埃落定，今天两国划分势力，瓜分此岛，所以形成了一个小岛两个国度的奇观。

这是世界上最袖珍的一岛两国的标本，徒步走你就能横跨两国国境线了。这岛上旅游业最发达，是他们的经济支柱产业和生命线。这里最有名的是法国一方的天体泳滩。其实，用不着用裸体招摇，此地早已荣膺世界最美的十大海滩之一了。

英属维京妥妥拉岛是火山岛。据考，公元前这里就有印第安人驻岛，哥伦布发现后，命名这群岛为"处女岛"。其后西班牙人占领它们并在此采铜，再后欧洲列强和海盗纷至沓来。原世代住居此地的印第安人被屠杀几近绝迹。到了近代方尘埃落定，这些岛屿今被英国和美国瓜分共治。

纵观这些岛屿的特点，它们都风景秀丽，充满热带风情。这翡翠般潋滟的加勒比海镶嵌着七千多个岛和礁，岛上人文景观多是欧陆殖民地风情。港口是昔日的堡寨、要塞，其规模十分宏大，宛若海上长城。不

从要塞堡寨炮口望海

同于中国长城之处，在于其建筑材料非砖而是巨石。历经几百年沧桑的要塞全为坚硬的花岗岩建成，垛口满是巨炮，指向苍穹，亘古激荡的浊浪都没能对之稍有蚀损。

这里的岛民人情非常淳朴，他们见到游客则含笑礼让。岛上的食品、车资甚廉。可惜此地没什么工业，除旅游业外，人们基本靠沿海景区卖奢侈品手表、珠宝及经营赌场生存。偶或有些卖当地工艺品土产的，但形不成气候。我进到山路深处的居民区采风，看到当地生活静谧而清贫，建筑风格和装潢一如旧欧洲的街巷，虽不是刻意复制，却是当年殖民者照搬家乡的风格，完全是封存了昔日时光的样貌，有如走入两百年前狄更斯小说的情景中。

综观这五个殖民地群屿，这里曾经是、现在仍然是战略要地。它们美丽、原始，有着野性未开的张力。据说这里是全球奴隶制废除最晚的一角，因此它们仍然贫穷且单纯，成了欧美人度假的后花园。这里更像是尘封的文化活化石，保留着老一代欧美人的童年；凝固了时光，让他们在鲁殿灵光的夕照中还能怀旧看到自己愿意看到的昔年模样。其实，不管殖民者怎么挣扎，这些怀旧和刻意保存的只能是一种文化上的回光返照。

人类学理论说"文化没有脚"，它是被人植入和传播的。历史像个小姑娘可以被强权者任意打扮，地理人文也一样。喜欢怀旧和复古的欧美人把自己的旧梦植入了这些遥远孤零零的岛，强加给了当地人。

远在哥伦布发现美洲之前，我国郑和早就有过同样，甚至更伟大的航海探险业绩，但郑和的"下西洋"其实更多地是巡阅和扬威。史学家称，当年郑和航线从西太平洋穿越印度洋，直达西亚和非洲东岸，途经三十多个国家和地区。在世界航海史上，郑和开辟了贯通太平洋西部与印度洋的直达航线。也有史家考证，他的船队先于哥伦布发现了美洲和澳洲等地，但郑和和中国人并没有占领过这些岛屿的一寸土地。

而哥伦布呢，他实实在在干的是攻城略地、打家劫舍的活计。当年中国航海家和哥伦布各有所图，各有所需，这些事件的结果影响了今天的世界格局。

狼和羊个头儿、模样看上去有点像，但狼宁肯饿死也不吃草；而羊呢？基本上也从不吃肉。

奇遇收藏古董英文报

二十世纪九十年代哥伦比亚大学旁边有个叫"The Last Words"的旧书店，专卖二手书，里面间或藏着一些烁金碎玉古董。我常光顾时它还相当红火，可惜十年间它像自己的名字一语成谶，成了最后的"遗言"，陨落了。那里常有老读书人或旧世家遗落来的书，我曾经用很少的钱淘过很好的英文旧书，使我怀念。

那时年轻，买书只拣有用的买，没啥收藏和古董的概念。淘书的日子发现角落有个大柜橱，里面塞满了陈物。一次偶然打开，发现有些大开本的东西，都用塑料薄膜封着，非常珍贵，对之产生了好奇心。央及店东打开，发现是一些古董英文报纸。索价甚昂，我随手抄下了刊名却没想问津。当年尚无互联网，辗转找工具书一查，不得了！这居然是世界上第一份插图新闻报纸，叫《伦敦新闻画报》。

此事随后就淡忘了。又过了些年，发现它还在。有了互联网，又查了它的出身和细节，原来它的历史很辉煌，从1842年创刊到千禧年时还在出版，几乎创造了空前绝后的记录。感慨于它的沧桑，我请出了这份老爷报纸一观——本来怕它已然衰老成渣，拿不成个儿了。没想到从暗角的塑封里面取出，它居然清晰挺刮，柔中带韧。隔了一百五十多年，

《伦敦新闻画报》旧影

它纸色柔和如同亚麻布，毫无脆裂征象。这份报纸像一件艺术品，确切地讲像一幅刚完成不久的精致木刻或铜版画，连标点符号都鲜崭崭的。

漂亮！只这看相，就不由让我心动。细查它的历史，才发现它是新闻画报的祖宗：其出版人赫伯特·英格拉姆原是印刷商，他看到当时新闻事业大盛，遂改行做报纸。精明的他看到若想出人头地，必须别出心裁，于是他设计出一份图文并茂的报纸。那时候英国文盲也多，有图带文的新闻纸一下子脱颖而出。第一天出报就卖了两万六千份，当年冲上了六万份创造了奇迹。这份雅俗共赏的报纸没过几年就蹿升至二十万份销量，成了报界巨无霸。

它的成功当然引来了竞争者，两家主要的模仿报被它买下暂熄战火。但没想按下葫芦浮起瓢，1863 年它销售超过三十万份时，自己内部员工和画师居然自己组成新报纸来竞争。最后伦敦新闻画报社不得不斥巨资买断这个行业所有的同类产品，组成"八大画报"出版集团，囊括了新闻、女子、娱乐、文艺、体育、八卦等各个领域，成了真正的垄断集团托拉斯。然而万变不离其宗，其旗舰刊物永远是《伦敦新闻画报》。

纵观这份生存一百六十余年（2003 年停办）的报纸，它名如其实，着眼点在新闻，但卖点在"画"报。它诞生的年代读书识字人少，但英国已然开始蒸蒸日上向全世界扩张，国力强大，引来了国民自信心和新闻意识。这份报纸呼应了时代需要，用抢眼的图文并茂模式斩获读者，销路青云直上。它立意非常接地气，乃其成功秘诀。

此外，这份报纸非常会利用时事。其创刊号正逢年轻的维多利亚女王第一次化妆舞会，且又逢英阿战争、凡尔赛铁路事故、美国总统大选候选人调查等等，这些都成了它的卖点。此后它一直延续了这种用新闻"抓眼球"的风格，报道犯罪新闻、名人轶事、戏剧、书评等等话题。在发行第一天，老板雇佣了二百人在伦敦街头举牌做广告宣传新报，成了史无前例的宣传创举。

除了这些噱头，它当然有赢人的真东西。这份报纸的质量非常高，除了前面我说的纸质和印刷外，它的插图美丽、简约、大方、写实，制作堪称精良。这里的插图都是当时的翘楚画师所作，每幅作品都像精美的石版画或者铜版画。不只形式美，而且时效性强，它及时展现发生在欧洲和世界各地的新闻以及吸引人的事件，同时介绍各种历史地理和文艺新知识。当年梵高就是这份报纸的崇拜者。不只受读书人喜爱，它还被引车卖浆的下层人珍爱。发行量大、成本低，价格就有优势，而这更促进了发行量。

吉光片羽的记忆

当时很多著名的艺术家和作家为它写稿，其中为一般读者熟悉的大作家有史蒂文森、哈代、吉卜林、康拉德、柯南·道尔、阿加莎·克里斯蒂等人。而它的众多副报也是人才济济。

了解了它的历史，纵然其价格仍昂，我仍有幸赶在书店关门之前购买了它所存的这份古董报纸和部分副报。虽然我不研究报业史也不指望它升值，但抚摸着这一百七十多年前的古董报，感受到那时的生命和人文气息，这种奇缘，让我觉得值得。

曼哈顿老舍故居

最近翻译老舍 1946 年在纽约市政厅的讲演稿，找出了老舍故居的资料。老舍曾受美国国务院邀请赴美访学和讲演，同时被邀请的还有曹禺和叶浅予。曹禺仅十个月就回国了，叶浅予也于一年后回国，他们都赶上新中国成立且被委以重任。

老舍没有及时回去，在美国滞留了近四年，至 1949 年 12 月才返回。其时新中国百废待兴，老舍回归也受到了欢迎，被安排做北京文联主席和全国文联副主席。但他曾经的观望和迟归始终是心病，成了老舍讳莫如深的话题。

老舍迟归当然有原因。当时国内战乱，他想利用在美国的安定写完《四世同堂》并在美国翻译出版。他还跟人翻译《离婚》，写了《鼓书艺人》、剧本《五虎断魂枪》及其他短篇，并参与好莱坞筹拍《骆驼祥子》等事项。为了这些而迟滞，后来被批斗时有人说他是贪恋"挣美元"，老舍为此付出了生命的代价。

既然在美国滞留不是光荣的事，老舍回国后就尽量不提这一段，所以他的传记和年谱中这几年的经历不是语焉不详就是匆匆带过。万不得已必须提到时，老舍就把它说得灰暗、沉闷甚至滑稽。

提到这段日子，老舍往往首先说穷，其次说病。在给友人的信中，他说："洋饭吃不惯，每日三餐只当作吃药似的去吞咽。住处难找，而且我又不肯多出租钱，于是又住在大杂院里——不，似应该说大杂'楼'里。……最坏的是心情。假如我是个翩翩少年，而且袋中有冤孽钱，我大可去天天吃点喝点好的，而后汽车兜风，舞场扭腰，乐不思蜀……没有享受，没有朋友闲谈，没有茶喝，于是也就没有诗兴与文思。写了半年多，'四世'的三部只成了十万字！这是地道受洋罪！"老舍诉病的信函也不少。他笔下的自己俨然是在美国天天受难。实际情形怎样呢？老舍没有说谎，但他说的也不全是事实。

然后说政治混乱。据载，老舍回北京后跟友人黄裳谈在美国的遭遇："他说在美国，就住在一间小小的'破瓦寒窑'里面，什么地方都不敢去，连饭馆都怕去。美国有三百多国民党的特务，你碰上一个瞧瞧，那眼睛瞪得有包子那么大！有一次在哥伦比亚大学，进步的中国学生在开会，到会场上去一看，特务们在椅上都拉上了屎！"

其实老舍在美国也有不少赏心悦目的日子。且不说他有很多文学上的收获；头一年跟曹禺一起互相砥砺，参观、访问和讲演，而且共同给他们的老上司南开校长张伯苓庆生，说相声。老舍与人合作翻译出版自己的著作并抽空游览、度假。他的纽约岁月没有他渲染得那么晦暗。

其他休论，只说事实。老舍在纽约的故居真是"大杂楼"和"破瓦寒窑"吗？我踏访并拍摄了他故居的照片。老舍故居在西83街，是1900年建造的战前联排式公寓，共五层21个单元。这是一座典型的纽约中档住宅，今天的房价是每个小单元平均月租2353美元；每平方英尺（约0.09平方米）47美元，大约一个抽屉大的面积要收取100美元！有

纽约老舍故居外景

这样的"寒窑"吗？这个公寓楼的地段非常优越，在曼哈顿中部，离繁华区不远。走到著名的自然历史博物馆用不了十分钟，穿过中央公园就是世界级名胜大都会艺术博物馆；坐地铁到时报广场、看百老汇歌舞剧或者到哥伦比亚大学等都在半小时之内。

当年，驻美大使胡适住在东 81 街，老舍跟他只隔一个中央公园。而宋美龄晚年在曼哈顿的住宅在东 84 街，离此地也不远。这些地方今天都是纽约的黄金地段。因此，我们可以说，老舍当年住的地方虽然不算高档和优越，但并不像他述说的那么差。老舍在纽约的时候，除了在此跟纽约的文人朋友交往，也跟学界友人有往还。他的住处离纽约文人荟萃的华美协进社不远，他去给张伯苓拜寿和参加活动时步行可抵。而且后来叶浅予来纽约，住的地方离他也不远。

那么，老舍为什么把自己的纽约故居写得那样不堪呢？我想原因大概一是卖惨，博同情；二是批判"美帝"；三是幽默或为了行文俏皮。老舍自述传记往往真真假假，其实他这样写也是有心的。没想到，他作了那么充分的防护和"表演"，遇到政治风暴，还是没能救得了自己。

昭陵二骏在费城

1977 年早春，上山下乡第三个年头，正在田头挖渠的我居然有城里客人来访。乡下人除了逢年过节来亲戚，很少有外人探访。一个庄谁家来个外人是件大事，所以我的客人被一群孩子直接带到了田里。来找我的是市里水泥厂工会干部黄大哥，我的一位书画朋友。他刚从西安出差回来，给我带来了几个"昭陵六骏"纪念章。这是我第一次接触"六骏"。

城里干部到田里找我成了新闻，此事给我带来的福利是村里人从此高看我一眼。但间接地，昭陵六骏的故事刻在了我的心里。后来去西安碑林，我见过了四骏，也知道其他二骏被倒弄到了遥远的美国费城，不知道何时能得一见。

岁月荏苒，其后我定居纽约；想来惭愧，费城离我不远，但三十多年间我去过费城多次，竟无暇一顾。费城二骏被藏在宾夕法尼亚大学博物馆，我有晚辈在宾大工作，屡次邀我参观，近终于成行。宾大博物馆规模宏阔，收藏文物一流，计有史前文明和埃及、巴比伦象形文字碑、塑和文物，是世界博物馆的一座重镇。但它的镇馆之宝是昭陵二骏——全世界都知道这一点。

宾夕法尼亚大学博物馆二骏展室

昭陵六骏是唐太宗李世民皇陵的镇墓宝。唐朝靠武力开国，故特别重视马上武功。唐高祖李渊就崇拜宝马，李世民更是注重国防、文治武功和军备，所以整个唐代对好马的重视超出今人的想象：那时候的骑兵和马上设备就是战斗力和最重要的威慑性武器，堪比今天的坦克和战斗机；它决定着战争的胜负，绝非今天的竞技比赛和宠物之类可比。

唐太宗的六骏各有名字也各有故事。它们都是战斗英雄而且有卓著的历史，唐太宗生生死死系念着它们，所以死后也让它们伴陵。遗憾的是，这些珍贵的文物和纪念品竟被盗卖到了异国，成了中国人心中的痛

一个人的世界文学

和疤痕。金石学家罗振玉在其著作《石交录》中记载袁世凯之子袁克文令文物商人将昭陵六骏运往洹上村，文物商因石体重大不便，先将飒露紫、拳毛𬴂二石剖而运之。袁克文"怒估人之剖石也，斥不受"，而这被剖碎的二骏还是被辗转以十二万五千元的价格卖给了宾大。

从见过的骏马浮雕可见，这些马的形象非常写实。唐太宗爱它们入骨，六骏皆当过他的坐骑，而且跟他出生入死，甚至救过皇帝的命。为纪念这六匹战马，李世民令工艺家阎立德和画家阎立本（阎立德之弟）用浮雕描绘这六匹战马于自己陵前与自己生死厮守。西安碑林四骏国人大多见过，费城二骏远离祖国，我特意在这次开馆第一时间就前往瞻仰。

博物馆专门为二骏开辟了一间有透明天棚的巨大圆形展厅，虽则展地空旷恢宏，但这两匹宝马自带气场，它们几乎第一眼就牢牢攫住了我的目光。这两匹宝马的名字是拳毛𬴂和飒露紫。它们体型巨大，宛若真马，雄赳赳且目光炯炯有神，形象非常写实。从其石刻形象上看，拳毛𬴂属于蒙古马，它头大鼻高，身体劲飒，蹄大善跑。据说唐太宗骑乘它平叛时，它曾身中九箭而英勇救主。其名"拳毛"音源于突厥文Khowar，是一个位于今新疆塔什库尔干以西和巴基斯坦最北部之间出名马的小国名。李世民曾为它题赞曰："月精按辔，天驷横行。弧矢载戢，氛埃廓清。"而飒露紫外观高大魁伟，头小臀肥，腿骨劲挺，属于古代里海地区亚利安马种；李世民征王世充时骑乘过它，它曾经前胸中箭。这匹马的浮雕上正是一位武将为它拔箭的画面。"飒露"的突厥语读音为"isbara"，乃"勇健者"之义，常被突厥人用作领袖的荣誉性称号，所以此名乃"勇健的紫骏"。李世民赞它曰："紫燕超跃，骨腾神骏。气詟三川，威凌八阵。"

拳毛騧

飒露紫

　　观摩了很久，我仍然恋恋不舍。看着这两匹孤独远离家乡的骏马，心情有些悲怆。它们曾经跟唐太宗出生入死而且又在墓畔伴随主人一千多年，却被不肖子孙协同盗贼将之携离故土，孤独地跟世界各地史前文物聚于一隅。它们可曾感到孤独？可曾忆到唐时金戈铁马的岁月？可曾期盼回归同侪，团圆为"六骏"？文物是有灵魂的。它们有自己的悲欢离合和命运，也有难以言说的死生契阔和冥冥中的缘。否则，何以世上那样多的文物、金字塔、象形文字、青铜器、古瓷和恐龙化石都星散各地难以聚合；它们的祖国和诞生地都在仰首翘盼它们的回归……

　　二骏回家的路还很长。文物回家是个大课题，牵涉全球的政治经济和文明研究的方方面面。但是，即使不能回归，二骏能否回娘家让苦盼的家人看看？现代的科技和高仿真技术虽然能做出完美的仿品，但仿品没有气场，假文物没有灵魂。大家敬畏的是真的二骏，因为它们呼吸过唐朝的风，挟带着千年岁月的年轮和我们对文明的敬畏。

　　　　　　　　　　　　　　　一个人的世界文学

大都会的药师佛

　　凡到过纽约大都会艺术博物馆亚洲厅的观众无不被入口处那巨幅药师佛壁画所震撼。它几乎占大半个篮球场的面积，横亘在眼前，不独尺幅阔大，而且艺术性极强。其佛像庄严高古，不输吴道子的绘画，颜色斑驳苍秀，法相俨然，在海外，这是一生一遇的奇迹。

　　这样巨幅的精美壁画为什么出现在远离故国的北美，它的诞生地在哪里，它又是怎样远隔重洋来到纽约的呢？华夏子孙每观此不免发出这种疑问。这样的疑问多了，引发了有心人的寻根问底：原来这是元代山西广胜寺后殿的巨幅壁画。其主像是药师佛及日光遍照和月光遍照菩萨。巧合的是，在美国，还发现了跟这幅巨画类似的三幅巨画，乃藏在纳尔逊－阿特金斯艺术博物馆的炽盛光佛壁画和宾夕法尼亚大学博物馆之两幅。而藏在宾大博物馆的那两幅居然就跟唐太宗昭陵的二骏在同一个厅。

　　经比对研究，原来这四幅巨型壁画都来自同一个地点。这就更勾起了大众的疑问：为什么广胜寺要造这些大型壁画，而这些国宝又是如何都流落到遥远的美国的呢？

　　佛教专家研究认为，壁画描绘的炽盛光佛主司消除或减少来自星宿的灾害，而药师佛则主管救济人间疾苦。在平常寺庙中这两座佛的职司

大都会艺术博物馆药师佛壁画

并不搭配，他们很少被画在一处。

原来，这里面藏着一个灾难性的故事：元朝大德七年（1303）山西发生了大地震，余震延续了近六年，并接连发生旱灾。民众死伤无数，生活极度困苦。而广胜寺被地震损毁，重建后，庙里专造壁画，以炽盛光佛和药师佛为题材，来表达当时僧俗二众祈祷消灾避祸的愿望。

其后，岁月又流逝了六百多年，这两位神佛保佑着这一方水土。可惜遭逢近代西方列强入侵后，他们竟难保佑自身。1928 年，因需钱修复

　　　　　　　　　　　　　　一个人的世界文学

颓败的寺庙，这些传世的佛壁画被辗转盗卖到了美国。从此家山万里成永别，望断秋水难回首，他们被迫割裂分离，流散到了异国的土地上。

说起他们的被迫远涉重洋，还跟倒卖昭陵二骏的文物贩子卢芹斋有关。据考，卢芹斋跟宾夕法尼亚大学一直有交往。除了昭陵二骏，他也将这广胜寺壁画中较小的两幅明代作品于1929年卖到了宾大博物馆。1932年，卢又将另一巨幅元代壁画卖给了纳尔逊－阿特金斯艺术博物馆。而现在大都会艺术博物馆展出的最宝贵的这幅元代巨画是他最后出手的，直到1954年，才卖给了美国收藏家阿瑟·姆·赛克勒。赛克勒后于1964年以他父母的名义将其捐给了大都会艺术博物馆，俾使今天全世界的民众得睹佛颜。

据说，出售这些国宝壁画时，卢芹斋为了掩人耳目，谎称它们出自月山寺，而且将其拆分几处。直到后来购买者和专家学者们按照壁画风格和尺寸循迹到山西广胜下寺时才逐渐发现真相。据研究，这些巨型壁画除了被分拆在美国的四处外，还有部分残片在法国吉美博物馆。幸运的是，后来修缮时工作人员发现广胜下寺后殿左上角和北壁尚有部分残留元代壁画。屈指算来，这可悲的壁画今天仍然分别被割裂分藏在遥远的北美四处和法国一处，而它的祖国只留下了可怜的断墙残垣、鲁殿灵光。

大都会艺术博物馆这幅巨画应该算是这组壁画中的精华。它结合了古代民间壁画工艺的优秀传统又融入了佛像绘画的技法，在佛像造型上沿袭了唐代丰满肥胖为美的审美风格，药师佛和日光菩萨、月光菩萨皆面如满月，慈祥端庄。其法相呈现出慈善、智慧、宽容、禅定的境界和悲悯拯救众生的情怀。其他神使和菩萨神将等追随者皆高古俊逸，着装上也跟中国士大夫形象类似，有如《朝元仙仗图》和《八十七神仙卷》中群仙的长袍博带、祥和潇洒。其服饰描绘丝丝入扣，栩栩如生。壁画颜料多是矿物质研磨而成，虽然隔着七百余年的岁月，却出落得沉静鲜妍，温润斑驳。故形式虽是大俗，却反成大雅，足见当年这些艺术家的水准之高。须知，这些壁画的创作年代早于文艺复兴达·芬奇、米开朗琪罗等大师一个半世纪以上。那时中国一般画师都能达到这样的水准，可见中国艺术发展的高度，它已然矗立在了人类艺术史的顶端。今天观睹这些伟大无名氏的画作，民族自豪感油然而生，也痛心这些国宝被剥离祖国的坎坷经历。

百老汇怀旧巧克力店

在纽约繁华的上西区大学城百老汇大道上有一家古董级的巧克力店。它叫"蒙代尔"（Mondel Chocolates），2023 年刚过完八十岁生日，藏在灯红酒绿中，很不起眼。这是一家有故事的巧克力店。

这家小店装潢老派，门口只有一排二十世纪老式的简易霓虹灯，没有闪眼的广告。《纽约时报》说："您若不留心，会以为这是一家歇业的铺子。"但它的生意是你想不到的红火，凭什么呢？

走进这家连阛小店，你会感到时光倒流，恍若走入狄更斯笔下的杂货店。它拥挤，但有料。小店细长拥塞，跟周围环境格格不入。除了琳琅满目的巧克力和糖果，它只能容站四位顾客。店里到处是盒子和美不胜收的幸福的味道，像极了童年中国的一家江南小镇货栈，久违了，这永不能复制的味觉记忆……

不做广告、不稀罕网络、不关注市场，一心做好巧克力。它是怎样活下来的呢？答案简单，靠的是老顾客。老顾客买它的产品已成了多年的习惯；当然，老顾客也带新顾客，滚雪球。

这里的巧克力品种虽多却朴实无华，它只用普通纸盒包装，没有花哨的装潢。它坚持用欧洲古早工艺，坚持无糖。这里有各种家制的烤坚

蒙代尔巧克力店

蒙代尔巧克力店内部

果、果脯巧克力，酒心和松露巧克力，都是古早风格。他们的坚持唯有一点——只做巧克力之为巧克力之根本的产品。这个口号看似简单，但您若知道现在市场上大多数（哪怕名牌）巧克力并不是巧克力时，您就觉得这口号可贵了。

　　来到这家巧克力店，会使你一下子跌入童年：它更像是个古玩店，糖果的古玩店。你所有童年的想象都能复活。长长高高的玻璃柜台里手写的价格标签早已泛黄。很多年了，糖果价格都不变。

　　这家小店也占地利。它附近几家著名大学的学生在上学时就是它的常客，这味道居然几十年后返校时还在。蒙代尔巧克力曾是当年情人节的礼物，返校的白发校友的味觉记忆不会欺骗他们。纽约报纸采访二十世纪六十年代的毕业生，他们的子女也上了自己的母校，吃了同样的蒙

　　　　　　　　　　　　　　　　　一个人的世界文学

琳琅满目的巧克力和糖果

代尔；父母让孩子买蒙代尔巧克力回家过圣诞、新年，忆旧成了恒久的温馨。这家小店，用自己的方式封存了记忆和时光。

蒙代尔的死忠顾客里有平民，更有明星。美国著名的四度奥斯卡影后、被称为"美国影坛第一夫人"的凯瑟琳·赫本就是它多年的老顾客。她称蒙代尔是"世界上最棒的巧克力"，并将其写在印有她名字的私人信笺上。她常年长途驾车来这家店买自己心仪的甜品。可贵的是蒙代尔并没亵渎这份情谊，它不拿名人来说事或做广告，只是将这封珍贵的感谢信低调地贴在收银台旁。1991年，凯瑟琳·赫本九十岁生日时，蒙代尔送去特殊礼物巧克力。至今，仍有很多顾客特意来询问和点买"赫本什锦巧克力"。

著名经济学家、哥伦比亚大学商学院院长格林·哈巴德几十年来也

吉光片羽的记忆

是这里的常客。除了自用，他还把蒙代尔作为有意义的纽约特产赠人。而哥伦比亚大学戏剧学院米勒剧场的主任也用蒙代尔招待世界顶级演奏家。纽约的报纸曾经采访哥伦比亚大学的教授，有些人父辈就是这所学校的教授，家住附近，他们童年的记忆里，过节拆礼物时常常有蒙代尔的糖果和巧克力。他们问父母，天堂如何知道蒙代尔，父母答曰：圣诞老人每年都要采购蒙代尔的巧克力送给全世界的小朋友！

真的是这样。蒙代尔成了这里节日的一绝。每逢节日，蒙代尔就排起了长龙。而且这里也供应 kosher（犹太洁净食品）。从年底犹太人的光明节、圣诞节，到新年，其后的情人节、复活节、各校毕业典礼，再到感恩节，一年循环往复都是蒙代尔的盛典。

据考，蒙代尔的创始人当年是二战欧洲的难民，他们历尽艰辛，辗转逃生来到纽约，利用祖传的手艺谋生，就开了这家巧克力店。店虽然小，但有尊严，蒙代尔是不合成、全手工、原料纯正、原汁原味的。它每年都荣登纽约美食 Zagat 评级榜和纽约各大报刊食评栏目。

蒙代尔不涨价，有它的底气，它自产自销。附近地块皆寸土寸金，饭店和商家物价高昂多因为租金贵，时常破产再租，挤走客户；租金贵，商品只能高价，形成恶性循环。但法律规定，租户不搬家，地主就不得涨租金。蒙代尔已经八十年了，一直没搬家，其房租极低廉，就靠这才能活下来。而且蒙代尔做生意厚道，没有涨价，把省下来的钱用来做优质的产品以回馈顾客。这种古风不只在纽约，在世界上也应该是不多见的吧！下次您来纽约，路过百老汇，请别忘了来一盒蒙代尔巧克力。

为中国一辩

纽约无愧为是博物馆之都，它有一百多座享誉世界的博物馆。参观博物馆是个体力活，看似消遣，但侯门一入深似海，随便哪个博物馆转转都要大半天，最著名的博物馆已经美不胜收，许多优秀的展览馆容易被错过。比如说，在纽约，很多几十年的老住户都未必去过布鲁克林艺术博物馆。

其实这座博物馆规模甚为宏伟，它建于1898年，拥有超过150万件藏品，位列美国最大且最古老的博物馆之一。这里藏有古埃及和上古巴比伦文明的展品珍稀且宏富，堪称世界一绝，还有大量东南亚佛教艺术珍品和宝贵的中国古代文物。但是这次无意中打动我的是一个饱含意蕴的小件陶瓷雕塑品，虽然小，但它的题材很震撼。

这件瓷塑反映了一个重大历史事件即美国近代史上的大丑闻《排华法案》事件。众所周知，早年华工对美国开发金矿和建铁路贡献巨大。但其后因为美国经济衰退，华人吃苦耐劳，使得美国本地工人缺乏竞争力，所以他们开始排斥华工。于是政客勾连立法，进行反华工煽动，在1882年通过了臭名昭著的《排华法案》。它是美国通过的第一部针对特定族群的移民法。其罪恶不只是限制了华人移民，还掀起了以后长期反

Chinese Argument.

布鲁克林艺术博物馆的良心雕塑

华和仇华意识的序幕。

那时祖国风雨飘摇，外交羸弱，1896年清廷巨僚李鸿章访美，他了解到海外华人的状况，但泱泱中华当时是外交弱国。虽然他向美国政府表达了不满，但他的呼声很微弱，最后李鸿章只能拒绝访问加州，以示抗议，而改道从加拿大返国。这次屈辱事件是中国人心里永远的痛。

关于排华运动，史上文字记载不少，但缺乏视觉资料。那时华人几乎没有摄影家，来美国求生的华工中也没有画家或艺术家能够用图像记录自己的苦境。今天我们能够见到的少量照片大多是一些有良知的美国人当年拍摄暴徒施虐或屠杀、折磨华人的场景。那时的美国是个媒体大国，虽然每天上演迫害华人的丑剧，但他们的报刊杂志铺天盖地充满了丑化华人和华工的漫画——相信每一位读过当年美国报刊的人都不会错过那些恶意丑化华人的漫画作品。

虽然华人不能发声，却不乏有坚持道义的西方艺术家对这种丑行的抗议。布鲁克林艺术博物馆里展示的这件瓷塑作品就是愤怒揭露美国迫害华工的历史作品。它的题目就叫《为中国一辩》。内容展示的是一座鹰巢，一个戴自由帽的白人小孩和一个黑人孩童在共享鹰巢，黑人小孩被压在地上，而底层仰天恳求的中国人想加入他们却遭到了推拒和嘲笑。这座雕塑反映了对1882年限制华人移民的《排华法案》的辩驳。在当年，谁可以被允许进入美国鹰巢？——作者用视觉语言对此进行了愤激的抗议。虽然这个形象化的群体包含了十九世纪美国的舆论成见，但它也昭示了反对种族歧视的呼声。

当年的亚裔被称为"哑裔"，他们被迫害、被非议却难发出抗议的声音。从风格上看，瓷塑的作者是一位有正义感和良知的西方艺术家，他有着高贵的人道主义精神。这件富有战斗性的瓷塑用西方人看得懂的视觉语言诉诸形象，试图唤起公众的良知。

在《排华法案》通过的当年，这位佚名艺术家就创作了这件雕塑，而且用可以大量复制的瓷件形式向社会推广和宣传，表达抗议和心声。可贵的是，这件作品的制作工艺迎合美国主流公众的欣赏趣味，并且蕴含了高度敏感和深厚的政治命题；看上去是个家庭摆件，可它的政治符号意义和宣传效果非常好。

是谁出于义愤创作了这样一件振奋人心的作品呢？我查了展览线索，得知它就出自1882年布鲁克林当地的Greenpoint（绿点）区。循迹查找一百四十年前的资料，发现绿点区一直以工人阶级和移民社区而闻名，这里重工业和制造业、造船以及码头工作吸引了大量移民，他们多数为德国人、爱尔兰人和波兰人。此处也聚集了著名的玻璃和陶瓷制造商，而这件瓷塑就是当年闻名全美的联合瓷器公司的作品。这家瓷器公司的名声曾经播扬于大西洋两岸，乃美国最著名的公司。虽然作者不是中国人，但天下劳工是一家。感谢佚名创作这件瓷塑的艺术家，他用这种最通俗的方式表达了正义的声音，用视觉语言将社会批判送到了千家万户。

粉碎服务

炎炎夏日，又迎来了"粉碎服务日"，校园的早晨因此喧腾了不小的一阵。因为酷暑难耐，大家都想抓紧时间赶快完成粉碎任务，但或许因为都这样想，所以又全挤到一起啦！什么是"粉碎服务"呢？就是纽约的大型机构雇用巨大的碎纸车来单位销毁文件和带字的纸。这些巨无霸碎纸车犹如载重卡车，干起活来又快又喧器，很有气氛。区区一所学校为什么要动用这样大的阵仗来粉碎呢？这里面还真有说头。

美国没有收废品的业务，而大学等机构往往有上万名学生和教职员工，每年有相当多的表格、账单、文件以及学生的考卷、作业、书信和隐私文档，它们全靠粉碎以后，供回收部门循环做成纸浆。现在虽然提倡"无纸办公"，但学生的随堂考试和写论文不允许在电脑上完成。上述文件和考卷皆属机密，不宜重复，更不容泄露。学校规定重要文献甚至试卷有一定的保存年限，到了年限不能送到垃圾箱或回收站而是必须销毁。于是，这种"粉碎服务"就应运而生了。

虽然这场盛会设在暑期，但学校有三十多个学院，各个系统的机密文件、账目、合同、聘书、工资单等等无穷无尽，所以场面还是够热闹的。行政部门外，教学单位貌似没啥要粉碎的，但需服务的内容其实不

"粉碎服务日"现场

    少。如各学院招生时收到世界各地的申请，学生申请信和资料必得按时粉碎。其他如考题和学生论文等等也须销毁；虽然办公室有抽屉型小碎纸机，但它既容易塞纸又娇贵，只能临时用用，不适合大批量处理考卷之类。因此，夏天粉碎服务还是不容错过的良机。

    由于粉碎车就停在我们楼下，我很容易就摸出了它的规律而懂得错峰出行。等到大的机构如财务处、人事处和招生办公室等忙活完后，我们这些小散户就可以出行啦。几年下来，我在这粉碎服务中还见识过不少趣事。

　　　　　　　　　　　　　　　一个人的世界文学

别以为这里简简单单就是粉碎些废纸或信件。第一次去粉碎时，我发现就像是进入了潘家园，这里居然有不少文物和收获。由于我去的时间，光顾的多是识途老马，所以大家都不太急迫，甚至有些悠闲。我见过一位退休教授用老人车颤颤巍巍拉着不少文件袋到那里，因怕耽搁别人时间，他便慌忙把一个个旧牛皮纸袋往大型输送筒里扔。这些纸袋显然有年头了，都有些破，他一摞一摞送，扑啦啦几捆掉落在地上。好心的装卸工帮他往筒里收拾，突然大叫"呀！"的一声：原来他发现了一沓沓美金钞票！这些钞票都是早年间发行的老样式，基本上还崭新崭新的。老教授一下子震惊了，他仔细寻拣这些钞票。好险！只差几秒钟，这个袋子进了筒就会瞬间变成碎末，谁也无法挽回。

好心工人立即关了机器，停下工作，一袋一袋替老人从废纸输送筒里往回倒——结果倒弄了大半小时，发现只有这一个纸袋有钱。老教授有些激动，抓了半把票子塞进工人手里要谢他。工人慌张婉拒，他上班时间不能收小费。"这不是小费！就是给你两杯咖啡。"在老教授和大家的哄闹声中，碎纸工只拿了两张票子。夏日里不嫌热，这个故事够温馨。

还有一个故事发生在我身上。前年我去粉碎办公废纸，居然发现了一沓自己多年遍寻无着的粮票和珍贵邮票！邮票是童年时我父亲业余收藏的，"文革"间无事干，我发现了它们便偷偷夹在了一本小词典里，辗转数十年，它们跟我去北京、上海求学，读研究生，最后不经意间带到了美国。粮票则不只是文物，而且跟我的人生记忆有关。二十世纪八十年代初在北京读书，学校食堂有粗粮，后来到上海读书，换成了全国粮票。在上海几年，我见识过闻名全国的半两粮票，但当年它那么渺小，又有谁有心去收藏它呢？没想到多年后竟成了文物。我后来偶然珍存了几十斤江苏和全国粮票，并非当文物，而是当年节省下来备荒年的。后来粮票作废了，我却偶然将它们夹在了一本书里。也是不经意间带到了纽约，记得十几年前制作 PPT 课件时，我用上了这些宝贝。但随后就永远找不到了，没想到这次粉碎服务时，也是在输送筒里发现了它们——就差两秒！眼看就要粉身碎骨，也许是命不该绝，在最后一瞬，阴差阳错地发现了它们。

还有更绝的，我曾经在粉碎服务前抢救过一批两三百年前美国国父级校董的签名画像。那年夏天某机构大扫除，把一批签名古董照片全抛在此，我展眼一瞧，吓了一跳：里面有汉密尔顿、约翰·杰伊、托马斯·潘恩以及其他名流的铜版画像。那时还没发明照相术，画像中有的人还带着假发，甚至是莎士比亚时代的模样；更可贵的是，有的上面竟然还有签名！哥大校史告诉我，这里有些人是美国国父，同时又是这所学校的创建者。我抢救了宝贝，旋即命工人停下来，自己则小心翼翼捧出它们，送到不远处的校史博物馆。馆方却漫不经心地接受，连登记都不愿意。这里是个不重视历史和文物的国度，我有些惘然。谁知道呢？他们会不会被送到第二年的碎纸机上？

　　　　　　　　　　一个人的世界文学

YIGEREN DE SHIJIE WENXUE

一个人的世界文学

图书在版编目 (CIP) 数据

一个人的世界文学 / 王海龙著 . -- 桂林 : 广西师
范大学出版社 , 2024.5
ISBN 978-7-5598-6998-2

Ⅰ . ①一… Ⅱ . ①王… Ⅲ . ①随笔－作品集－中国－
现代 Ⅳ . ① I267.1

中国国家版本馆 CIP 数据核字 (2024) 第 098632 号

广西师范大学出版社出版发行

广西桂林市五里店路 9 号　邮政编码 : 541004
网址 : http://www.bbtpress.com
出　版　人 : 黄轩庄
责任编辑 : 郑　伟
装帧设计 : 尚燕平
内文制作 : 张　佳
全国新华书店经销
发行热线 : 010-64284815
北京盛通印刷股份有限公司印刷
北京市经济技术开发区经海三路 18 号　邮政编码 : 100023
开本 : 880mm×1230mm　1/32
印张 : 10.25　图 : 94 幅　字数 : 220 千
2024 年 5 月第 1 版　2024 年 5 月第 1 次印刷
定价 : 69.00 元